大地的酒漿

——程寶林美文選

程寶林 著

我知道，無論我走得多遠，我最終都會回到那條最初的河流上，重新升起人生的旗幟，那補丁越來越沉重的帆船的翅膀、掠水而過的鳥的羽翼。

一條泛著白光的土路

程寶林

　　我坐在大水渠的橋頭。這是我家鄉極為少見的混凝土建築。另一處混凝土在下游百米處，是水閘，童年時代唯一可以登高望遠的所在。舉頭北望，馬良山在晴空下隱約可見。在沒有見過真正的大山之前，那一塊凸起在江漢平原的高丘，將我的遐思引向遼遠。山，是什麼樣子的？海，又是什麼樣子的？少年的心有了夢。

　　此刻，我穿著皮大衣，戴著圍巾，坐在橋頭。一條泛著白光的土路，在我的腳下，向西延伸。不遠處，散落著兩個村莊。沿土路西去，距離我比較近的地方，有兩三棟瓦房。那裡是歇張小學舊址。一九七〇年至一九七五年，我在那裡讀完小學。

　　今天，我在美國，在被稱為「度假天堂」的夏威夷，教授中國語言文化課程。我的中文根基，來自那個地方。給了我最初的五千個漢字的村落，我應該用五十萬、五百萬漢字回報她。

　　更西一點的地方，就是我出生並長大成人的村莊。十字街頭，坐西向東，幾間土牆瓦頂的屋子，就是我的家。我家的門前，曾有一株燦若雲霞的攀枝花，在當地至為罕見，也不知父親是從哪裡弄回來的。而我現在居住的夏威夷，偏偏是攀枝花如火如荼的地方。這是花緣，更是土地與土地之間的一種默契和感應。

　　在我身後百米之遙的地方，是村裡的公共墓地。我童年少年時最熟悉的那些鄉親，包括隊長和書記，都安息在那裡。我最愛的奶奶，和我最敬的爺爺，也在一處合家之下，長眠了二十年。他們的墳頭，長著一株茂密的柏樹。當年，如果沒有爺爺的「抗命不遵」，我爺爺的叔叔（我們這個四代同堂家庭的最高長輩）就定然會把我的前途交給生產隊。

　　我坐在橋頭，腳底的皮鞋，幾天前還踏在美國舊金山的街頭草地上，此刻，二〇〇五年隆冬時節，又踏上了故鄉的土路。我正是沿著這條土路，在三十年前，向東，經沙洋鎮、荊門縣、武漢市、抵達北京市。讀完大學後，再從北京到成都市，從成都市經香港、東京，抵達美國舊金山。

　　這塊肥沃的黑土，變成道路後，經過漫長歲月的千千萬萬人踩踏，竟然會變得這樣白。我記得，在滿月之夜，鄉村土路上反射的月光，竟然和抽穗的稻穀上露珠反射的月光，一樣皎潔。

2010年8月16日，夏威夷無聞居

目錄

第二輯　有酒盈樽

第三輯　我心依舊

第一輯

黎明時分

萬里送行舟

　　我還記得那面帆，那面白帆，上面用青色的布打了一個補丁。我登上江堤，走下碼頭時，它已經升上桅杆，三月的煦風吹拂著整條漢江、整片平原，黑油油的土壤上是綠油油的麥苗、金燦燦的菜花。

　　風鼓著帆，帆舉著風，順著漢江而下。兩岸的江堤上，輕輕柔柔的都是新綻的垂楊。在任何時候，只要腦海中閃現「昔我往矣，楊柳依依」的古老詩句，我的眼前必然會出現這兩條美麗的長堤，從腳下，一直綠到天涯。與這嫩綠相映襯的仍然是那一面帆，那面白帆，上面有一塊青色的補丁，記錄著歲月的風雨與航行的艱辛。而此刻正逢春天裡的好光景，風的柔曼恰如嬰兒粉紅的嫩手，不經意地拂到臉上，有一種癢癢的、酥酥的感覺。這個季節正好解纜而下，乘風遠舉。從春天裡啟錨的任何一隻船都會一帆風順。我望著那一面綴著青色補丁的白帆，消失在大河的拐彎處，不知是融入了白雲裡，還是融入了菜花中。一顆十二歲的少年心，如同初戀一樣，被一條大江和一面白帆所牽動，這時，正好一抬頭便

看見了一隻紙鳶,接著是另一隻,又一隻,無數隻。我想高掛雲帆濟滄海,我想扶搖直上九重天。

這是我第一次看見這條大江,在此之前,我只能通過觀察流經家門前的水渠來想像大江的奔流。這條江在地理書上稱漢江,是中國最大的一條江的最大的一條支流。這座漢水之濱的大鎮,叫沙洋,離我的家鄉只有三十里,且有車道相通,我卻至今不明白,我為什麼直到十二歲那年的春天,才敢於離家出走,到這座鎮上來見識三層樓高的百貨大樓。我迷失在人群裡,穿過一條小街,再穿過另一條小街,最後我登上了那道江堤,看見了垂楊、紙鳶、油菜與青苗,和那一面補著青色補丁的白帆,看到了那一條奔流到海不復回的大江,不是黃河,也不是長江,是漢江。

我的一生就這樣被一條大河所牽引。對這條河的最初的一瞥,成為我對遠方永遠的追求與嚮往。在祖輩留下來的低矮、陳舊的屋檐下,我已經生活了十二年,在沒有被這條河所映照的天光水色洗亮渾噩的眼睛之前,我也許可以心滿意足地待在那方圓幾十里的地方,勤勞、平安地度過我的一生。但一旦我看見了她,看見了那一面綴有青色補丁的白帆,這世界對我來說就已變得截然不同了。在一位十二歲的鄉村少年心裡,一切都被河流賦予了新鮮的意義。在河的上游是什麼地方?有什麼樣的城市和村莊?在河的下游,又是一番怎樣的景象?我大著膽子,尾隨在幾個工人打扮的人身後,小心翼翼地混上了專門為過往汽車擺渡的渡船。我躲在甲板的隱蔽處,一次又一次地在這條江上來回,從此岸到彼岸,從彼岸到此岸。我甚至還登上了對岸的江堤,那是另一個縣——天門縣的土地,我們這個縣盛產水稻而那個縣盛產棉花。有誰比我更加驕傲和自豪?一個出走的少年竟然踏上了外縣的土地,而村子裡的人,即使是常常外出開會的支書,也僅僅到過幾次本縣的縣城。汽車從渡

船上一輛一輛爬上江堤，在平原上疾馳而去。人們告訴我，那滿車的糧食都運到了省城武漢，這條河也正是在武漢匯入長江。那一天我發誓，下一回離家我要走得更遠，到武漢三鎮去闖蕩人生，這會兒先暫且回家，補習好逃學耽誤的功課。

一九八〇年我十八歲，剛剛是個青年。那一年的秋天我以全縣文科總分第一名的成績，被北京的一所名牌大學錄取。武漢已經不再是我的夢想，它只是我奔赴自己夢想的一個中轉站。在那裡我擠上142直快列車，抵達北京站時剛好聽到鐘樓裡傳出凌晨四點的鐘聲。多麼明麗的北京的早晨啊！初秋的晨風是那樣的沁人心脾，薄薄的寒意驅走了晝夜兼程的困倦。北方的太陽升起來，多麼輝煌的城市的日出，被千萬盞燈照亮的城市，此刻只被一盞懸在天空的燈照亮。生活突然對我展開了如此不同的新天地：那些自覺往垃圾箱裡扔果皮的北京人是多麼愛護自己的城市！那些主動給孕婦、年邁者和殘疾人士讓出座位的北京人是多麼善良！北京，你還記得我嗎？那個背著土氣的花布鋪蓋捲、穿著布鞋走進你懷抱的鄉下青年，在這座城市裡成了詩人，學會了主動讓座，不亂扔髒物。我深深知道，做到這兩點，並終生不渝，就至少稱得上是一個好人。很遺憾，那座城市沒有河流，而我，需要駛向人生的下一個港口，我的背上，有一面小小的、同樣補著青色補丁的白帆，跟我在漢江裡第一次看見的那面白帆一樣，寫著風雨，也寫著陽光。

我永遠也不會忘記漢江帶給我的心靈的安慰。是漢江使我走向遠方的，但我不幸生病休學了。就像一條準備遠航的船，升帆不久就被迫返回了啟航的港灣，我重新背著鋪蓋卷回到了漢江邊。仍然要從那個叫沙洋的大鎮出發，坐清晨的第一班客輪，到下游兩百里外的一個叫仙桃的鎮上尋訪一位名醫；仍然是獨自一人，夜晚歇息在擠著二十張鋪，住宿費僅四毛錢的旅店裡。回程的客輪應該在凌

晨兩點抵達，可是，從武漢駛來的那班客輪卻遲遲沒有靠岸，我將雙腳浸入江水，以驅除襲來的睡意。我不能錯過這一班船，唯一的一班船。我知道，無論我走得多遠，我最終都會回到那條最初的河流上，重新升起人生的旗幟，那補丁越來越沉重的帆船的翅膀、掠水而過的鳥的羽翼。

在我一生中填寫的無數的履歷表中，籍貫「湖北荊門」將一直是不可忽略的重要一欄。我十分喜歡李白的名詩〈渡荊門送別〉（儘管我知道，此「荊門」並非我的家鄉荊門）：「仍憐故鄉水，萬里送行舟」，這是多麼深沉繾綣的眷念，又展示了怎樣雄放豪邁的襟懷！二十五歲生日那天，我曾戲作一首自壽詩，結尾便是「二十五載青絲長，正宜散髮弄扁舟」。如今我已近而立，但我不會忘記，漢江裡那一面白帆。儘管碧空之下，孤帆遠影，那上面的青色補丁仍然清晰可辨，只是愈行愈杳，消失在不知是白雲中，還是菜花裡。

筆緣

　　差不多有十年的時間，我只使用圓珠筆。一個粗糙的細竹筒，再加上一根價值九分錢或一角一分錢的筆芯。這樣簡陋的裝備，在大學裡，簡直像一個游擊隊員。我喜歡圓珠筆，倒並不全然歸因於我的貧困，而是這種自製的圓珠筆，多少有一點古樸自然的美。握著一根細小的竹管，似乎已成竹在胸、文思如泉了。有時候竹管破裂了，我便用白膠布緊緊裹上，使這支筆更加像一個負傷的戰士。那時候，羅中立才剛剛畫出成名作《父親》，把一管竹製圓珠筆夾在耳朵上，差不多成為校園裡的一種時髦。用這樣的一支筆來對付考試、寫詩和情書，該是一件多麼浪漫的事情。有時我天真地想，馬克思是多麼了不起，僅僅用一根鵝毛，就寫出了《資本論》。同樣了不起的還有鵝毛筆時代的大師：歌德、普希金……。

　　在我宿舍的窗外就是竹林，從南方運來的竹子被強行地栽種在這裡，每天早晨我都能看到園林工人用水管給竹子虔誠地澆水，可它們還是不曾扎下根來，大多數竹子都先後死去了。我的這

支筆管正是來自這一片竹林。每當握筆在手，我便要想起我的南方的故鄉，在那裡我像一根幼竹不斷受到砍伐卻最終能頑強地成長。

我的故鄉有竹林環繞。我把少年時代的第一支鋼筆遺失在某一處竹林裡。那是一支紅顏色的、很短小的筆，上墨水的方式很奇特，不是普通的膠囊，而是一支汲水管，跟我們這些鄉下孩子用竹筒製成、用來打水仗的「水槍」原理相同。這是我們家唯一的一位城裡親戚送給我的禮物，當時的價格是五角九分錢，大致相當於一斤雞蛋的售價。這支筆成了我的朋友。正是用它，我寫下了漫長文字生涯中最初的稚嫩文字，在作文課上，並因此獲得老師的稱讚。那些少年時代寫下的文字，現在當然早已湮沒於時光，在人生的變遷中蕩然無存，但我曾懷著一顆怎樣的痴心，長久地凝視著寫在紙上的字，看新鮮的墨汁漸漸乾枯，顏色也由藍而黑，終於變成一種固定的、經久不褪的東西，成為內在生命的一種呈現形式。

故鄉平原上那水平如鏡的方塊形稻田，和那些方格的稿箋存在著某種相似性。彎腰於稻田和俯身於稿箋，從本質上講都是一種嘔心瀝血的耕耘，但我最終還是選擇了稿箋而不是稻田來消磨我或長或短的一生，卻並非出自偶然，而更像是天意注定。我過一歲生日時，為我預卜前程的父母用篩子端出了一些具有象徵意義的小物體：幾枚硬幣、一支從鄰居家借來的、老掉牙的筆，諸如此類的一些東西。我選擇了筆，而置錢和堅硬的糖果於不顧，這也許暗示著我的一生並不那麼富有和甜蜜。錢當然是好東西，糖果也不多餘。如果能三者得兼，當然是天下至美的事情。但如果只能選擇一樣，我還是寧願再一次握緊筆。

在鄉村學校裡，男同學和女同學之間，一般是不公開來往的，交談也很少。沒有誰這樣規定，但也沒有誰覺得這不可思議。筆往往在男女同學之間建立起一種有趣的聯繫。寫字的時候，筆會突然乾枯，我就用胳膊碰一碰身邊的女同學，示意她把自己的鋼筆擰

開，擠給我幾滴墨水。和我同一根長凳坐著的，還有男同學，前排和後排也有，但我還是願意向女同學借幾滴墨水。第二天上學的時候，我會將筆管撐開，將墨水一滴兩滴地如數擠還給女同學。當然有時候我也會賴帳，根本不打算償還。我願意和女孩子們鬧一點小小的糾紛，背負著欠下的這一點可笑的債務走向生活和人生。當我在大城市裡，在一棟高聳入雲的大廈裡用一支價格昂貴卻非我所買的筆寫這篇關於筆的文章時，那些借給了我無數滴永遠也償還不清的墨水的女同學，早已嫁到四面八方的鄉村裡，此刻正坐在農閒時節的屋檐下，一邊曬太陽，一邊納鞋底。除非為了記賬，收入和支出——這些日常生活的流水，她們不會想到她們也曾擁有過筆，更不會想到她們引以為榮的男同學，此刻會在遠方的大都市裡，因一支新投入使用的高級金筆而懷想起她們，在眼前浮現出她們那紅潤、質樸、敦厚而善良的面容。

像一段注定了要流逝的歲月，那支城裡親戚送的珍貴鋼筆，還是無情地遺失在故鄉的竹林裡了。我甚至無法描述出我對世界的絕望心情，因為我的筆丟失了。我循著放學時走過的路，每一條田埂、每一個小溝，每一蓬枯草，一直找到那片竹林裡，翻遍了每一片竹葉。許多年過去之後，我才悟出這原來是一種吉兆。那支遺落在故鄉草叢和泥土中的筆，吸足了故鄉泥土的氣息、草木的氣息、天地之間的靈氣，在我如今的筆下，化作清澈透亮的汩汩清流淌出來，使我不至於變得乾枯，像在大都市的人海中被烈日曬乾的一條鹹魚。早在一九八五年，我在詩集《雨季來臨》的後記中，就明確地提出過：「筆應該插入土地，詩理應走向世界」的響亮口號。如今我對於遺失在故鄉的那支筆，存在著的不是惋惜而是感激之情了。我深深地知道，一個作家或詩人，僅僅靠汲取墨水是寫不出任何東西的。

　　孩子們心中往往潛伏著某種暴力心理，一旦爆發甚至會比成人更為凶殘。我的第二支筆就毀於這種暴力。我的語文成績（尤其是作文）最好，而家庭成分最糟，這使我在同學們中既得到保護，又受到欺負。不用說，愛護我的是那些肯擠給我墨水的女同學，而欺負我的，往往是那些出身好、塊頭大而成績差的男同學。有一次我和一位這樣的同學吵了起來。他一把抓過我的鋼筆，扔在地上用腳踩得粉碎，在我幼小的心靈裡，投下了暴力的陰影。當時我認為，這便是世界上最大的暴行，後來才知道，人類還誕生過希特勒和墨索里尼。在老師的干涉下，這位同學後來賠給了我一支同樣的鋼筆，但一隻腳把一支鋼筆踩得粉碎的一瞬，卻成了我心裡揮之不去的噩夢。我知道，這種事情是經常發生的，不過不是在孩子們中間，而是成人社會裡；容易被踩碎的，當然並不限於鋼筆、還有眼鏡、聽診器、試管……諸如此類的易碎品。使用這些東西的人，往往並無反抗能力，而不幸的是，我又偏偏成了他們中的一員。

　　如今我安然地生活在城裡，在一棟大廈內，隱藏在數百名使用各種鋼筆的人中間，靠一支鋼筆來謀取生活，既不富裕，也不貧困；算不得是上流社會的雅士，也不是引車賣漿的粗人。我知道，這一切都應該感恩於筆，使我們全家能不事稻棉卻免於凍餒。我寫下的文字，並非每個字都出自本意，有時我不得不作踐自己，寫出一些違心的句子來欺騙讀者，但我知道，那不是我的過錯。

作於1992年

黎明時分

　　時光的美麗，在黎明時分變得具體可感，變成雅的鳥語，和俗的雞鳴。我願意一生都做一個早起的人，在東方欲白的時候就開始灑掃我的庭院（假如我真正擁有一座庭院的話），在樹下舞劍，用晨露研墨，在一片雞聲裡將《詩經》高聲地吟哦：「雞既鳴矣，朝既盈矣。」「東方明矣，朝既昌矣。」藉助漸亮的曙色，一個當代平民就這樣懷想起遙遠的古代，那些踏露早朝的人們。

　　我享受過的人生的大美，都跟黎明有關，而且，都在黎明時分降臨。記得少年時代，有一天半夜，奶奶恍惚聽到一聲雞鳴，就匆忙為我備好了早飯，讓我早早地返回幾十里外的學校上課。我推開門一望，整個鄉村、田野、溝渠、樹林，都被白茫茫的大霧籠罩著。用一個小網兜提著醃菜和乾糧，我獨自踏上了旅途。走了十多里，連一個人影也沒有見到，我彷彿陷落在一片霧的海洋裡。奇怪的是，當時我非但沒有感到孤獨與辛苦，反而覺得這霧的屏障有一種難以言傳的美麗。在我的眉睫上，霧氣凝結成了一種細小的水珠，就像草葉上的露水一樣。我的心裡如同燃著

11

一盆通紅的炭火，我意識到，青春的歲月已經來臨，而我，正在奮鬥著，在霧的深處，遙遙地、隱隱地傳來一種金屬的召喚，是那所鄉鎮中學上課的鐘聲。

我的第一次約會，也是在黎明。經過徹夜未眠的等待，在凌晨五點，在初夏的葡萄藤蔓裡，我的心萌發出那麼多闊大的綠色葉片。她穿著一身雪白的運動服，腳上的運動鞋格外引人注目，而我，也是一副長跑運動員的打扮。其實，我們都不是熱愛運動的人，對晨跑更沒有特別的興趣。為什麼我們的初次約會，竟然不是「月上柳梢頭」的薄暮之後，而是大街清寂、晨光初露的黎明？我們並肩跑步，穿過沉睡著的蓉城，我順手摘了一朵路邊的夾竹桃花佩在她的胸前。這時候城市正好從它的睡眠裡從從容容地醒來，我們的愛情便從黎明時分開始，和太陽同步降臨在每一天的生活中。

當我有了一個溫馨的家，有了一份安定的工作，我就差不多變成了一個自足的、慵懶的人。有多少個迷人的黎明，我是在平庸得連夢也沒有的酣眠中度過的？我本來可以成為一個聞雞起舞的人，我的每一天，都應該比鄉村裡早起的牧童更為勤勉。當我躺在溫暖的被子裡，聽著城市裡的偶爾才有的雞鳴，我有時也會想起鄉村，想起那個在茫茫大霧與喔喔雞聲中走向學校的鄉村少年，他如今睡在柔軟的席夢思上，有時候甚至不必做任何工作就可以有吃有穿，雖然按城裡人的標準，他一生都注定了是一個窮人。想到這裡我便會霍然而起，擰開水龍頭，用冷水使勁地搓臉，立刻感到那些充實的、奮發向上的好日子，又回到了我的身上，變成了我渴望的那種生活。

我確實是一個奔波於途的人，即使在形式上，我安於家居的日子，我的內心卻永遠在流浪著，渴望在黎明時分，悄悄告別一座城市；或者，抵達另一座城市。在詩裡我曾經寫過：「世界有多麼

廣闊／生活就有多麼廣闊」，可這只是詩人的夢想。有時候我想，假如我的一生，就生活在某一個地方，在同一間屋子裡度過，在同一個單位謀生，認識的都是那些相識多年的面孔，我的生活該是多麼可怕！可在我的周圍，我親眼看見有好幾代人習慣於這種一潭死水，並且對它充滿感激。

在黎明時分出發，能使我們面臨新鮮的一天，甚至一個新鮮的世界。有一次，我奉命出差，一大早就出門去機場。我提著簡單的行李，穿過家門前熟悉的小飯館、包子鋪，那裡的夥計已經捅開了爐火，我這個行路人的心立刻變得溫暖，因為至少在這個黎明，我的生活被改變了。我是整個街區唯一一個在黎明時分離開家門、踏上旅途的人。目的地是哪兒，這其實並不重要，重要的是我已經重新出發。不到終點，永遠在旅途之中的這種感覺，激勵了我的意志和毅力，使我不至於更深地陷入日常市井生活的重複與自足中，變成一個在心理上失去了「黎明情結」的人，一個精神上的垂暮者。那一次我記得十分清楚，有一輛三輪車跟在我身後，和我保持著距離，車伕不時地拉一下車輪上的鈴鐺，傳來清脆悅耳的響聲。我的腳步在這種鈴聲的伴奏下，更加有力。我真切地感受到了，在黎明時分，用自己的雙腳奔走於大地的那種快感。

荊門鄉村的美食

　　荊門不算一個名氣很大的地方，尤其不以飲食聞名。但離家久了，那裡特有的幾種吃食，卻時常縈繞在我的思鄉夢裡。在外面混日子，也風光過，也虛榮過，豐盛的宴席真見識了不少，總覺得老家的菜肴，才有獨一份兒的滋味。有時候想，人的懷舊情結，其實是不受年齡限制的。比如說我，在這三十出頭的年齡，已時常懷念荊門鄉村的美食來。說是美食，當然只是我的說法，在貧寒的鄉村裡，頂多不過是雞鴨魚肉，又哪裡有什麼山珍海味呢？

　　鄂菜以蒸為特點。湖北農村的家庭，無論殷實與否，一般都會備有或大或小的竹編蒸籠。那是一種神奇的炊具，逢年過節，將備好的熟菜放入蒸籠，十幾分鐘後就可以擺上滿滿一桌子，主人和客人便可以相對而酌了。據說「沔陽三蒸」是有名的，當地小飯館的招幌上，常常寫著這幾個大字，我卻至今不知道是哪三蒸。荊門城南的蒸菜裡，我最喜歡的當推蒸鱔魚和蒸槐花。

　　鱔魚是自己親手逮的好。秧苗返青後，就可以背著個竹簍下田了，沿著一坡一坎的梯田順次

摸去，竹簍就在屁股後面變得充實起來。我不善釣，逮鱔魚卻是一把好手。同行的夥伴，往往抓到細細嫩嫩、小拇指粗細的十幾根，我的卻是滿滿一簍。鱔魚背回來就養在罐裡，放在天井中，專等端午節時抓出來宰殺，然後洗淨，切成塊狀，和上米粉和香料，放進蒸籠裡，一會兒就香氣四溢了。蒸熟的鱔魚端上桌，再撒上點五香粉，絆以地道的小磨香油，就足以令主人驕傲、客人垂涎了。

蒸槐花又是另外的一種香味。春夏之交的時候，槐花一嘟嚕一嘟嚕開得滿枝滿極熱鬧非凡，潔白如玉，活像女人銀色的飾物，就像我在詩裡曾讚美過的那樣：「這春天的銀耳墜啊，不容攀摘。」老家的人們，以前並不知道吃槐花，這種習慣還是河南移民帶來的。他們提著柳條筐，走村串莊摘槐花的怪異舉動引起了吾鄉人的極大好奇，於是村女村婦們群起仿效，把槐花摘回來，洗淨後，仍然是和上米粉、香料，用那萬能的蒸籠蒸而食之。自然，一碗蒸槐花和一碗蒸鱔魚是截然不同的。它的香味是幽幽的、淡淡的、植物或花卉所特有的那種，而且是絕對意義上的天然食品，跟農藥、化肥之類的東西毫不沾邊。我很奇怪，為什麼城裡人至今還沒有發現槐花的妙絕之處，而讓吾鄉的村民們獨享這詩意的佳餚呢？

豆餅真是一種好東西。我的故鄉值得驕傲的特產，似乎並不太多，豆餅卻是其中之一。童年時的溫馨記憶大多跟豆餅有關。有時候，家裡烙了豆餅，奶奶就用竹籃裝上十幾二十張，或者更多，催我給三里外的外婆家送去。一個提著豆餅的小村童就這樣磨磨蹭蹭地走在村路上。有時候碰上大人，不外乎是村裡或鄰村輩份高的鄉親，他們掀開白布，並不客氣地捲起一塊豆餅就塞進嘴裡，我自己餓了也會吃掉一些，所以，豆餅送到時也就所剩無幾了。外婆烙了豆餅，則會差舅舅們送來。說是舅舅，年齡卻和我相當，舅甥玩起來有時也不免打一架，一籃豆餅也就化干戈為玉帛了。豆餅確乎有

點像「玉帛」，薄薄的，也像紙。剛烙好的餅，冷卻後切成帶狀，放進鍋裡炒。記住，一定要放豬油，蔥子也是萬萬不可缺少的。這樣炒出的豆餅，一大盤擺在桌上，既算是菜肴，也可以當飯吃。豆餅的另一種吃法，是將豆餅切碎後，曬幾個大太陽，吃的時候用水煮，煮好後澆上一兩勺牛雜碎或是羊雜碎。當然，這種奢侈也只有鎮上的館子裡才做得到。

豆餅的做法是：將大米和綠豆，分別用清水浸泡一晝夜，將綠豆去皮後，將二者用合適的比例混合在一起，放進磨子裡磨成漿狀，然後將白漿在鍋裡烙成餅。說起來容易，實際操作起來卻很需要技術，很多新娶進門的媳婦，在娘家沒學會這門手藝，就很不讓婆婆滿意。而在我家，每逢推豆餅，孩子們都高興得像過節，父親推磨時，我就在後面推他的屁股，幾個弟妹又在我的背後胡亂推我，活像童話裡的小貓拔蘿蔔。回想起來，那大概是人生最單純的親情與幸福吧？

豆皮與豆餅雖然只有一字之差，卻是完全不同的東西。豆皮是用黃豆做的，跟豆腐是同胞兄弟，只不過做豆皮的工序比做豆腐要稍微複雜點。在成都的街頭，到處都是賣豆腐的，便宜得很，卻極少見到有豆皮出售。我一直不明白，豆皮分明比豆腐好吃得多，賣價也貴好幾倍，為什麼小販們不生產豆皮呢？莫非成都人沒有吃豆皮的良好習慣？

在老家，豆皮也叫「千張」，指的是它的薄。一般的吃法是炒，用韭菜，或是青椒。你如果下館子，不點別的菜，只一盤炒豆皮、一碗米飯，就可以吃得心滿意足。當然，這是勞動人民的飯菜，趕牲口的、拉板車的，大多這樣吃飯，圖的是省錢又省事。稍微有頭有臉些的人物，並不這樣儉省，總要點幾個好些的葷菜，即使不怎麼吃，也要充充臉面。當我重回故鄉，衣冠楚楚地坐在一家

小館子裡，面對桌上僅有的一盤炒豆皮坦然自若地狼吞虎嚥時，老闆娘和鄰座的食客都不免投來詫異的目光，他們或許覺得，我的裝束、舉止和「氣派」，一定是大地方來的有地位的人，無論如何不該只吃一盤普普通通的、只值七、八角錢的炒豆皮。滷過的豆皮，那味道就連海參、魷魚也比不過了。當然，這只是我的偏好，可惜十多年都不曾飽餐一頓了。

　　老家的民間美食，還有許多，像乾魚、臘雞、鮮蝦、田螺、魚糕（俗稱「捲」）等等，它們構成了我業已失去的那個世界、那種生活、那段生命。

辛詞別解

「稻花香裡說豐年」

在擁有一座廢園的公寓中居住多年之後，前不久，我們終於搬家了。與廢園雜蕪的綠意相比，新居窗前的後院，被房東雇人鋪上了水泥，連一棵樹也沒有，平展展的，左看右看都像家鄉的禾場。

禾場，這鄉村的手掌，攤在村子的邊緣地帶，除了鋪曬、碾壓水稻、小麥、芝麻等作物外，它更發揮著鄉村娛樂中心的功能。在夏夜裡，鄉村的孩子們，互相牽著衣服的後襟，在月光下的禾場上玩「趕羊」的遊戲。擔任牧童的那個小子、丫頭，如果抓住了「羊尾巴」上最後的一個孩子，他或她就得乖乖地出列，代替那個牧童，繼續追趕「替罪羊」。「羊群」在禾場擺動，星光在夜空照耀，田裡的蛙鳴和頭頂的螢火，真有辛棄疾詞中「稻花香裡說豐年，聽取蛙聲一片」的田園之美。只是，孩子們哪裡曉得，父母一年忙到頭，年終分紅時，大多是「超支」的結局呢。

碾下的稻穀，不能立刻歸倉，得在禾場上曬幾個大太陽。人們將稻穀堆成金字塔般的小丘，

然後，由隊幹部端來稻草灰，在穀堆上劃上記號，剩下的事情，就輪到我們這些小夥伴了：兩人一組，守夜。總是挑要好些的夥伴結成一組，將家裡的竹床搬到禾場上，用稻草扎起草把，將蚊子薰走，然後，躺在竹床上，望著滿天星斗或一輪滿月，談起前些日子看過的電影；漸漸地，似乎不經意地，談起某個女同學，點到為止，忙忙地用別的話遮掩過去，聽的人比說的人，有更多的不好意思。

曬在禾場上的稻穀，需要不時翻動。常用的農具，是一種木質的耙，但農民們更願意只用兩隻光腳丫子。在一兩寸厚的稻穀裡，兩隻光腳就這樣呈一條直線，踢出兩道淺淺的溝壟。當我也這樣踢著稻穀的時候，我發現，我踢出的溝壟，比父親踢出的要窄小得多。這也難怪，我的腳，這雙日後要走向天邊外的腳，還沒有長大。家鄉的稻穀留給了我的赤腳一丁點踏實感，加上微微的刺痛感。而從禾場走向考場，走向人生許許多多的失意與挫折，應該說，禾場是我人生教科書開頭的一章。

揚場不是小孩子的活。曬乾的穀子，要揚乾淨雜土、碎草才能入倉。我記得父親揚穀的情景：身量不高的父親，先輕輕地揚起一銑，試試風向和風力，然後，只見他岔腿站立，均勻有力地將穀子揚向空中。在空中散開的穀子，落在禾場上時又會奇蹟般聚集在一起，變成一條細長的小丘。他就那樣一步不移地將一堆穀子揚完，這才擦掉脖子上、頭上的草屑和汗水。這個憨厚的人，這個擅長耕田這類農活，卻拙於插秧等另一類農活的農民，就這樣和土地、莊稼相守了一生。

鄉村的夜晚有真正的靜謐。夜是純粹的黑，因為沒有電。月圓的時候，則是那種不折不扣的圓；而沒有月亮的晴朗之夜，銀河系就更加燦爛。鄉村裡的老者，光著上身，將傳說中的「牛郎星」與「織女星」一一指給我們。這點知識，不知是歸入天文學呢，還是神話學更好。講到這裡，嘰嘰喳喳的女孩子們總會靜默下來。那些在

農忙之餘，學著編毛衣、勾花邊、納鞋底的鄉村的女孩們，一個接一個地遠嫁他鄉，成為與她們的母親一模一樣的農婦，養育這個民族，在「人民」這座金字塔裡，成為最基層、最龐大、最無助與無奈的那一層。

來到美國後，回過兩次村莊，見到當年村裡的十多個禾場，如今已經全部荒廢了，有些變成了旱地，有些則長滿了荒草。村莊的衰敗，到了觸目驚心的程度。十字形的村子，已經有半條街，完全變得無一戶人家居住，甚至連村子中心也出現了房屋倒塌後的廢墟。村裡人去了哪裡？城裡謀體面的差事，是最好的出路；在附近的小鎮上擺個小攤，也是不錯的選擇；到山西煤礦挖煤，到深圳工地挖土，更是越來越多的青壯年的必由之路；村裡剩下的，差不多就只有老人、女人和孩子了。

從每年的十一月到次年的二月，舊金山的雨季綿綿不絕。前天晚上我忘了關窗，結果，攤在書桌上的幾本書被夜雨打濕了。趁著大晴天，我將這幾本書攤在後院裡曬乾時，不知怎地想到了黃豆、小麥、甚至芝麻。如果我家裡有這些親切的糧食和油料，而我又正巧有一個竹編的簸箕，我一定會將它們端出來，攤在後院裡，曬一曬這異國的太陽。

有了簸箕，再加上一輪日頭，這水泥後院，頃刻之間就變成故鄉的禾場了。

「新耕雨後落群鴉」

鄉下孩子，長到十七、八歲，胳膊腿壯實到拖得起犁鏵時，就該學農活中最極致的一門——耕田了。一根細長的鞭竿，石竹所製，比尋常所見的水竹，拈在手裡便沉了許多。杆頭一根繩子，細

麻編成，在泥水裡浸泡得久了，早已變得僵硬，甩起來，連鞭稍都「啪」地一聲，炸出一陣泥土味來。

軛，自古以來就是沉重的。牛的脖子上，那一圈與皮肉相摩擦的木頭，在經年累月的拖曳中，漸漸變得黑亮黑亮的，不知是牛的汗，還是血。軛自然是家傳的好，幾輩人的日子，苦命地來，苦命地走，靠的就是這負重的肩頭，無論是人，還是牲口。

在有皇帝的日子，開春時，第一犁往往是皇帝所耕，在京城，在地壇。天下五穀，要養天下的人和獸。豐年納穀，天經地義；遇到荒年，官家就該開倉賑災了。餓死百姓，引起民變，皇帝得下「罪己詔」，對普天之下的臣民作一番自我檢討。後來，革命降臨，以及革命之革命。皇帝沒了，代之而起的是領袖。領袖一時心血來潮，老百姓就成千上萬地餓倒。一個只會打仗不會作詩的將軍，寫了幾句順口溜，「我為人民鼓與呼」，結果，不但丟官，而且喪命。千萬人的枉死，無損一個人的偉大。這是中國農業文明與現代政治結合的產物，舉世獨有。

家在黑土豐饒的江漢平原邊緣，一眼望去，盡是高高低低、錯落有致的梯田，三月末、四月初的春秧下田季節，一丘一嶺，大大小小都是儲滿水的稻田，明晃晃的，鏡子一般。耕水田與耕旱田，雖然都是一個「耕」字，所需要的技術與體力，卻是大有不同。水田耕起來，牛要輕鬆一點，因為水的緣故，吃力的是扶犁的人，雙腳踩在泥裡，深一腳，淺一腳，犁溝又不易看清；耕旱地，如果土並不那麼板結，濕度正好，牛拉起來雖比耕水田吃力些，人卻輕鬆幾分。只是我的家鄉主產水稻，因而，芝麻、油菜、小麥和棉花等旱地作物，播種面積自古就少，這上好的旱地，還真是稀罕呢。

在所有的農活中，舉凡插秧、鋤草、施肥、割穀、打場、整地、挖溝我都學會了，且很能勝任，掙了不少的工分，獨獨「耕田」這相當於農家子弟「畢業典禮」的農活，我沒有來得及學會——十七歲那年，在我的力氣剛好能拖動一具鐵犁時，我的命運發生了巨大的轉變。但是，無論我走到天涯海角，家鄉新耕田野所擴散出的那種沁人心脾的泥土味、混雜著腐植質的澀味和清新味，一直充盈著我的內心。從本質上講，我是種出過莊稼的人，我的小腿，被貪婪的螞蝗叮過，而且，我也並沒有完全失去土地——在祖輩留下的、如今已廢棄的土屋下，還有一小塊宅基地，是我把根留在泥土裡，愛泥土上的人與泥土下的人的一種抵押或者見證。

「新耕雨後落群鴉」，記得這似乎是辛棄疾的詞，第一次讀到，就喜歡得很，從此再難忘懷。烏鴉在南宋時，就是聰明的鳥兒，知道沃土新耕，多的是蚯蚓、蟲類被耕出來；雨後，更是各種小生靈鑽出泥土透氣兒的好時機。在我小時候，曾見到過不少的烏鴉，在村頭的枯樹上棲息。

現在，烏鴉大概是越來越少了罷？新耕後的土地上，翻找吃食的，或許只有鴨子了。

農事二題

麥收時節

在我的超微型書房「無聞居」裡，用玻璃鏡框鑲嵌著一張圖片，是從七〇年代中期中國大陸的一本畫報上剪下來的。圖片上是一片金色的麥田，一群農民正在彎腰割麥。遠處，綠樹四合的村莊隱約可見。

這幅在中國鄉村極為尋常的勞作情景之所以打動我，讓我將它懸之書房，是因為在那面向土地和莊稼彎腰折背的人群中，也曾有我的身影。圖片上那片黃澄澄的麥地，讓我回想起了在遙遠的漢水之濱，我故鄉沃野千里的江漢平原。

在這幅《刈麥圖》的下方，我寫下了這樣一段文字：

> 平原。綠樹與遠村。五月麥熟，戴斗笠和草帽的男男女女。他們流下的汗水，比麥粒更多，比麥粒更黃，黃得如同金子。服三千年的徭役，育五千年的文明；在泥土裡出生，泥土裡刨食，泥土

裡安葬的，就是他們，也只有他們。他們抬起頭來，我看清了他們的臉——是我的父親、母親、叔叔伯伯、兄弟姐妹。瞧瞧那小子，就是曾和我打過架的人。我從小就發誓要背叛他們、逃離他們，他們卻是我至親的人。我說不出他們的名字，卻生下來就認識這黑色的土地和金色的麥穗。

記得小時候，家裡收了新麥，磨成麵、烤成名叫「粑粑」（類似於河南的饃，但比饃精緻些）的食品，奶奶就會差我走三里的鄉間小路，請外公外婆來家裡吃「粑粑」。這是夏收之後、秋收之前的短暫農閑期，鄉間普遍奉行的禮儀，農村的兒女親家，因了這新熟的麥子、新烤的「粑粑」，就格外親上加親，幾輩子的情緣，濃得化不開。

可堪感嘆的是，近年來，無論在中國大陸還是海外，「農民」幾乎已成了一個貶義詞。我就曾在不同的場合，聽到熟識的作家朋友用這個詞貶損他人，心裡很不是滋味。中國以農立國，世代為官為宦、詩禮傳家者幾稀矣。凡我同胞，無論是臺港大陸人士，還是海外華人，根都在華夏泥土裡，如果自己和父輩不是務農出身，上溯三代、至多四代，必為農民，鮮有例外者。所以說，我們每個中國人的血管裡，都漩流著農民的血液——攜帶著堅韌、勤勞、善良、寬厚遺傳基因的文化。

我將這幅割麥的圖片鄭重地裝入鏡框，掛在書房裡，只是想藉以警策自己：勿忘農人之苦，勿忘稼穡之艱，不要斷了自己扎在泥土裡的根。

牧神的玉米

當我幾乎是漫不經心地寫下這個標題時，我的眼睛立刻被它吸引住了。如果我將來寫一本關於荒野、原野與田野的書，這將是

最恰當的書名。在書裡，有一穗紅纓飄揚出來，像夏天的旗幟和火焰。

在離我家幾個街區的地方，有一家大型的食品超市，名叫CALA FOOD，偶爾運氣好，會碰到有新鮮玉米出售，一美元六個，便宜得簡直像饋贈。那種穿著青衣、戴著黃纓的玉米，似乎是早晨剛剛摘下來的，還掛著玉米地的露珠呢！捏在手裡，玉米會發出輕微的「咕咕」聲──只有極新鮮的果實，才會有這樣的響動；也只有懂得果實的人，才能聽到這種聲音。在超市擺放玉米的地方，備有巨大的筐子，顧客可以將玉米葉撕下，只買走赤裸裸的玉米，也可以將玉米葉──這純自然的包裝物一起帶走，讓植物的青澀之氣充塞你的居室。在這樣的購物中，一個心靈敏感的顧客，很容易感受到自己實際上距離玉米田並不太遠，儘管四面望去，沒有一寸裸土，滿眼都是異國的街市。

據說，玉米是印第安人的守護神。那麼，玉米神究竟是怎樣的神靈呢，我不知道，你也不知道。記得曾看過一部美國電影，片名已經忘記了，主要內容是人類的惡行觸怒了玉米之神，玉米憤怒了，玉米在起義！有一個鏡頭非常具有創意：一個孩子在玉米地裡忘命地奔跑，而他身後莖莖直立的玉米，竟然像遭了魔咒一樣，呼嘯著片片倒伏，靜止的玉米驟然間變成了一片狂野的波浪，對這個孩子的奔逃展開了殘酷的追逐。如果倒伏的玉米趕上了這個孩子，毫無疑問，他將被玉米無情地吞噬。觀眾的心在此刻完全懸了起來，為孩子祈禱，更祈望由北美而傳遍全世界的玉米之神，平息內心的仇恨。

關於玉米，我保留著感傷的記憶。我小時候，在盛產水稻的湖北老家，有人從遷移而來的河南移民那裡，討來了幾株玉米苗，分給我兩株，種在自己小小的菜園裡。我天天都給它們澆水、侍候

它們的殷勤，絕不輸給任何勤勞的農民。可是，它們長得實在太小了，而且，玉米只有兩株，很難授粉——連植物都懷有如此無望的愛情。據說，那種玉米只屬於河南的旱地，而我們的水田，只適宜水稻。我由此知道，連根拔起、移栽他鄉，一定是十分艱難的事情，無論對一個人，還是一株玉米，都是如此。

十多年前，寫過一首詩，題為〈廢墟上的玉米〉，其中有這樣一節：「廢墟上的玉米／不同於荒野或良田上的玉米／你會看到頭盔上的紅纓、旗上的流蘇／看到闊大的玉米葉，被月光磨亮／摘下任何一片，都可以彈鋏而歌／牧神應聲從地底冒出，如同隱者／他的裝束，就是一位玉米武士」那時候，美國還是我青春之夢裡一片遼遠飄渺的國土，如今，美國就在我的一握之中，撕開它一層又一層的綠色包裝，我看到了晶瑩透亮如同寶石的玉米粒。

那是這片北美沃土最原初的主人印第安人，留給我們的實實在在的恩典。

擦亮馬燈

　　「舊物擺賣」（英文稱garage sale或yard sale）是美國周末街頭的一道溫馨風景：人們將過日子不大用得著的東西，擺在自家門前，或是車庫裡，在附近幾個街口的路燈柱子上隨便貼幾張絕不誇大其詞的廣告，就徑直坐在門檻上，一邊曬太陽，一邊招呼稀稀拉拉的客人。貨品越龐雜越好，最好擺得滿地都是。顧客自然全是街坊鄰居，儘可挑選自己喜愛的東西，比如燭臺啦、古舊的燈飾啦、老派的「咖啡先生」（Mr. Coffee，一種咖啡壺）啦、舊版本的莎士比亞啦，等等等等，五花八門，一邊挑，一邊說些閑話。在據說人際關係淡漠，不像吾國人與人之間有千千萬萬種粘連與糾纏的這個美國，「舊物擺賣」構成了一種獨特的社區文化，拉近了人與人之間的距離。置身在埋頭挑選舊物的客人中間，我喜歡聽主顧和主人之間互道早安的那兩聲「哈囉」，因為它使得這個平常且平安的周末、這個陽光燦爛得近乎奢侈的早晨，顯得如此親切、如此美好。

　　我一眼就看見了那盞馬燈。它擺在幾盞檯燈、落地燈之間，沒有發出任何光亮，卻一下

子照亮了我的眼睛。一盞鏽跡斑斑的異國的馬燈，依稀可辨的綠色
燈體，很可誇讚的工藝；玻璃燈罩擦得過於乾淨，使它看上去不太
像是一隻燈具，而更像一件飾品。我扭開油壺的蓋子，用鼻子聞了
聞，還隱約能聞到幾絲煤油的氣味。這是一盞真實的馬燈——它確
曾發出過微弱而謙卑的一小片光明！

　　我花了一美元，將這盞馬燈買下。我提著這盞連燈芯都已燃
盡的馬燈，走過一條街，又走過另一條街。我高興得吹起口哨，甚
至還唱起了久已荒疏的鄉村小曲，那種輕鬆快意的感覺真是無可言
說。雖然，太陽斜斜地正在升高，我還是要說，是我的這盞馬燈照
亮了整座城市——我非這樣強詞奪理不可，因為這盞馬燈，點燃了
我久已熄滅的詩歌激情，觸動了我謬斯之神的靈感，於是，在停止
寫詩四、五年後，我的第一首新作〈擦亮馬燈〉從筆下湧出——

　　　擦亮馬燈，馬廄裡的一盞馬燈
　　　風中的夜行人
　　　不知是漸行漸遠
　　　或者是越走越近

　　　馬燈微弱的光線
　　　只照亮腳尖前的小路
　　　留下晃動的腳後跟
　　　馬燈也照亮客棧的土牆
　　　斗笠或草帽的側影
　　　遮掩起俠客的面容

風中的馬燈
鏽跡斑斑
誰的手將它點燃
又被誰輕輕擦亮

我提著燈油熬盡的馬燈
在電燈與霓虹的城市摸黑趕路
活像賣蠟燭的小販匆匆回家
全部的光明已銷售一空

　　馬燈是我記憶裡最溫暖的光明。記得七、八歲時,「上面」傳達「最高指示」:「深挖洞,廣積糧,不稱霸。」所謂「深挖洞」,指的是全國備戰,城裡修地下防空工事,農村挖地道。一時間,只會栽秧割稻的叔叔嬸嬸、大伯大娘,在生產隊幹了一整天農活後,晚上還得去挖地道。沒有誰敢問這樣一個問題:在這個勞動一天只能掙一包廉價香煙的村莊,村民的全體物質財富加在一起也抵不上一顆小炸彈的價值,真的會有敵機前來轟炸嗎?如果真的有敵機來襲,毫無軍事知識的農民們挖的、被戲稱為「耗子洞」的這種地道,真能派上用場?然而,「上面」說要挖,又有誰敢說個「不」字?就在這種時代氛圍和背景下,我記憶裡的第一盞馬燈點燃了。

　　那是一個冬天的夜晚,夜很黑,風也大,爸爸吃完飯,扛著鎬和鍬出門去,我趕緊提著被奶奶擦得亮堂堂的馬燈,屁顛屁顛地跟在爸爸後面。兩三個五、六歲、三、四歲不等的弟妹們,也一窩蜂奪門而出,爭著去看我們家快要完工的地道。走在村裡的小街上,這些小不點兒都來搶我手裡提著的馬燈,我這個當大哥哥的,又豈是省油的燈!我將馬燈高舉過頭頂,讓弟妹們踮起小腳跟也無

濟於事。爸爸在前面發話了：「老大，你提燈走在後面，讓弟弟妹妹在前面走，免得絆倒了。提燈照路，『前照一，後照七』這是老話。」我得了爸爸的恩准，於是走慢一步，弟弟妹妹再也不敢搶著提燈了。在漆黑的夜裡，一盞馬燈，由我提著的一盞馬燈，照亮了崎嶇不平的一小段土路。這一團小小的光明就這樣在父親的引導下，慢慢移向村外，移向我們自認為隱秘的「私家」地道的入口。

地道洞口被一蓬荊棘和茅草遮蓋著。揭開「偽裝」，進入七彎八拐的洞裡，年幼的我，只覺得新奇而有趣──這地道，倒是小夥伴玩「捉迷藏」時極好的藏匿之地。爸爸脫下黑棉襖，只穿一件粗布襯衣，開始一鎬一鎬地挖起來。他挖滿一筐土，就躬著身，半跪半爬地拖著筐子，將泥土拖到洞外倒掉，再回到洞裡繼續挖。每次他拖著筐子，從只顧玩耍的我和弟妹們中間穿過時，由於地道十分狹窄，爸爸的身體總是會擠著、碰著我們一個比一個幼小的身體。我們對此很不耐煩，嫌爸爸的勞作，打攪了我們的玩耍。現在，在三十年後、兩萬里外的美國，回想起來，這是多麼幸福的、彌足珍貴的觸覺啊！一盞昏黃的馬燈下，搖曳著慈愛而辛勞的父親的身影，閃動著幾張嗷嗷待哺的稚子的臉龐。溫馨的親情和父愛，暖如布帛、美如絲綢，就這樣藉著細細如針的馬燈的光線，一絲絲一縷縷地繡進了我們作兒女的心中。

在極端貧苦的童年歲月裡，這盞馬燈幾乎是家裡唯一值點錢的東西。由於煤油太貴，所以，家裡輕易不點馬燈，平常只點一盞兩盞用墨水瓶做成的油燈，燒的是較便宜的柴油，火苗黃，油煙黑。我們兄妹六人，圍坐在這樣的油燈下，聽爺爺的訓斥：將掉在桌上的飯粒撿起！聽奶奶的嘮叨：吃水煮豌豆，要連豌豆皮一起吃下。而那盞馬燈，在這樣的時刻肯定早已被奶奶擦得錚亮，高高地懸掛在土牆上，只等著月黑風高的夜晚，爸爸或爺爺提燈出門，走夜

路趕往水庫或大壩工地，服中國農民千百年來沒有盡頭的徭役，或是到水田旱地裡白汗黑流，繳納千百年來繳不完的賦稅。風中的馬燈，就這樣照亮了長長的一段世事坎坷，一段不平的人生旅程。

我對於馬燈的這份繾綣之情，還更有原因。一九八四年初夏，二十一歲的我，生活中發生了許多大事，都和詩歌和愛情有關。當時，我違拗「少不入川」的古訓，作為大學生到四川成都一家報社實習。四川大學詩社的幾個詩歌愛好者，邀約我一起，在周末騎車到彭山縣去看「仙人洞」。我們中午從流貫成都的錦江名橋九眼橋（明代古橋，今已不存）出發、書包裡裝著詩稿、啤酒和成都名產豆腐乾等。除了我們三位男生外，結伴而行的還有兩位美麗的女生，姓名已無可追憶。我們慢慢騎行，在路邊的小飯館裡縱論詩歌，在沱江邊的沙灘上暢飲啤酒，划船、游泳、賽車、真有杜詩中那種「白日放歌須縱酒，青春作伴好還鄉」的快意和一點點的輕狂。在「少年情懷盡是詩」的人生黃金歲月裡，恰逢中國的天空，在長久的淫雨霏霏後，終於現出了幾許放晴的天色，每個大學生的心裡，都湧動著這一生要有所作為、成就一番事業的雄心。

在沱江邊玩耍，不知不覺天就漸漸黑了，我們卻完全沒有想到該到何處投宿。這時，有人提議向不遠處的一座村莊出發。這是一座只有五、六戶人家的小村，我們隨便敲開了村裡一戶人家的大門。天還沒有完全黑定，可以看出，這是一棟剛剛蓋起的土坯牆的瓦房。

開門的是一位年約六十多歲的農民，皺紋滿臉，頭髮半白。他一看見門口擠著一群推自行車的青年男女，差一點嚇一跳。我們向他說明來意，請求在他的屋子裡借宿一晚。我們生怕他不願意，急急忙忙表示，我們可以付錢給他，雖然我們只有一丁點錢。

這位姓張的老伯伯一聽，咧開嘴笑了，回頭對裡屋喊道：「老婆子，來稀客了呢！」這時，一個矮矮瘦瘦的、同樣皺紋滿臉的老

太婆應聲走出來，對我們連聲說：「稀客！稀客！」在中國南方許多地方的鄉下，農民們總是用這句話表示對客人的歡迎，如勉強翻譯成英語，大致就是welcome了。老伯伯說：「到我這裡是作客，不是住店呢，可不能提錢的事。要給錢，我還不讓你們住呢！」老人說話一口一個「呢」字，兩個女生忍不住一個勁想笑。

五輛自行車，將這三間土屋的客廳（農村叫「堂屋」）擠得滿滿。由於所謂的「仙人洞」，據說就在村後的山頂上，我們決定，先去登山，然後再回來吃飯、睡覺！

張老伯說：「先莫忙，拿盞馬燈照路。你們走不慣夜路，上山容易下山難呢，一腳踩踏實了路面，再踩第二腳。要是一腳踩空，摔下山溝裡，你們的娘老子活不成呢！拉扯個大學生，可不容易，命金貴著呢！」老伯的四川土話，雖然土得掉渣，聽起來卻那麼順耳，那麼暖心。

張老伯將一盞馬燈點亮，正巧交到我的手裡。我就像童年時那樣，將這盞馬燈高擎過頭頂，「前照一，後照七」，馬燈照著詩友的腳後跟，幾個青年男女，懷著詩歌和愛的夢想，仗著青春的豪氣，就這樣一步一步地向山頂爬去。

那時的農村還沒有電燈。我們下山時，遠遠地就看到村子的東頭，有兩粒微弱的燈火，一粒在屋前，一粒在屋後，映照在水裡，漾出一片月暈般的淡黃色光帶來。我們走近了一看，原來是張老伯和他的老伴，各自提著一盞馬燈，分別在門前的堰塘和屋後的水溝邊守候我們，為我們照路，擔心我們路不熟，跌入水溝或是堰塘裡。我好奇地、有點可笑地恭維了一聲：「張老伯，您家裡的馬燈真不少啊！」因為我想起了我家那盞唯一的馬燈。張老伯說：「從隔壁人家借的呢。」

　　我們進門，晚飯已經備好，菜只有一樣：極便宜的厚皮菜，用四川特產的小尖辣椒炒的，滿滿一大「盆」，擺在桌上。說是「盆」，一點不假，正是這對老夫婦洗臉的搪瓷臉盆。天知道老婆婆用了多大的力氣，才將它洗乾淨，用來款待這些貿然投宿的大學生。張老伯拿出一瓶白酒來，是一元七角錢一瓶的「韓灘液」，倒了半碗，說：「起這棟新房子，給娃兒娶媳婦，把一點家底都耗空了，連一點陳菜（指臘肉乾魚等）也拿不出來，娃娃們莫嫌菜不好，多吃一點。來來來，喝點跟頭酒！」他先喝了一口，然後，將酒碗推到我的面前說：「這在我們四川鄉壩頭，叫『轉轉酒』，一人喝一口，是個交情的意思，跟城裡碰杯一樣呢！」我問他為什麼叫「跟頭酒」。他露出缺了門牙的嘴「嘿嘿」一笑說：「這酒便宜，喝了摔跟頭，就叫『跟頭酒』。你們瞧，我的門牙都摔掉了！」大家「轟」地一聲笑成一團。

　　酒喝了幾圈，張老伯的話多了起來。他說：「自從這棟新房子修好後，還沒有住過客人，今天一下子就來了五個大學生，我臉上光彩呢！怕是老天爺也要誇獎說，我們老張家人緣好、人氣旺呢！」問起他的家庭情況，老伯說：「閨女嫁了呢，兒子沒你們有出息，大學沒考上，讀了個師範學校，在外鄉教書，秋天就要娶媳婦呢。」

　　趁著酒興，我問他：「張老伯，你對我們為啥這樣好？」我原本想用「熱情」這個詞，怕他聽不懂。老伯用筷子指了指屋頂的大樑，說：「沒有大樑，修不起房子呢。你們這些讀書人，都是國家的大樑。沒有大樑，不成個國家呢！」我抬頭一看，大樑上的紅布還完好如初。中國鄉村的習俗，修新房上樑時，大樑上要裹一塊紅綢，最不濟也要裹一塊紅紙，還要放一掛長長的鞭炮，圖的就是驅邪氣、保吉利。

　　這一晚，我們睡在厚厚的、金黃而柔軟的稻草裡，蓋的是張婆婆從村裡借來的幾床被子。隔著權充「男女有別」的幾把椅子，三個男生和兩個女生酣然入夢，男孩女孩的夢一樣香甜。

　　第二天一大早，這對夫婦要出門割麥，我們也要趕回成都了。我拿出實習用的照相機，在門前替他們夫婦拍了幾張照片，打算回成都洗印後寄給他們。我請他們坐在門前禾場的長凳上，肩膀挨在一起，老倆口卻無法照辦，因為他們從來沒有照過相，無論我們怎樣嘻嘻哈哈地相勸，他們仍然那樣一本正經地、僵硬地坐著，勞動了一輩子的雙手，拘謹地擺在膝頭，兩個人的中間，是一本書那樣寬的距離。

　　幾年後，在驟然襲來的颶風裡，在午夜驚魂的惶惑中，我看見過那盞馬燈，狂風吹不滅的原始而粗糙的光明之源啊，是一道神諭，或者，乾脆就是一輪太陽。

2001年10月10日於舊金山無聞居

豆腐之美

　　放學後回到家，看到天井的木盆裡泡著半盆黃豆，就知道家裡要做豆腐了。小人兒小小的心願，也像這泡了一夜的黃豆，一下子鼓脹起來，圓潤而飽滿。這是臘月中旬的盛事。家家戶戶開始做豆腐的時候，年，也就快到了。一年的苦，一年的累，一年的汗，到了臘月，莊稼人該籠起袖子，閑閑地在田邊、地頭走走，看看冬小麥出苗了沒有，或是躺在向陽的田埂上，美美地吸一袋旱煙，舒展舒展快被壓斷的背脊梁。可是，這份閑情，怕是近些年才有的。在我讀小學、讀初中、乃至讀高中的那些年，大年三十上午都是要聽從隊長哨子、鈴聲的催迫，出半天工才會放假的，而大年初二一大早，上工的哨子又準時吹響了，逼債似地。

　　臘月裡，家景好一點的，可以殺一頭豬來過年，條件是：必須先賣一頭豬給供銷社，謂之「任務豬」，大道理講的是用於支援國家建設。無力賣「任務豬」的人家，是不准殺豬過年的。殺豬的「刀把子」，攥在大隊的官方「殺豬隊」手上，白刀子進去，紅刀子出來，很利索的一腔

血，「嘩」地一聲瀉進預先備好的木盆裡，接著就是燙毛、開膛的一應程序了。每逢殺豬時，主人家的門口，就圍滿了看客，對豬的肥瘦說長道短、品頭論足，招來主人家的歡喜和討厭，全看說話人與主人家關係的親疏好惡而定了。

　　無豬可殺的人家，做一板豆腐總是少不了的。農民們用「板」這個量詞來指代豆腐，在我看來，真是既形象，又生動，堪稱傳神的民間話語方式。黃豆泡好後，就用石磨磨成漿。記得這樣一個模糊的情景：父親在推磨，奶奶在餵磨──將泡好的黃豆帶著水均衡地舀進磨眼裡，支在天井邊的磨架，發出吱吱呀呀有節奏的響動。我怕爸爸推磨推累了，就跑過去幫他推磨──人太小，只能推他的屁股。大妹妹也來湊熱鬧，推我的屁股，而大弟弟也要幫忙，便只有推她的屁股了。這活脫脫就是爸爸講的故事《小白兔拔蘿蔔》中的情景嘛！看著雪白的豆漿細細地從磨縫裡流出來，在木盆裡越積越多，我們好像已經聞到了剛煮好的熱豆漿的那份香、那份鮮、那種抗不住的誘人饞。

　　豆腐不是任何人都會做的。做豆腐是一門手藝，甚至是一種家傳。我們村裡的豆腐師傅，姓黃，每到臘月，就在村西禾場邊的倉庫裡，開張他的豆腐作坊，到臘月二十九關門歇業，將最後一板豆腐帶回家去，重新開張又得等到明年的臘月了。以我小小的年齡，我想不通這樣一個問題：為什麼他不可以一年四季都開豆腐作坊？這樣，四村八鄉的鄉親們不是隨時都可以吃上豆腐了嗎？後來我才知道，不單是豆腐作坊，就是油坊、粉坊……任何集體田間勞動之外的生產、經營活動，都屬於「小生產者意識」，是應該割除的「資本主義尾巴」。不做豆腐的時候，黃師傅是隊上的記工員，地位在隊幹部之下、社員之上，大概因為他是唯一的豆腐師傅之故。

　　豆腐作坊開業的日子，處在村子邊遠地帶的這座破敗的倉庫，簡直就是全村乃至周圍若干個村子的政治經濟文化中心。村子裡

的大男人、小媳婦，一有空就往這裡鑽，扯一些東家長、西家短的閑話，說一些葷素不忌的笑話，等著那一鍋熱騰騰的豆腐腦揭開鍋蓋，冒出帶有幾分黃豆澀味的香氣。他們眼巴巴地看著，三十多歲的豆腐師傅只顧忙活自己的，對於他們眼神中的話語了然於心，但偏偏裝著沒有看見。這些豆腐都是幫村民「來料加工」定做的，加工費收兩塊錢，一個壯勞力一個星期掙的工分，大概也就值這麼多錢，可不敢背著主人家，隨便舀豆漿給閑雜人等喝，傳出去影響手藝人的名聲。不過，隊長或村支書光臨豆腐作坊，那是另外一回事。他們會隨手拿出一個茶缸來，一邊關心豆腐師傅的活路，一邊說是舀些未點滷（豆漿中加入明帆、石膏等凝固劑，謂之「點滷」）的豆漿湯喝喝，敗敗心火。豆腐師傅眼明手快緊走兩步，用薄薄的鐵片，連湯帶水削起白如玉、嫩如嬰兒皮膚的豆腐腦，往書記或隊長的搪瓷茶缸裡舀上小半缸。他的這個「度」掌握得恰到好處：他不能舀得太多，因為開作坊，不僅靠手藝，還要憑良心；他也不能舀得太少，因為書記和隊長畢竟是一方的神仙，放個屁也有打雷的響動。不過，他不用看也知道，那茶缸底部，一定早就臥好了一小層白糖。在那個年月，只有坐月子的產婦，才可以憑婦聯主任的批條，到供銷社購買一兩斤白糖呢。

　　那時候，中國有兩個「聖地」，一個是延安，一個是大寨。對於村裡的孩子們來說，豆腐作坊才是真正的聖地。一放學，我們就聚集到豆腐作坊前的禾場上，一邊玩耍，一邊等著煮豆腐腦的鍋揭開，滿禾場立刻彌漫起豆腐巨大的感召力和親和力。點滷的時候，豆腐師傅照老規矩要將所有的閑人請出去，關好門，這才悄悄將配好的石膏水注入煮熟的豆漿中。做豆腐這門手藝，關鍵就在「點滷」。滷水點多了，豆腐發硬，村民們就說，豆腐做「老」了；滷水不足，豆腐又不易成型，上得了桌子卻上不了筷子，村

民們就說，豆腐太「嫩」了。村民們這樣議論豆腐，就跟議論一個人似的，可見豆腐在鄉村生活中的重要地位。師傅點完滷，門又打開了，接著進入壓制豆腐的程序。師傅拿出一個個木頭的方格板，將點好滷的豆漿倒入，面上蒙一層洗得白白的紗布，再壓上幾塊石頭，「窖水」（含有滷汁的豆腐水）就被擠壓出來，通過一根管子流到了牆外。每逢放「窖水」的時候，一準有村民提了水桶，早早地在作坊外的水管邊候著，將豆腐水接回家餵豬。據說，這「窖水」能催肥，豬喝了長膘快，好早一點將牲豬出欄，賣給國家，換回油鹽錢，和過年時宰殺一頭豬的資格。

比豆腐更高檔些的產品，叫豆皮，在我們湖北，也習慣叫「千張」，極力誇張的是豆皮的薄。豆皮也是在同樣的木方格裡做成的：師傅將豆漿均勻地舀在一層紗布上，將包著豆漿的紗布疊在方格板裡，然後，在專門的架子上，利用槓桿的原理，在木棒的一頭壓上更多更大的石頭，將豆漿中的水慢慢擠出來，揭開紗布，一張張白紙樣的豆皮就做成了。將豆皮切成絲，或炒，或用五香、下水（洗乾淨後的豬內臟）一起滷過，都是好吃的東西，在從來沒有見過什麼山珍海味的鄉村裡，豆皮雖說比不上大魚大肉，卻也強過蘿蔔白菜了。奇怪的是，我後來走了許多地方，甚至到了美國，到處都有豆腐賣，豆皮卻難得一見，怕是做豆皮費工，賺頭不大，豆腐作坊懶得生產。

奶奶是我們家的那口灶。只要奶奶在家，家裡就亮堂堂、暖烘烘的，不管日子多苦、家裡多窮，幸福仍然充盈在孫子們心裡。奶奶也是村裡的活菩薩，誰家有困難，快揭不開鍋了，她就邁著裹過的小腳，端了米、面送上門去，自己卻寧可只喝稀飯和菜湯。看到自己的孫子，在豆腐作坊玩耍，饞那一碗豆腐腦，奶奶就打定了主意，在自家菜地背著小路（別人無法看見，免得遭批判）的坡上，

偷偷種了幾十棵黃豆苗，摘下的黃豆裝了好幾瓢。臘月裡，奶奶又邁著她的小腳，胳膊下夾著一小捆柴草，端著一瓢黃豆去了豆腐作坊。她和豆腐師傅商量，用這瓢黃豆和這捆柴禾，給自己的幾個孫子孫女換一瓦罐豆腐腦。「你看他們一個個長得像豆芽，將來長大了怎麼幹得動這麼重的農活喲！換點豆腐腦給他們補補身子，當大人的心裡好過些呢！」豆腐師傅二話不說，接過那瓢黃豆和那捆柴禾，轉眼之間，奶奶就將一瓦罐熱騰騰的豆腐腦端回了家裡，擺在了一個比一個幼小的孫輩面前。

豆腐師傅不僅在自己的作坊裡承接來料加工，對於那些連加工錢也出不起的人家，豆腐師傅還提供上門服務。就像我們家這樣，泡好了黃豆磨好了漿，請豆腐師傅來點滷，能省下一塊錢的加工費，然後，剩下的程序就全憑自己操作了。自己做出來的豆腐，到底比不上師傅做的，所以，春節時吃宴席，豆腐一到嘴裡，村民們就知道，是自己的手藝，還是師傅的功夫。

我是一九八○年考上大學的，家裡請客的時候，請豆腐師傅做了一板豆腐。他死活也不肯收兩塊錢的加工費，說是孩子考上大學，全村都沾上喜氣呢，免收加工費，算是一份心意罷！按照農村時興的規矩，除了紅白喜事外，其他任何喜事操辦，別姓的鄉親是不必送禮的。所以，只有同宗同輩的幾個哥哥，給了我三塊、五塊錢的賀禮，湊了百來塊錢供我到北京上大學，這位外姓的豆腐師傅，也算是送禮了。十七歲的少年人，第一次出遠門，就背上了這份人情債。

轉眼過去了八年。我帶著妻子回家結婚，按鄉村的習俗，家家戶戶，不管姓張姓李，這次都來送禮了，禮金分為五塊、十塊不等。豆腐師傅也來了，紅紙禮單上，司禮先生（主持鄉村一切儀式、慶典的德高望重的老人）寫道：黃平：十元。這是豆腐師傅的大名。母親堅決不收他的禮金，因為他第二天就要搬走，到近百里

外的馬良鎮上開設真正的豆腐作坊去了，母親深怕無法還他的這份人情。可是，他死活都要我母親收下，說：「在一個村子裡住了幾十年，一輩子都是鄉親，搬得再遠，見面還是一個村的呢！」母親拗不過他，只好把他請到上席坐下，親自「篩」（當地土話：斟酒之意也）上一杯燒酒。

前幾年，我從美國回到故鄉，母親要我到村子東頭的祥濤家端一碗豆腐回來。原來，黃姓的豆腐師傅臨走時，把手藝傳給了自己的這位好朋友。祥濤原先是給生產隊開拖拉機的，生產隊散了夥，拖拉機也被拆了個七零八落。黃師傅教會他做豆腐，一則給朋友一門種地之外的手藝，二則，也讓四鄉八村的鄉親們，在他搬走後仍然有豆腐吃。他說：「如果連豆腐都吃不上，還算什麼人過的日子！」幸虧他說這話時，毛主席他老人家已去世多年。如果老人家聽到，怕是要不高興呢！我來到祥濤家，正在寒暄時，只見鄰村的一名村民，端著一個瓦罐也來買豆腐，算好帳，是三塊五角錢。這位村民對豆腐傳人祥濤說：「我賒帳，過兩個月，等賣了水稻再來還帳。」我心裡像被什麼東西撞了一下，或是被什麼東西「螫」了一下。我有一種衝動，想掏出錢來，幫他付掉這三塊五角錢的欠帳。在美國，我雖然說不上富裕，但每天早晨買一份報紙花掉的兩個QUARTER（二十五美分），換算成人民幣，也夠買這一瓦罐豆腐了。但我怕自己這樣做過於唐突，因為這位外村的村民並不認識我，我也擔心這樣做，會招惹鄉親們對我產生誤解，覺得我在充闊氣。這樣顧慮了片刻，這位村民已經端起豆腐走了。

我問祥濤，是不是這種賒帳很多。他拿出一個本子，上面記著周圍各村的賒帳，累計起來已有兩百多塊了呢。他嘆了一口氣說：「如果秋天收了糧食，還收不回錢，我這豆腐作坊就要關門了，因為我已經沒有本錢買黃豆了。」

　　我端回豆腐時，母親問我，為什麼去了這麼久才回來，我就把遇到有人賒帳的事說了一遍。母親突然說：「你還記得黃平嗎？聽說他還在馬良鎮上開豆腐作坊呢！不知道發財了沒有。」

　　我說：「下次回國時，我有機會一定專程到那個鎮上去看看他，順便償還欠他的那一份人情。」我打算見到他，一定塞一個小紅包。

　　仍然是十塊錢，不過，不是人民幣，是美元。錢少得很，不過是給他的一個吉利、一份新鮮，讓這位祖傳的豆腐師傅知道，在兩萬里外的異國他鄉，任何一家食品店裡，都有豆腐。「豆腐」（To Fu）已經成了一個專門的英語詞彙，任何藍眼睛的洋人都知道這種純白如玉的中國美食。當然，我更要讓他知道，吃遍天下的豆腐，還是覺得比不上故鄉的豆腐、童年的豆腐。

　　　　　　　　　　2001年11月30日舊金山無聞居

浮生三飲

阿里山中茶

　　平生別無多愛：醇酒、美人與清茗。

　　酒，先不去說它。美人，也且按下不表。光是一個「茶」字，自「茶聖」陸羽以降，文章就多得數不清。我熱愛生活和人生，再苦的日子，也能過得有滋有味，絲毫也不覺其苦，個中原因之一，就在於割不斷與茶的這份情緣。

　　來美之前，我曾居蜀多年，成都大街小巷內烏黑的茶館、公園裡石頭壘成的茶桌，如今回想起來，活脫脫就是「鄉愁」的註解呢！出成都西行三小時，有一小邑，稱為名山。距縣城不遠的地方，一山巍峨，終年雲霧繚繞，叫著蒙山。山上有幾畝茶園、一座茶葉博物館，門口赫然刻著一聯：

　　揚子江中水
　　蒙山頂上茶

這裡所產的茶，不論是名貴的綠茶，還是大眾化的、以茉莉花窨製的花茶，都是上好的飲品。來

美日久，唐詩人劉皂〈旅次朔方〉中所寫的一遷再遷的客愁之心，如今恰恰是自己心境的寫照：「客舍并州已十霜，歸心日夜憶咸陽。無端更渡桑乾水，卻望并州是故鄉。」想當年居蜀時，東望荊楚大地，權作還鄉，如今，「無端更渡」的，不是淺淺的桑乾河，而是浩渺無邊的太平洋，怪不得我要「卻望蓉城是故鄉」了（四川省會成都別名「蓉城」，因五代時該城遍植芙蓉而得名）。想一想和朋友們坐在茶館裡，一盞茶、幾本書，滿堂笑，真有舌尖生津、口齒留香的感覺，三國時那個窩囊的蜀幼主劉禪說：「此間樂，不思蜀」，說的並不是美國啊！

臺灣的茶，卻一直沒有喝過。

兩年前，在一個帶英文考試性質的場合，遇見了一位身量不高、滿臉慧氣的女孩。她趁著考試前的空隙，掏出一本英文詩集來，專心致志地閱讀。出於好奇，更帶點詩人特有的輕狂，我問她：「你讀的是誰的詩集？我也是詩人，看到你讀詩，我感到很高興。」

這個嬌小的女生沒有回答，將那本詩集的封面朝我揚了揚，從自己的書包裡，掏出一本印刷頗為精美的書來，「啪」地一聲扔到我的面前，說：「這是我寫的書！」

帶點兒出其不意，帶點兒報復情緒，帶點兒挑釁意味，甚至帶點兒浪漫色彩，一個來自阿里山下的女孩，從此與我相識，結下幾分文緣，成為淡淡如水的異性朋友，成為我認識的第一個臺灣女孩。

當她到我的陋室作客時，給我帶來了一盒阿里山茶，真空包裝的、細小的顆粒狀茶葉，經沸水一沖，轉眼之間，竟然漲滿了茶杯，滿得似乎要溢出來。

細細看時，舒展開來的茶葉，每一片都像地圖上的臺灣、臺灣的阿里山。

異國的水、寶島的茶，這樣熱騰騰的一沏，就算是故國之吻了。

虎跑泉中水

　　那一年從美國回去，和妻子一起遊覽杭州西湖，附近的虎跑公園，是決然要去的，為的就是看一看那號稱「天下第三泉」的泉水。

　　天下的名泉，我見的不多，濟南的趵突泉，號稱「天下第一泉」，很多年以前曾足履所及，那噴湧的泉水，形成一道水柱，很是壯觀。但近年來，似乎變成了「間歇泉」，乾涸之日多，噴湧之日少，不僅泉城濟南的官員百姓，欲救無力，就連我這個普通遊客，也為之扼腕嘆息了。

　　對泉水的熱愛，當然還是歸因於對茶的痴心。那天，我和妻子遊覽虎跑寺時，適逢小雨，天地一片朦朧，那種萬物隱然於細雨之中的蕭瑟雨意，使夏日的炎熱和旅途的勞頓消遁無形。我倆沒有攜帶任何遮雨的物件：傘，或是雨衣，率性地走在西湖之畔的一幕雨簾中，感受沁涼的雨珠在臉上匯聚、流動的那種快意，覺得本身已置身於水中（雨者，天之飄水也），卻還要專程去看水（泉者，地之湧水也），這裡面幾乎可以說含有深深的禪意，何況，虎跑寺安葬著弘一法師的部份遺骨，在雨中憑吊一番，也是極好的情致。

　　在虎跑寺山門口，花了八元人民幣，買了兩張門票，開始往山上走。這時，看到好幾個人，騎著自行車，車的兩側各綁著兩個巨大的塑料桶，或是用扁擔挑著三、五個塑料桶，也不買票，徑直向虎跑泉走去。他們的打扮，都是工人、教師模樣，年齡均在四、五十歲以上。出於好奇，我和他們攀談起來，得知他們都住在杭州城裡，騎車、坐公共汽車，跑了幾十里的路，就為的是這虎跑泉的水。

　　我問：「進公園，為什麼只有你們不買門票呢？」挑水人不無得意地「嘿嘿」一笑，說：「幾十年，老規矩了。千變萬變，這虎跑泉的水，免費進山免費舀，這規矩不得變，變不得！」我開玩笑

地說：「我要是在公園門口，找你借兩個塑料桶，我和妻子一人拿一個，這八塊錢的門票不就省下了？」挑水人說：「那就看你運氣好不好了。你們胸前掛個照相機，一看就是遊客，哪像我們這種地道的吃茶人。」

一路閑話著，來到虎跑泉邊。泉水並不大，一個小小的水池，用鐵格板蓋著，上了鎖，旁邊一個小告示，寫著幾點到幾點「開泉」、幾點到幾點「閉泉」的時間表。在泉水旁邊，設有茶館，生意興隆，零售的瓶裝虎跑泉礦泉水，一元人民幣一瓶。這些遠道而來的取水者，將各自大大小小、五花八門的容器，擺在泉邊，排成一條長龍，而自己則在一旁抽煙、有一句無一句地互相搭話──對這眼泉的共同的痴迷，使他們結成了「泉友」。他們說，寧可飯吃得差一點，喝茶一定得喝地道的西湖龍井，不然，糟蹋了這樣好的泉水。

我自己也勉強算得是一名茶客，六、七年過去了，杭州虎跑泉公園門口的挑水人仍令我難忘。從西方的公平觀念來看，只要是進公園的人，都應買票才對。可這些挑水人，非但不必買票，取水也無須分文。不知何時興起的這個規矩，經歷了改朝換代、革命和動亂，居然從來沒有變過，商品經濟的大潮也絲毫沒有打破這個「老規矩」。

這種愛茶人、愛泉人所享有的「特權」，令我懷想、感動和嚮往。這種看似的「不公平」中，不僅蘊涵著濃濃的人情味，簡直有古風存焉。

故鄉「三片罐」

天下的茶喝得多了，喝得越來越名貴、越精緻，倒險些將家鄉的「三片罐」忘記了。回想起來，沒喝這種鄉間與民間的粗茶，已經有二十多年。

　　村民們在冬天是不興喝茶的，沒這個習慣，也沒這種必要。春天和秋天，茶會喝一點，但並不常喝。到了夏天，這茶就非喝不可了，而且，一天也少不得。那是牛，或者馬，在重軛下掙扎、喘息的季節，白汗流成了黑汗，襯衣的前胸和後背，都是一片汗漬浸透後的「鹽花花」，離了茶，任誰也活不下去。

　　這種茶，不是城裡的沏茶，而是煎茶。鄉間百姓，多是泥土草木的命，不被社會和國家高看，早就慣了，自己對於茶具，絲毫也不講究。在我的童年、少年時代，家裡並沒有專門燒水的水壺。母親或奶奶炒了菜後，將鐵鍋倒進一瓢水，用細竹絲扎成的刷子，或是用乾葫蘆瓢作成的「抹布」將鐵鍋洗一洗，再添上幾瓢清水，蓋上烏黑的、年代久遠的鍋蓋，幾把稻草或茅草塞進土磚壘成的灶膛後，一鍋水就「嘟嘟」地滾開了。廚房的牆上，掛著一個竹簍，同樣年代久遠，甚至更為久遠，裡面裝著陳年的茶葉，闊大的葉片，就跟門前楊樹上的落葉一樣。從竹簍中抓起一小撮茶葉扔進鍋裡，沸騰的開水馬上變成了淡黃的茶水。如果多扔幾片茶葉，茶的「湯色」就要更濃一些。

　　這樣的一鍋茶，帶著鐵鍋上殘存的油星，涼在那裡，片刻工夫後，就可以舀進碩大的茶壺，提到割稻、打場（將收割後的水稻攤開，用原始的圓形石具碾壓脫粒的程序）的田間和禾場上去了。那時候，實行的是集體勞動，十幾戶人家，被安排成一個小組，日未出而作，日已落未息，是農忙季節的家常便飯。送茶的人家，並不是指定的。送到田間地頭的這壺茶，也不是只供自己的家人飲用，任何人都可以喝。在勞動的場合，哪裡有杯子，村民們嘴巴對著壺嘴，一氣兒灌下去，撩起衣襟擦擦汗，又操起農具幹活去了。

　　這種茶，鄉民們起了一個很生動、極形象的名稱：「三片罐」，意為兩三片茶葉，就可以煮一大罐茶。城裡人不喝隔夜茶，說是怕得

癌症。鄉下人，偏偏愛喝的，就是這種隔夜茶。這種煮過的茶，裝入茶壺後，放在涼快的地方，兩、三天是絕不會變餿的。任何時候收工回家，端起茶壺，就可以不歇氣灌下小半壺，消暑解熱得很。

「三片罐」除了可以自飲，還可以惠及路人。在悶熱難耐的夏日裡，鄉間土路的交叉路口、或是小鄉場的路邊，樹蔭下常常可以看到支著一張桌子，上面擺著十來個玻璃杯，用方形的玻璃蓋著，地上放一把大茶壺。不用說，這是賣茶的攤點，更不用說，賣的正是「三片罐」煎茶。挑擔的、拉板車的、出大力流大汗混口飯吃的人──歷代文人所蔑稱的「引車賣漿者流」，就藉著這個茶攤，歇歇腳、喘口氣，再負重上路，把這種「赤日炎炎似火燒」的酷暑，根本不看在眼裡，心中只有莊稼、土地和收成。

如果我從美國回去，到鄉下的親戚家作客，面對這烏黑的茶壺、烏黑的茶碗、可能不潔的煮茶用的堰塘水，我是否還會像我二十多年前一樣，毫不遲疑地一飲而盡？我不知道。我確切知道的是，「三片罐」是我喝過的最初的茶。如果它屬於下層、鄉野和民間，那麼，我也是──不管我走得多遠、離開多久、「爬」得多高。

2002年7月22日，美國舊金山

我見青山多嫵媚

1

三十多年前，我們那個村子，可以毫不誇張地說，是全大隊的政治、經濟、文化中心。黨支部書記就住在村子的西邊，兩套兩進的四合院並排而立，在當時的氣派，趕得上西南少數民族地區的土司衙門；大隊的工業，如打米廠、榨油廠、供銷社、衛生所，還有小學，都設在村裡。村裡南邊居然還有一座食堂，專門為幹部和這些「企業」單位準備午飯，炊事員就是我同學的老爸。

那個村子，而且還是「邊境」村，幾里路外，就是另一個公社的地盤。它帶來的直接好處就是，放電影的時候，我們可以兩邊跑著看。在文化娛樂極度貧乏的時代，這可是難得的利益。

然而，這個村子，在受到四鄰八鄉羨慕的同時，也隱隱地遭到鄰村的奚落：每家每戶的屋後，都光禿禿的，沒有什麼樹木，更不用說竹林了。

在我剛記事的時候，大約五、六歲吧，我記得，村子南邊，有好大一片高大、挺拔的杉樹，

足有百株之多。這是我童年時，關於樹林的最初記憶。它是那樣青蒼、翠綠，留在我關於故鄉的最初印象裡。可是，我卻不記得它是怎樣消失的。後來那裡變成了一片棉田，我曾被隊長安排，在棉田邊看守，驅趕豬與雞鴨，免得將剛栽的棉花秧子啃掉。那是因為我的左腳背，爛了一個深洞，隊長派給我這項輕活。

離那片棉田不遠的地方，是一棵幾人合抱的大樹，樹的學名叫什麼卻不知道。樹下是放電影的場所。我小學四年級時，爬在樹杈上，用手電照明，將越劇電影《紅樓夢》裡的唱詞，飛快地抄下來。人到中年，在世界上走了一圈後，二〇〇五年冬天回去，和小時候的夥伴在樹下合影，突然覺得，這棵樹，和兒時記憶中的大樹相比，要小了一圈。

想自己的屋後，和周圍別的村子一樣，圍著一層密密匝匝的樹木，並且，生長著青悠悠的竹子，這大概是我童年時的夢想之一。這一夢想，三十多年後，在美國才得以實現：我在自己的院裡，種了桃、梨、蘋果、柿子、櫻桃、枇杷，還植了一片竹林。有時候，夢回故鄉，我常常想，為什麼偏偏我們那個村子，沒有鄉間所說的「屋場」，那種先祖給後代盤下來，樹密竹茂的所在？

聽老輩子說，我們那個小村，遲至清末，仍是一個繁榮熱鬧的鎮子。它從什麼時候開始衰落？而且，衰落得這樣迅速和徹底？

2

上中學時，要學工。學校規定，學生帶竹子到學校，大家學「劈篾」。

這真是難為了我們村的孩子，因為，我們沒有竹子，一根也沒有。

　　央求同學，給自己帶一根竹子來。有交情的同學，二話不說，就帶來了；沒交情的，就推說家長不准砍。我現在還記得，篾刀在自己的指頭下，笨拙地滑動，篾片厚薄不勻，時常斷掉。王長城就在一旁，咧嘴嘲笑。如今已在武漢某大學當了經濟學教授和系主任的王長城，老早就學會用竹子編筐（可惜我忘記了用來裝稻穀的那種竹器的名稱），偷偷托拉板車的人帶到沙洋鎮上出售。

　　村西有一座很大的水庫。落雨，而又不需要出工和上學時，就去釣魚。可是，釣魚竿卻沒有。這又得求鄰村的同學。我記得，有一次，我跟一位同學，到他家玩耍，出了後門，見到好大一片樹林，雖然都是雜樹，長得也不十分粗大，卻相當茂密。地上落滿了樹葉和竹葉，有些地方，甚至樹幹上，還長著青苔。當時，「環境保護」這樣的詞，自然是聞所未聞。我只是覺得，既然韶山沖那著名的幾間土磚青瓦的屋子後面，都有一片樹木竹林，全中國的每個村子，每間屋子後面，都不該是光禿禿的，啥也沒有。

　　再後來，就到了一九八一年，生產隊散夥了。村子東邊，一片占地幾十畝的松林，每棵樹都分到了各家各戶。小時候，那片松林，不僅是我們戲耍的天堂，而且，也是我們用竹笆將松針笆回家燒火做飯的領地。當時，我剛剛看完了尚是禁書的《說唐》，書中我們程家的祖爺程咬金，家境貧寒，老母用竹子編竹笆，讓少年程咬金拿到街市上出售，換回米錢。程咬金後來在瓦崗寨南面稱王，我作為程家子弟，何等自豪。「帝王將相寧有種乎！」中學歷史課本上這句狂言豪語，我記得刻骨銘心。

　　那一天，我到一里路外的某同學家作客，他說，他要和他哥哥一起，去將分給自家的松樹砍回來。於是，我們同去。到了松林，我見到那些松樹，粗者不過碗粗，細者僅如胳膊。這些樹，既然無法當木材使用，其用途就只有當柴禾。但是，既然只能充作柴薪，

何必不將它們留在山上，非要各家各戶一起出動，半天時間，將一座綠油油的松林，砍成光禿禿的荒嶺？

因為主其事者，得其利者，都是農民。

身為農家子弟，我知道，「農民意識」的三大基本特點是深入骨髓的：計小利，不計大利；計眼前利，不計長遠利；計局部利，不計全局利。

我和這位同學，都是寒假回家的大學生。我們共同參與了將一片故鄉的松林砍伐乾淨的蠢行。如今，身為武漢某大學教授、出版社社長的這位伙伴，是否還記得當年，我們是如何「坎坎伐檀」的？

3

話題回到村子裡的那棵大樹上來。

老隊長曾祥生過世前，曾對我說：村南頭的那棵大樹，一九五八年險些被鋸掉，做成板車。那一年，「大躍進」，漳河水庫工地急需板車。有人提議，將這棵百年老樹放倒，可以做好多架板車。

據他說，是他將這個主意攔了下來。雖然是共產黨員，但畢竟是從舊社會過來的，腦子裡還殘留著一點風水信仰。這樣一個光禿禿的村子，在街心，居然長著一顆百年，甚至數百年的古樹，這不能不說是老天爺給這個村子的特別陰佑。後來，這個村子，在二十年的時間裡，四十多戶人家，居然考出了十多個大學生。聽到老隊長的話，我當時已在四川擔任記者。我給時任家鄉市長的錢亭章先生寫了一封信，信的內容就是，建議市長先生，安排林業部門，對全市各村落的古樹、大樹，進行一次普查，建檔，並出臺保護措施。

　　我是從光明日報上刊登的一篇關於他的報導中，知道這位市長的。

　　時近春節，不久，就收到了他手書的一張賀卡，用毛筆小楷書寫，對我表示感謝。不管他後來仕途如何，或者，現在何處，我對他懷有感念之心，因為村裡的一棵古樹，我想到了很多樹。辛棄疾詞中說：「我見青山多嫵媚」。我們那裡，地處江漢平原的邊緣，目力所及，都是肥沃的，宜於稻棉的黑土。這樣的好地方，如果不是鬱鬱蒼蒼，滿目青綠，那真可以說有負好天好地了。

　　一年前，聽說家鄉建起了一家以林木為原料，生產膠合板的企業，許多具有環境保護、綠色家園意識的網友，在網上表達了擔心和憂慮。我打電話給在老家的親戚，他們告訴我：當年的「屋場」，如今成了農民們缺錢時打主意的對象。有一些人，開著拖拉機，在周圍村子裡轉悠，兩三百元錢，將一座屋場「包乾」，採伐乾淨。我並非親見，不知確否，但是，我的內心是相當擔憂的。不管怎麼說，一家規模不小的企業，以樹木為原材料，它對周圍相當大範圍內的樹木，不可能不構成威脅。這是基本的邏輯或者常識。或許有人會說，該企業拿出了大筆資金，培育速生林。但是，企業是要賺錢的。如果投入造林的錢，將生產膠合板的利潤消耗得差不多，這樣的傻事，誰又會去幹呢？這也是基本的邏輯或者常識。

　　我在老家的村子裡，尚有一座「屋場」，在後院裡，種滿了樹木。那座院子，是近三十年前，全家人辛苦壘起的。我打算退休後，回到那裡，建一棟美國式的木屋，落葉歸根，像古人那樣，為我的先輩們，守一守墓廬。

　　前不久，回到老家居住的父母，念叨著，要將院落裡的樹砍一些，說是長得太密了。我聽說了，表示反對。母親說：「這些樹砍下來，還可以賣一百多塊錢呢！」

我想起了小時候，用瓢端著十幾個雞蛋，到村南的供銷社賣掉，換回油鹽和筆、本子的情景。那時候，村民們親切而粗俗地將母雞，稱為「雞屁股銀行」。

我知道，如果不消除貧困，一切都無從說起。

而消除農民心裡，深埋著的對於貧困的恐懼，則不是一代人可以完成的使命。

《孟子·梁惠王》中就有多處，直接談到林木養育與生活水平的關係：「斧斤以時入山林，材木不可勝用也」；「五畝之宅，樹之以桑，五十者，可以衣帛矣。」

古代聖賢的話，言猶在耳。我們的家園呢？

在土地、莊稼、林木面前，人民手足無措。

望蜀記

1

宋元豐七年，即公元一〇八四年，暮春時節，長江兩岸，赤壁南北，沃野平疇間的菜花，一片片，一簇簇，由鵝黃變成金黃了。楚地春寒，蜀原冬暖，異地的物候卻是如此相似。謫居湖北黃州（今黃岡）的蘇軾，在調任汝州之際，寫下了一首贈別詞，〈滿庭芳〉：

> 元豐七年四月一日，餘將去黃移汝，留別雪堂鄰里二三君子，會李仲覽自江東來別，遂書以遺之。

> 歸去來分，吾歸何處？萬里家在岷峨。百年強半，來日苦無多。坐見黃州再閏，兒童盡楚語吳歌。山中友，雞豚社酒，相勸老東坡。

> 云何？當此去，人生底事，來往如梭。待閑看秋風、洛水清波。好在堂前

細柳，應念我、莫剪柔柯。仍傳語，江南父老，時與曬
漁蓑。

東坡的詩詞，傳之千古的，如〈念奴嬌·赤壁懷古〉、〈水調歌頭·中
秋〉等，或追念歷史，思接千載；或覽月懷人，情湧大江。而這首〈滿
庭芳〉令我每每詠之，則情動於中，頓起去意，完全歸因於開頭三句的
藝術感召力。歸去來兮，一代文豪，客居異鄉，被一貶再貶後的官職只
是「從八品」，月俸僅得數千錢，想效陶令，歸隱田園，東籬采菊，南
山在望，其可得乎？人在仕途，宦海浮沉，岷江之畔、峨嵋山下，眉山
縣那幾進疏竹護籬、綠樹掩隱的老家，怕是一時難歸了。

「萬里家在岷峨」，這就是說的我啊！岷江自北而來，繞富
庶繁華的成都而去，蜿蜒流到眉山時，傳說中的蘇家小妹還在清澈
的江水裡，洗她的香帕，洗她的秀髮，再進而洗她的褻衣。四野無
人，春心猶如春水，在這桃紅柳綠的季節，撒著野一瀉千里。而杜
詩中所寫的錦江春色、玉壘浮雲，此刻正在我萬里異國的客夢中，
兀自泛濫，揮之不去。入蜀、出蜀；別蜀，歸蜀，這千百年來困
繞、糾纏騷人墨客的兩難選擇，如今也橫亙在我這小小文人的心
中。落日西斜，烏鵲南飛，站在舊金山的海灘，舉目四望，海上亂
山攢湧，一座座竟都是蜀山的嵯峨。屈指數來，入蜀已歷廿載，而
別蜀轉瞬十年，我知道，中國有一座城市，是我生命中的根據地，
她就是「一日成城，二日成郭、三日成都」的成都。

2

「此生合是詩人未，細雨騎驢入劍門。」陸游入蜀，走的是太
白曾以長詩浩嘆過的「噫吁乎，危乎高哉」的蜀道。我入蜀時，走

的卻是隧道——車過秦嶺後，數百座隧道，穿過群山，沿著一條細細的綠水，進入川陝交界處的廣元——中國唯一的女皇武則天的故鄉。我和另外的九位同學，此行從北京出發，到四川省會的一家報社實習。時令正在三月初，北京寒意深沉，華北平原的白雪，還在枯枝上閃爍；車過黃河，冰封未開；黃土高原上，一片單調的土黃色，在夕陽的映襯下，悄無聲息，彷彿沉睡千年。車過陽平關，秦嶺已遠，而蜀國在望。火車從隧道裡穿出，迎面撞來的，竟然是滿眼的新綠：那些綠油油的麥苗，已經長到三、四寸長，幾乎可以藏得下一隻逃匿的野兔了。而那些油菜花呀，我從小就喜歡、就熟悉的油菜花，如同春天的信使，托舉著黃金的花蕊，早已鋪排得漫山漫野。

　　火車蜿蜒山間，逶迤隨行的嘉陵江，在八〇年代初期仍然清澈如許。驀然，從江邊走來一位中年婦女，身後背著一個竹簍，上面裝著石板，想必是從山上採下，背回家去蓋屋頂，或是修豬圈。山路曲折難行，這位婦女累了，就用一根木頭，撐在背簍下面，稍稍歇息一會，喘口氣再慢慢登山而去。飛駛的火車將她的身影拋得遠遠，而我看到的第一個四川人，就是這位女性。她所代表的四川人，特別是四川女性的勤勞、吃苦、忍耐與毅力，給我留下了終身難以磨滅的印象。我這一生，與我有過心靈碰撞、感情糾葛的，幾乎都是四川女孩；嫁給我，與我清貧相守的，也是一位四川女孩。我的兒子，在英語已經遠比普通話更為流利的今天，卻固執地在家裡只說一種方言：成都話。可是，在定居美國七年後，他驚訝地發現：他留在成都的同學們說的成都話中，有許多新詞他已經不懂了！地理的遷徙、語言的交融、文化的潛移默化，在將我的孩子「美國化」的同時，卻沒能完全消泯他心中對於川西平原一座歷史文化名城的思念。祖籍：湖北荊門市；出生地：四川成都市；家庭所在地：美國舊金山市，這是在兒子生命中留下不可更改烙印的三個元素，而成都，則構成了他生命的源頭，人生的根。

　　這一切彷彿命中注定：一九八○年，我到一所鄉鎮高中復讀。正是夏夜，炎熱難當，一位同學建議：到鎮財政所看電視去。全鎮唯一的一臺黑白電視機，寶貝一樣供在這家小小單位的後院裡。我們幾個同學繞小路走到後院外，用磚頭墊在腳下，探頭朝院裡張望。院子裡幾個穿白背心，一邊吃西瓜，一邊搖蒲扇乘涼的「商品糧」幹部，成為我們這些鄉下孩子活生生的羨慕對象。其實，最吸引我的，還是那臺小小的、十六英寸的黑白電視。

　　那是我第一次看電視，節目是記錄片《岷江行》。

　　從川西平原流過的一條河流，就這樣把我這個在江漢平原邊緣長大、以漢水為生命臍帶的鄉下青年，牽引到了遙遠的蜀國故都。如今，雖然我已經在太平洋的彼岸，落地生長，但生命的根，卻深深扎在錦官城外陽春三月的沃野裡。油菜花燦爛，它們有黃金的顏色，而黃金卻不吐露油菜花的芬芳。當城南龍泉驛的桃花夭夭灼灼一夜競放時，我的心裡也有一朵苞蕾初綻。那是淺淺的鄉愁，源自一座給了我妻子以鄉情、我兒子以鄉音的城市。

3

　　很喜歡川端康成的散文名篇：〈我在美麗的日本〉。多年以來，我很想以他那樣舒緩、寧靜、富含禪思的筆觸，寫出四川大地，特別是川西平原所蘊含的巴蜀文化的博大精深，以及四川人民身上特別具有的豁達雄放的人生觀、堅韌不拔的「草根」精神。但是，每每提筆，總覺得自己筆力尚弱，根本無從在一篇散文裡，寫出「四川」、「成都」這幾個關鍵詞所昭示的精神內核之萬一。那麼，讓我還是從細小的地方，比如，從我眼中八○年代初的成都平原寫起吧。

　　「三月的風，漫過川西平原，漫來油菜花的芳香。」這是我新聞生涯中寫下的第一條消息的導語。這條消息見報後，一位指導我實習的老編輯問我：為什麼要用這個「漫」字來描繪川西平原的菜花？我一時回答不出來。當我第一次到成都郊外踏青，任綿延數百里的黃金海將我吞沒時；當我傍晚回到城市，衣袖上不經意地沾著三兩片油菜花瓣時，我深切地感受到蜀地春早、物候催人的勁頭，使人來不及想一個更確切的動詞來表達春天。

　　春天裡的街景會讓人著迷。那天我去採寫一條消息，自行車穿過剛剛拓寬的、貫穿全城的蜀都大道，在廣場前我不由自主停下了，一幅奇異的自然景觀出現在我眼前：以街心花園為界，花園那邊的人流和車流，都罩在細密如織的雨中，而花園這邊，卻沐浴著金色瀑布般的陽光。陽光斜斜地穿透雨絲，使雨更加透明。這時候天高雲淡，有如秋天，只是城市上空，有兩三塊低垂的雲絮，像魔術師的黑緞，美麗的太陽雨正是從那裡抖落而出。彩虹的出現使天空顯得更加高遠而湛藍。陽光下的人在笑雨中人，雨中人也在笑陽光中的人，在這半城陽光半城雨的奇妙時刻，滿城人都在笑對上蒼，共享造物主的傑作與大自然的恩澤。

　　也許是為了聽雨，那種夜半方落、凌晨即止的溫溫柔柔的夜雨，我這個外省人，畢業後毅然選擇了成都，在一座簡陋的居室裡安下想像中的家，並且為妻子和孩子預先留好了位置。推窗而望，窗下是幾排南方特有的青瓦平房，雨打在上面，錚然有聲，發出類似於古箏的奏鳴。違背「少不入川」的古訓離京入蜀，轉眼七年過去了，妻子和兒子接踵而至，使原本狹窄的居室變得格外擁擠，心卻更為坦然和充實。在這安寧平和、猶如抒情詩一般的夜雨的淅瀝聲裡，在一面紫色窗簾之後和一盞桔色檯燈之前，我寫下了多少祝福世界的暖色調的文字！它們甚至使我自己的心，在這樣的雨夜也變得格外溫潤起來。

「曉看紅濕處，花重錦官城。」住在郊外浣花溪畔的杜甫，自然比所有的人都更早地感受到春天；又是誰寫下了「小樓一夜聽風雨，深巷明朝賣杏花」的名句，如此傳神地描繪出了春天的意境？一夜細雨的直接效果，就是使大街小巷的賣花人驟然增多起來。在外地人看來，賣花應該是那些清秀水靈的「川妹子」的專利，其實不然，更常見的賣花者，恰是那些身量不高卻心細手巧的川西壩男人。他們不僅賣花，還把培植盆景，作為「庭院經濟」的重要組成部份，一年一度的成都花會，都有他們的作品參展。

春雨如酥，滿城紅濕，蜿蜒城中的錦江，便也飄漾起片片落紅。沿江是公園，綠樹四合，石桌石椅點綴其中。在素負盛名的臨江茶館裡，品茗半日，度過忙碌人生中的片刻閑暇，真是一種極有情趣的享受。茶館的牆上就掛著一幅國畫，畫的正是「錦江春色來天地」的詩意，使人頓然覺得這條淺淺的河流，也正如整個歷史長河一樣，有著自己波瀾壯闊的時代。

4

在初居成都的那些年裡，我是從一個個普通的成都市民身上，感受到這座城市的萬千風韻和博大的精神內核的。成都人的機智、幽默、隱忍和謙讓，給我留下了深刻印象。記得八〇年代初，在紅旗劇場（現已不存，原址在現在的蜀都大道麥當勞餐館附近）旁邊，有一家冷飲店，幾乎可以說是當時成都唯一的一家冷飲店，飲品貨真價實，生意興隆，客人都是青年男女，以情侶為多。我很驚訝：我居然從來沒有看到有人為了爭座位而吵架、鬥毆。如果是在我的家鄉城市，比如武漢，這樣的場所、這樣的炎夏，每天不發生幾場口舌之爭、拳頭之鬥，那倒是難以想像的。我希望我的故鄉，原諒我在此對彼地的民風略有微辭。

　　我一直記得我兒子剛剛出生時，每天早晨給他送牛奶的一個成都老奶奶。如今，我的兒子已經長大成人，老奶奶或許已經不在人世，但送奶人與吃奶人之間的這種人生情緣，又豈是萬頃海濤能夠阻斷的呢？

　　十多年前，我曾在一篇短文中，寫下了這個送奶人的形象。它忠實地記錄了我初婚、初為人父時的生活：

　　從前，我只訂閱雜誌，不訂購牛奶；現在，則恰恰相反，只訂購牛奶，不訂閱雜誌。

　　這種「倒錯」，完全歸因於兒子的降生，在尿布飛揚的晾衣繩下，在一張石頭壘成的小桌上，擺著一本書、一杯茶，這就是我的業餘生活情景。妻子是城裡人，城裡人的優點自然不可勝數，卻有一個很大的缺點：城裡女人生崽，一般奶水很少，甚至根本沒有奶，全不像那些壯碩的鄉下產婦，挺著一對發脹的大乳房，把吃不完的濃濃的奶汁擠到茶杯裡，潑在土牆上，以這種鄉間的舊俗祈望母子安康。妻子不巧也沒有奶，我們只好訂牛奶。

　　送奶人是一個老太太。聽她自己講，已是七十二歲高齡了，可身子骨確實硬朗。她穿著一身舊衣服，繫著一條又髒又皺的圍裙，如果不是右手腕露出一塊幾乎跟她一樣老的手錶，簡直跟國產電影中經常出現的解放前的窮人一模一樣。她姓潘，自然該叫她潘婆婆。她是奶品公司的「雇員」，顧客每訂一斤奶，她都會有少量的報酬。古稀之年，該享幾年清福卻還在為生活操勞，但我總覺得並不這樣簡單。不管怎麼說，我的兒子是從一個月大起就開始喝這位七十二歲老人送來的牛奶，這才得以慢慢長大的。在兒子的襁褓期和嬰兒期，潘婆婆是他生命中最重要的人物之一。

　　前一段時間，為了省點錢，我家沒有請保姆，我自然義不容辭地負擔起了燒牛奶的責任。每天早晨六、七點鐘，樓底下就會響起

一陣手推車的吱吱聲，隨後，宿舍院子的一扇側門便「吱呀」一聲打開了，接著傳來的便是奶瓶放在樓下一座舊灶臺上的碰撞聲，又一陣「吱呀」聲之後，小院恢復了清晨的寂靜。離上班還有一段時間，我可以從容不迫地下樓取走屬於我的三瓶牛奶。這時候，我格外感到平凡的日常生活同樣是美好的：每天早晨都是新鮮牛奶被人送來，等待被燒開，這簡直就是「安定」與「和平」的形象註解！僅僅因為這一點，我對送奶人就應該心懷感激。

春夏之交，成都多夜雨，淅淅瀝瀝，「空階滴到明」，這些很抒情很溫柔的精靈兒落在成都特有的青瓦平房上，對安臥眠床的人宛如小夜曲，對於早起勞作的人卻平添了幾分麻煩。有一天清晨我起早了一點，下樓時正好碰見送奶人推車進來，雨衣下露出一張中年男子敦實質樸的臉，原來是她的兒子。早起風寒、下雨路滑，上了年紀的人一怕傷了骨，二怕跌了奶。那天我想，做個送奶人的兒子也很不錯，推上小車出門，就算盡了孝，實實在在。

日子當然並不都這樣平靜。潘婆婆每天早晨送來牛奶，順便將各家頭一天的空奶瓶帶走。碰上有人忘了還奶瓶，潘婆婆便要在院子裡扯起嗓門大聲吆喝。七十多歲的人了，居然還有那麼高的嗓門，這使我驚訝不已，雖然內心也有幾分氣惱：她幾乎把全樓的人都吵醒了，儘管這些訂戶們，半小時後都不得不一一醒來。有些人因此有點討厭送奶人。

有一次，缺了五個奶瓶。確曾有人失手打破過奶瓶，卻不願意賠六毛錢，但這次缺了這麼多，實在令人奇怪。潘婆婆從早到晚，在院子裡逐家逐戶地清點、詢問，還是沒有查出下落。這一天她不停地嘮叨、有時還叫罵；有的訂戶邊爭辯，邊謾罵，甚至互相吵了起來，就是沒有人承認打碎了奶瓶。我心裡很不是滋味，幾次想掏出三塊錢來賠償，了卻這場混亂，可是妻子卻反對，說三塊錢是

小事，潘婆婆可能會認為瓶子就是你打破的，別的訂奶人也會這樣
想，以後這種事情都會找你。妻子的話也有幾分道理，我也就打消
了墊付賠款的念頭。最後，按各家訂奶的瓶數，我們家分攤賠償了
四毛錢，有人在交分攤的幾毛錢時，又和潘婆婆吵了一架。

　　自此以後，潘婆婆每天傍晚，在各家各戶吃晚飯的時候，便會準時
出現在院子裡，當面驗收空奶瓶，這樣，短缺奶瓶的現象終於杜絕了。

　　隨著孩子漸漸長大，我由訂三瓶牛奶改為兩瓶，現在只訂一
瓶了。熬過艱難的日子，我最終會重新只訂雜誌，不訂牛奶，和這
個送奶人斷絕僅有的一點聯繫。有一次我抱著兒子在街上曬太陽，
遇見潘婆婆推著空車「吱吱」走來，我迎上前去喊了一聲「潘婆
婆」，和她隨便聊了幾句。我想告訴她，這孩子是喝她送的牛奶長
到這麼大的，話到嘴邊卻嚥了下去。她望著已能滿地亂跑的孩子，
說：「呃，小姑娘都這麼大了！」說完，推著小車徑直走遠了。

　　我第一次訂奶時就曾抱著孩子給她看過，是個帶「把」的小
子，她記不起了，或是搞混淆了。潘婆婆，Grandma，如果你還健
在，見到我操純正英語的兒子，你會想到，他是吃你送的牛奶長大
的嗎？他將來會成為美國公民，但他永遠熱愛中國人民。這是我對
兒子的教導，也是我自己內心深處，「愛國」這個詞的「詞根」。

　　在我居住的小街附近，桂王橋東街與紅星中路的交匯處，有一個
修自行車攤的獨身老人，帶著一個長得壯實、沉默寡言的兒子。我稱
他「龍師傅」。當年，我騎著一輛破舊不堪的自行車，在成都的大街
小巷奔波時，一旦車壞了，我就推到他的攤子上。半個小時後去取，
準給我修好，兩三塊錢的生意，一兩支煙的交情，凝聚的是一種內心
的溫馨和感激。有一天，他聽說我出版了詩集，便想索取一本。一個
顯然文化程度不高的修車人，向我索要詩集，這在我，簡直是無上的
榮幸。我立刻回家，取回一本，簽名後送給了龍師傅。後來，我曾隨

他去過他小巷深處的家。說是「家」，其實，是兩棟簡陋居民樓之間的狹窄過道，用塑料布和油氈搭起的一座棚子。他是如何在這裡搭起自己的棲身之所的？而周圍的住戶又是如何許可他的存在，並將他看作正式居民的？這些問題我都沒有問過他。據說，他的兒子並非親生，因為他從來未娶。當我從美國回去，到他的修車攤前問候他時，他哈哈笑著說：「你現在的車，我可修不了啦！」

在我的住家附近，曾有一個下崗的中年婦女，擺一個舊書攤謀生。我常常光顧，面孔熟了卻彼此並不知道名姓。有一天，她似乎面有難色，猶豫著對我說：「我的女兒上中學，還差贊助費，能不能借五百元給我，我一年後還給你。我給你打借條。」向一個「街上」認識的人借錢，這自然是不尋常之事，而孩子上不起學（常常高達萬元乃至數萬元的入學「贊助費」，是中國學校殘酷剝削學生家長的咄咄怪事，是中國基礎教育之恥），更是不尋常的痛。我回家，悄悄從自己僅有的一千元用於買書的「私房錢」裡，拿出五百元，借給了這個姓名、住址全然不知的擺攤人。此後，我照常去她的書攤，她照常賣書給我。當她提出給我特別的優惠時，我嚴肅地告訴她，這樣會使我感到很不舒服，因為那五百元錢。一年後的某天，她和他的丈夫，一同出現在書攤。丈夫摸出五百元錢來還給我，握著我的手說：「謝謝你，程老師！」

我回家，拿出她借錢時硬塞給我的借條，當著他們的面，將它撕碎，扔進了下水道。後來，這個書攤被城管部門「掃蕩」，她無法再來這裡擺攤；我也遠走美國，將一屋子的舊書留在了書房裡。我很欣慰，我當初沒有拒絕幫助一個素不相識的成都下崗婦女。我深知，在我所經歷的由赤貧而清貧，由清貧而脫貧，由脫貧而或許小康的生活中，牽動我心的，其實並不是錢。人追求美好生活的這種天賦權利，在被剝奪多年之後，在中國人民的心裡，漸漸如浴火

後的鳳凰，獲得了新生。對於追求美好生活的人，我永遠懷著最本真的一份敬意、一種親切感。

5

最近應某書編者之請，寫了一篇詼諧自述，開頭幾句是這樣的：「生肖屬虎，對哈巴狗和太平犬最憎；生於鄉野，與黑土地和老百姓猶親。不敢誇富：歇張村存祖宅兩處，久無人居；成都府有舊書七千，常來托夢。吾之雙親，六十又半，妻之外婆，九十有六，可盡孝乃人生之大幸。」

這段文字，有兩處涉及到成都：我留在成都的書房，以及，留在成都、由我們夫妻贍養的九旬老人。

我常常隔海冥想，我的某本書，是從什麼地方購得的；我也常常牽掛：一個如此高壽的老人，任自己最親的人舉家移居美國，自己在成都，和一個踏實勤勞的保姆共同生活，她作出了怎樣的親情犧牲？我牽掛這位老人——妻子的外婆。當妻子做四川豆瓣魚時，我常常坦白地說：「比不上婆婆的廚藝。」

其實，不怪妻子，因為沒有郫縣豆瓣。華人經營的食品超市裡，豆瓣醬的種類倒是琳琅滿目，可惜產家多是「李錦記」、或產地多是臺灣岡山。這些醬料，不是雜有蒜蓉，就是研磨太細，尋不出一粒豆瓣的形狀。買來下鍋，魚味差得多，更不能稱為「四川豆瓣魚」，怕糟蹋了這道川菜的好名聲。

可喜的是，前幾天到舊金山被稱為新華埠的一條華人商家聚集的街上買菜，突然在貨架上，發現了用牛皮紙袋包裝、外裹紅色「鵑城牌益豐和號郫縣豆瓣」商標的真正川貨，產家是「四川省郫縣豆瓣股份有限公司」。淨重一千克的這袋豆瓣，售價3.69美元。我

生怕缺貨，趕緊買了兩袋，並牢牢記住了這家華人超市的名字。這下子，不用擔心吃不到真正的郫縣豆瓣了。

好運氣還不止這一樁。轉到相鄰的貨架上，又見到了幾樣好東西，也是成都所產，原來是有「白家」標誌的川菜調味料系列，精美的小袋包裝，上面繪有黑白素描，描繪的是從前四川餐館的熱鬧景象，有很強烈的川味民俗色彩。我清點了一下，計有「麻婆豆腐」、「宮保雞丁」、「魚香肉絲」、「回鍋肉」四類。這些精製的川菜調料，每袋售價七十五美分，算是價廉物美。

在包裝袋的背面，不僅印有每道菜的做法，還配有這道菜的起源傳說。打開包裝袋，袋內更附有一張印刷精美的「川味秘笈經典食譜」，由位於成都太升北路的四川雅士食品有限公司提供。卡片上說，集齊三十六款不同秘笈，還有機會獲獎呢。弘揚四川文化，這個話題很大，也很空泛。這兩種地道的四川土特產品，傳播到美國的，絕不僅僅是川菜調料而已。它們在給我口腹之享，解我思蜀之情的同時，也引發了我的聯想和思索。

居蓉十數年，我深愛那座芙蓉之城的風物與人情，見到這兩樣從「錦官城」、「銀郫縣」萬里迢迢渡海而來的土產，我想，我絕不只是一個購物者與消費者，我是以我有限的「銀子」，買到了夢回川西平原的那份愜意呢。

豆瓣是中國南方民間的智慧產物。記得小時候，奶奶將煮熟的大粒豌豆，攤在草席上晾曬，我奇怪地問奶奶：「您為什麼要蓋上茅草呢？」奶奶說：「為了讓豆瓣發霉啊！」

幾天之後，豆瓣上真的長出了一層白霉。拌入浸過油的紅辣椒，裝罐密封，就是清苦歲月裡將日子過得紅紅亮亮的見證啊！

我時常懷想的，還有成都任何一個雜貨店都可買到的臨江寺豆瓣。少年入川，青春作伴，一盒豆瓣下飯，袋中溢出香油來，饞人

得很。沒有錢的日子裡，飯卻吃得那樣香，好胃口意味著好人生。
興之所致，我將大紅喜氣的郫縣豆瓣商標展開，貼在我的寫字檯
前，看一眼，就算看到了「望帝春心托杜鵑」的那片川西沃野。

6

讓我的思緒回到蘇軾，回到他的千古詞章。在〈滿江紅‧寄鄂
州朱使君壽昌〉中，開頭幾句的故鄉之思，與本文開頭所引的〈滿
庭芳〉，可謂異曲同工：

> 江漢西來，高樓下，蒲萄深碧。猶自帶，岷峨雪浪，錦江
> 春色。君是南山遺愛守，我為劍外思歸客。對此間，風物
> 豈無情，殷勤說。……

前幾天，是我四十三歲生日，無以為壽，曾作不合格律的「自
壽詩」一首，開頭幾句或是借用，或是化用蘇詞：「四十三年如電
抹，激情詩情兩蹉跎。識得岷峨春雪浪，萬里歸心逐逝波。」在這
春雨如酥的時節，遙望蓉城拔地而起的高樓，我這個海外思歸客，
希望這座歷史文化名城，在現代化的進程中，盡量保留她的青瓦、
木屋、小巷，保留她本真與樸素的四川之美。

說到蘇軾，不能不說到李白，那就用李白的〈登錦城散花
樓〉，慰我的蓉城之念、蜀都之思吧：

> 日照錦城頭，朝光散花樓。
> 金窗夾繡戶，珠箔懸銀鉤。
> 飛梯綠雲中，極目散我憂。

暮雨向三峽，春江繞雙流。

今來一登望，如上九天游。

　　他日買舟（越洋飛機不就是傳說中的飛舟嗎）歸去，摩訶池上，散花樓雖已不存，錦江邊的望江樓卻完好無缺。登樓一望，錦水雙流，肥沃、富庶的成都平原，在吉慶祥和的歲月裡，展現出她獨特的美麗和奇異的魅力。

豆如峨嵋美人摘

居美轉眼十年，心所常縈者，不外鄉間與童年。

記憶真是奇妙，三、四十年前的事情，哪怕是一丁點小事，都記得一清二楚，歷歷如在目前；而最近發生的事情，如上周在網上看過的電影，卻常常很費思量。這或許就是歲月淹忽，日神之車「望崦嵫而勿迫」帶來的效果吧，人皆如此，我豈能獨免？

這十年間，失去了許多口腹之享。在美國這富甲天下的泱泱大邦，混頓像樣的飯吃，並非易事。這話如果傳到如今耽於歌舞逸樂的國內舊友耳中，怕是要被作為笑談。然而，這話確實不假。

我所懷念的，並不是當記者時，宴席上疊床架屋般的一道道大菜。我懷念的，恰恰是鄉野所產，本是極平常的「盤中飧」，進入異國遊子的鄉夢裡，就有了獨一份的滋味。

前幾年，我常唸叨：美國沒有萵苣、蒜苔、韭黃、韭菜花……近年來，在加州舊金山臺資經營的「大華99」超市裡，這幾樣菜都有了，只是價格比較貴而已。

　　但狀如一彎月牙，在家鄉被形象地稱為「峨嵋豆」的那種豆子，卻從未一見。在美國的華人超市裡，豆類有青豇豆、白豇豆、四季豆，在美國人開的超市裡，還有類似刀豆的豆類。獨缺吾鄉所產，以「峨嵋」名之的這種豆類。

　　其實，在我的家鄉，這種豆子也不是人人喜歡。用農夫農婦的話來說，「太肯長了」。一根主藤，將綠葉牽滿架子，初春開紫紅色的花，初夏時，滿架都是飽滿、豐碩的豆子了，垂懸在綠葉之間。它的產量很大，頭天晚上剛摘過一籃，第二天，架子上又懸吊起了，一片，一片，又一片。

　　我喜歡這種豆子，因為它有一股淡淡的、很特別的澀味。正如苦瓜的微苦一樣，峨嵋豆的微澀，代表著它的生命基因，與我的味蕾與胃口，形成了微妙而美好的契合。我偏偏喜歡口裡嚼著這種豆子時的微澀感，何況，它有如此曼妙而詩意的名稱：峨嵋豆。我曾居蜀十餘年，「峨嵋」之名，令我想起秀絕天下的峨嵋山，那裡也曾經是我情牽夢繞之處。懷念一種豆子，就是想家。

　　來夏威夷之後，生活情形，就「吃」而言，比之加州，又等而下之了，比如，上面所說的萵苣蒜苔韭黃韭菜花之類，這裡未見出售；就是尋常的豆絲之類，也難以尋覓。

　　可喜的是，來這裡不久，就結交了一群「牌友」（此前我只有「文友」）。他們都是經過多年奮鬥後，在夏威夷安定生活工作的專業人士，好幾位都是博士。周末時，他們常常聚集在一起，每家帶一兩個菜，弄點吃喝，然後，圍桌打牌，打的是極其古老的「升級」，且輸贏不涉分文，常常午夜才散。

　　在極度孤獨的生活中，這群淳樸、自然的牌友，帶給了我極大的精神慰藉。我常常在周末，不惜開車四十多分鐘，趕到城裡，參加他們的聚會，為的就是，人和人能夠說話，有所互動。

　　前些天，應邀到譚兄安民家吃飯、打牌。他們夫婦都是川人，待人熱情而又質樸，所以，自有格外的親切感。他在帶領客人參觀院子時，我突然看見，後院裡，好大的一架峨嵋豆！時令尚在冬末，換在其他地方，這種豆子應該還沒有開花，可是，在只有春夏兩季的夏威夷，峨嵋豆藤蔓上，早就掛滿了飽滿的豆莢，宛如綠玉，美如峨嵋。

　　知道我喜歡峨嵋豆，安民兄夫婦，便採了滿滿一塑料袋，足有好幾磅，在昨天的「情人節」牌聚上帶給我。另一對牌友，劉兄家才兩口子，見我喜歡峨嵋豆，便主動「追根求源」，說譚家的峨嵋豆，本是劉家所贈的種子，隨便栽在後院，就成了一道風景，一份四季常新的收穫和喜悅。原來，前些年，這兩口子在一處荒僻的山上，見到一片地裡，瘋長著這種豆子。劉兄是湖北人，與我是「如假包換」的老鄉。而峨嵋豆，湖北人哪有不熟悉的呢？

　　劉兄說，在他的家鄉，吃不完的峨嵋豆，農家是將它們醃製成酸菜的。正所謂「十里不同俗」吧，在我的家鄉，峨嵋豆最好曬乾，用線串起來，吊在屋檐下，每年四月，插秧的農忙季，用臘肉燉一鍋湯，將發好的乾峨嵋豆煮進去，起鍋的時候，加入一大把蒜苗。油光光的湯面上，浮著紅的乾辣椒、青白兩色的蒜苗、泛白的豆莢，香而爽口，滋味無窮。

　　峨嵋豆在下鍋前，要將四周的豆筋去掉。所以，在農家，「擇菜」這個程序，是極富生活氣息的勞動。小時候，放學回家，只要看到奶奶坐在小凳子上擇菜，我小小的少年心裡，就充滿了對命運的感激之情，因為，在我貧窮困苦的兒時，我得到了完整的、正確的情感教育。這份教育，惠及我的一生。這種沒齒不忘、湧泉難報的恩德，就蘊含在奶奶坐著、心境寧和地將擇好的峨嵋豆丟進筥箕的細小動作中。

　　我已與譚兄說好，今年的峨嵋豆，要留幾片特別壯碩的豆子，讓它成熟、飽滿、豐碩，當作種子。下次我有機會回舊金山地區時，就將它帶回去，種在自己的院子裡，這樣，年年都有峨嵋豆可吃了。

　　我喜歡的南宋詞人辛棄疾，曾在他的名詞〈摸魚兒〉中，寫到「峨嵋曾有人妒」。他說的是美人，「好高人愈妒，過潔世同嫌」吧？而這種以「峨嵋」為名的豆類，斷然是不會令人生妒的。但這要看是何人所摘了，如果一個男人，擁有一座庭院、一架生意盎然的峨嵋豆，還有一位丰姿綽約的女主人，「採豆棚架下，悠然見南山」，院中的松鼠，應該會略有妒意的。

應憐故鄉水

1

我曾經說過，所謂故鄉，不過「水、土」二字。

而鄉情所繫，也不外乎：土裡的親人，土上的鄉親。

關於故鄉與鄉情的民諺，隨口就能說出許多：「美不美，故鄉水；親不親，故鄉人。」在這句諺語裡，「故鄉水」與「故鄉人」的關係，二者合一，人猶如水，水即是人；「老鄉見老鄉，兩眼淚汪汪」，在這句裡，異鄉遇見同鄉，鄉音與鄉音那麼輕輕一碰，眼淚就奪眶而出了。這又是故鄉水的另一種形態，帶有淡淡的鹹味。那是生命的鹽，跟聖經上所說的上帝之鹽，完全一樣。

昨日下午，快放學時，學生問我：「聽到暴風雨的消息了嗎？」

遂想起小時候，學過高爾基的散文《海燕》。「暴風雨就要來了！」

或許，有人會覺得，我這是在隱喻席捲全球的金融風暴，其實不然。我指的就是大自然的暴風驟雨。

　　半夜裡，雨聲和風聲，如古代的軍隊，銜枚疾走，「沙沙沙」響成一片。天亮時突然停電了。居島以來，這是第一次遭遇強猛暴雨。坐在陽臺上，看窗前的椰樹，在風中曼舞，一串椰子，青青而懸，每次從樹下走過，都有點擔心有青椰自天而墜。

　　望著空濛的天空，森林在雨幕中愈發蒼翠。無電話打出，無電話打入。偌大的一個歐胡島，我一人獨居。我竟有些思鄉了。「日暮鄉關何處是，煙波江上使人愁。」崔灝的「江愁」，何如我今日之「海愁」？我隨口吟出：「滿園春色，都付與落花流水。」我這古典的情懷，在瀟瀟雨聲中歸於寂滅。

　　夢隨雨聲，回到萬里外，那一片早已不存的青瓦之上。

2

　　幾年前，武漢某大學一位素不相識的教授，到我的故鄉走親戚，順便走進我家久無人居的老屋，拍攝了天井的照片，通過電子郵件傳給我。

　　我的感動，真是無以言表。殷殷此心，我擔當不起。

　　屋已半頹，重見童年時熟悉的每一塊青磚，上面布滿了青苔，一條排水溝，從父母的臥室地下通過，以致於那間屋子，一年四季都異常潮濕，卻從來沒有想過，這會損害父母的健康，而兩位老人居然也沒有患上關節炎。

　　故鄉雨水充沛，而集中降雨最多的時候，在四、五月間，民間俗稱「入梅」，它有一個很詩意的名稱：「梅雨季節」，大概來自「梅子黃時雨」這句古詩吧？

　　賴床不起的時候，正宜聽雨。大雨從四面屋脊上，匯聚到小小天井裡，形成四道白練般的瀑布。雨的聲音，遮蓋了世上的所有聲音。如果說，夏日的蟲鳴與蛙鼓，是來自地上的天籟，那麼，雨水

就是來自上蒼的天籟了。躺在床上，小小的少年，冥想著，從我家天井裡流出的雨水，終究也會匯入江河，與所有的水連成一片。

梅雨過後，進入農忙。物候一日一變，水稻的秧苗由黃返青後，蜻蜓的翅膀扇動得更勤了。堰塘裡的荷花，開出了玉蘭般的花朵。這是素白的荷花，「一朵芙蕖，開過尚盈盈」，東坡看到的，就是這一朵。紅色的荷花，也不少見，不知何故，鄉民卻總認為那是「野」荷花，不入荷花的正統。荷花下面，種著菱角。這種水生植物，似乎也是我家鄉的特產。前些年，在舊金山的中國城商舖裡，偶而也有擺出來賣的，許多路人竟然不識，問我，那黑色的，三角形的，是什麼？我說，那是我家鄉的好東西，去殼之後，嫩的可以炒成一盤時鮮素菜；老的，乾脆煮著吃，雪白的菱米，如珠如玉，如膏如脂，很是養人，據說還有駐顏之功呢！

老家多水，卻只有堰塘水，沒有江河水，所以，並沒有船。採蓮與採菱的時節，村民便用大木盆，綁在兩根木頭上，劃入荷花深處。那樣的情景，長大後我在讀樂府古詩時，不止一次讀到。最有名的詩句是「採蓮南塘秋，蓮花過人頭。低頭弄蓮子，蓮子清如水。」這樣古樸自然，宛如天成的詩句，最終還是歸結到一個「水」字上。

秋天來臨，新藕已成，就該趁著淤泥還沒有冰凍之前，將塘裡的藕挖出來。這時候，赤著腳，將褲腿高高挽起，跳入黑而厚的塘泥中，先用腳試探著踩踏，遇到了隆起的地方，大概就是一節藕了。這時，最好隨身帶一個布袋，因為常常會挖到泥鰍、鱔魚甚至鱉（學名「甲魚」，俗稱「王八」）。一塘水，儲養了一年，經春歷夏，秋天來臨就有了如許豐厚的出產。

在我的記憶裡，有一年，家鄉暴雨連日，低窪處的稻田，變得白茫茫一片。但是，不用擔心，從壟上（丘陵地帶地勢較高處稱

「壟」），到沖（地勢較低處稱「沖」）裡，分布著前幾輩人遺留下來的排水系統，像一條條的小溪，很快就可以將洪水排走，淹不著莊稼。而這些小溪，就成了村民們捕魚的好地方了。漁具也很原始，竹子所編的桶形簍子，頸口處，用竹籤留了倒刺，安放在小溪裡，用一根木樁栓牢。從堰塘裡漫出來的大小魚兒，順流入簍，便再也無法游出。

記得最清楚的是這樣一天，二妹馬上要滿周歲，母親一大早出門，中午時分，全身濕漉漉地回來，提著滿滿一竹籃的魚。我們那裡，雖說有「魚米之鄉」的美稱，但當時嚴酷的經濟政策，並不允許村民們，時時有魚吃。這一籃魚，會使不久舉行的「抓周」鄉宴，變得魚香撲鼻，還會省下不小的用度。

3

我對於鄉村生活的美好記憶中，一定不能缺少了「守水」這個詞。城裡的人，或許不知道它指的是什麼，但在我的少年時代，這卻是鄉村裡一件既浪漫又帶點風險的活兒。

我們的村子，以水稻為主產。水稻姓「水」，水一是來自天上，先輩以大大小小的堰塘儲之，插秧時開堰灌田。更多的水，則來自一百多里外的漳河水庫。它建在荊山餘脈處，地勢頗高，當時的主政者，動員人力，修建了幾百里長的水渠，蜿蜒向南，縱貫全縣。渠道大者稱「幹渠」，小者稱「支渠」，就像鄉村的動脈與靜脈一樣。

幹渠無須守護，因為每個出水口都有閘門，鑰匙掌握在水利管理站的幹部手裡。要特別守護的是支渠。每當插秧季節，萬頃肥田沃土，都等著渠水奔流而來，剛收割了小麥油菜等夏糧夏油的農田，頃刻間變得像鏡子一般，積下了蓋過腳面的水。這時，先犁後耙，綠油油嫩生生的秧苗，眨眼間就像古代的蘇繡蜀錦一樣，一株一株繡滿了大地。

　　隊長安排我們這些十六七歲的半大小夥子去守水時，沒有誰不高興的。因為可以在野外過夜，睡覺都可以掙工分。而夜晚，可以做多少「壞事」啊！偷瓜就是其中一種。有一次，我守水的地方，正巧是鄰村我大伯家附近。晚上和夥伴去偷瓜，我想起了魯迅的〈社戲〉，那裡面不是有個孩子，寧偷自家的豆子，不偷鄰家的嗎？於是，我堅持：要偷，就偷我大伯家的瓜。

　　第二天天亮，我聽到大伯母在菜地裡高聲叫罵「偷瓜賊」，大伯跑到我們駐守的窩點搜查。我們趕緊將沒有吃完的菜瓜丟進水渠。「渠水悠悠，一去不回頭；大伯大伯，莫奈我何！」這竟然有點樂府詩的味道了！

　　記得那是一個月明星稀之夜。我和同村的夥伴曾德平，用竹竿支起一頂舊蚊帳，裡面鋪上稻草，稻草上再鋪一床竹席，一個舒服的「帳篷」就建好了。在渠水的奔流聲中，稻田裡時有螢光蟲，明明滅滅地閃爍。不知怎地，我們第一次，說起了班上的女同學。他說，誰誰誰是班上最好看的。他說的正是我的同座。我因為從不與女生劃分「三八線」，不和女生爭座位而頗得女生好評，可恨的是，從小學到高中，我們男生竟然不曾和女生交談，更不可和她們放學上學一路同行。在中國，在民間，尤其是僻遠保守的鄉間，這簡直算不得是任何意義上的悲哀，但它是我一生的悲哀：我從小就喜歡對門裁縫的女兒，和我同班，同齡，我們一起度過童年與少年時代，一直到情竇初開，一直到我離開鄉村，我們竟然沒有在一起，玩耍過一次。李白〈長干行〉的名句：「郎騎竹馬來，折花門前劇」，只能在夢裡追尋了。

　　聽到夥伴提到自己同座的女生，我的心裡一驚。夜色遮掩，他的臉和我的臉，或許都有些羞澀的微紅吧？「此中有真意，欲辯已忘言。」這又是誰的詩句呢？

4

今年夏天時，母親在電話裡抱怨，說是水渠已經荒廢，農民們買不起，或者不願購買漳河水庫裡的「栽秧水」，於是，乾脆在自己的稻田裡，花幾千元打井，用地下水灌溉，種植水稻。水稻這種農作物，按照考古發現，至少已有六千年的種植史，但用地下水栽種水稻，應該說是亙古未有。土地之所以寶貴，就在於它可以循環往復，永續栽種。地力之所儲，一則以「肥」，一則以「水」。水竭而地死，地死，賴土地而生的人焉能獨存！如此悠長的稻作史，如果汲地下水灌之，恐怕地底下的祖宗，都要驚恐而起了。

我問母親：「稻田裡還有鱔魚嗎？」答曰：「沒有了。化肥農藥用得太多，都毒死了。」

我問母親：「堰塘還有那麼多嗎？」答曰：「不多了，挑水都有困難了。由於種糧食有了現金補貼，許多人將祖輩留下來的堰塘，改成了稻田。」

村裡新出生的孩子們，還認識蓮花與菱角嗎？

母親沒有回答。我家剛剛在院子裡打起一口井，供做飯洗衣之用，因為稻田抽取地下水，導致水位下降，井裡的水，快要抽不出來了。

八〇年代一首詩

我要命地懷念八〇年代，因為詩，因為愛，因為青春。

人生最美的年華，與世間最美的藝術，交匯於二十歲的那一年。

在二十歲的時候，如果你的心裡，沒有愛和詩這兩棵幼芽，你的人生已經開始失敗了。

就這層意義來說，我是幸運兒。

1

一九八二年七月，我在《長春》月刊上，發表了第一首詩〈邂逅〉。刊物出版時，正是暑假。我在家鄉小鎮沙洋，找到文化館的圖書室，問管理員：「您這裡訂有《長春》月刊嗎？」說實話，我不抱什麼希望，撞大運而已。

管理員說：「訂了的。」

「第七期來了沒有？」我的心開始急跳起來。

「昨天剛來。」我的心跳得更快了。

「能不能讓我翻一下？上面發表了我的詩。」這樣說，一則為了順利拿到刊物，二則，虛榮一下。

在管理員走到裡間取刊物時，我的腿有點發軟。當刊物交到我的手裡時，我的手也在發抖。

這種來自肉體的激動，只有幾年後第一次吻一個女孩子時，才再次發生過。

急切地翻開目錄，卻沒有找到我的名字。難道刊物正式通知我的那封信，弄錯了？

一頁頁翻過去，在最後幾頁，總算找到了那首十幾行的詩，編在一個「銀河集」欄目中。我與自己的鉛字姓名第一次相逢。我相信，這個名字不會一直躲在這樣的角落裡。它要上目錄、上頭條、上封面……

開學了，坐火車回到北京時，是凌晨四點。兩位同宿舍的同學，在火車站候了一夜，只為了接我。這樣的事情，在今天，完全當得起一個「蠢」字。在八〇年代初，卻時常發生在我們同學之間。

一個同學，在拂曉的晨光中，摸出一本從圖書館借來的《長春》月刊，說：「快看你的詩！」為了不讓同學失望，我裝作第一次看見的樣子，驚叫一聲：「哇！」

另一個同學說：「告訴你一個不好的消息。你上學期的哲學課，考試不及格，要補考。」

考辯證唯物主義理論，斯賓諾莎能考得好！

不久收到第一筆稿費：八元人民幣。同宿舍的同學，吵著要去吃北京烤鴨。此後的幾年，我厚著臉皮，一毛不拔。家裡太窮了，弟妹又多。我不僅要靠稿費完成學業，還陸續給家裡寄回了五百多元。

詩歌惠我，只是開始。

2

一九八四年三月，我們班上的十名同學，到四川日報實習，時間為一學期。

過了幾天，報社團委，組織我們實習生到著名的都江堰遊覽。同學們都上車了，坐在前面，報社團支部書記和三位前來陪我們的報社女孩子，走到車的後面坐下。

看到自己的同學和這些主人沒有打招呼，我很過意不去，便走到後面，坐在三位女生的前一排，和她們聊起來。

旁邊的兩位女孩，和我聊得起勁，以為我是大城市來的，騙我說：「你看，外面種了多少畝韭菜！」那是麥苗正青的時候，我甚至可以用麥稈做笛子呢！

坐在中間的那位，最漂亮，卻一言不發，對我小丑一樣的表演、表現和殷勤，毫無興趣。

而我說出的任何一句話，其實，都是說給她聽的。

不久，一位同學過生日，這三位女孩子，也來參加聚會。輪到我出節目時，我拿出一九八四年三月號的《青年文學》，上面刊登了我七首詩，足足占了近四個頁碼，還配發了作者簡介。

我朗誦了上面的一首詩，然後，刊物就被大家傳閱起來。

不言而喻，我想炫耀的對象，其實就是那個漂亮的川妹子，那個從未和我說過話的人。

過了幾天，下班很久了，看到她辦公室有燈（我們宿舍和她們的辦公室在同一棟樓），門半掩著，便麻著膽子，進去和她聊天。

她桌上擺著一本書：《唐宋名家詩詞選》。

我說：「你隨便翻到哪首詩，讀出上句，我一定能背出下句。」

她不信。於是，一首一首讀下去，我不等她念完，就能背出下句。

　　她還以為，凡是名牌大學學文科的學生，都有這樣的才學呢。直到今天，我也沒有告訴她：我讀中學時，正好有這本書，早就背得滾瓜爛熟。

　　我告訴他：「千萬人中，一人而已。」

　　不久，收到了稿費，一百四十元。在八〇年代初，這不是一筆小錢。我花七十元，買了平生第一套西服，記得是黑色，帶細微白格子的那種。

　　賽詩之後，壯著膽子，邀請她去郊遊。

　　郊區油菜花開得好燦爛。雨後的土地，鬆軟、甜蜜。走累了，她想歇一會兒，我馬上將身上的西服脫下來，墊在泥巴地上，完全沒有經過思索，自然毫不猶豫。

　　她在幾年之後，做了我的老婆，而且，將這一頭銜保持至今

　　　現在，讓我逐一清點
　　　我遇見過的那些女孩
　　　屈指算來
　　　只有一個人
　　　還跟在我的身邊

　　　　　　　　　　　　──程寶林〈三八線〉

3

　　一九八四年秋，中國作家協會舉行了第四次全國代表大會，會上，官方首次準許了「創作自由」這一石破天驚的口號。

　　想到惠特曼、艾青、臧克家等詩人，第一本詩集都是自費出版的。我動了這個念頭。

一個念頭，竟然在全國詩壇，引起了強烈反響，產生了劇烈的連鎖效應。

我有一個親戚，我稱「黃叔叔」，在家鄉的一家印刷廠工作。我寫信給他，問他可不可以印刷詩集。他去找廠長商量，決定給我最便宜的價格：三千冊，一百三十二頁，照片一幅（照片須用銅版紙印刷），需要一千八百元。

在一九八四年底，對於一個每月只有十八元生活費補貼的農村大學生來說，這是天文數字。

我開始了艱苦卻充滿溫馨的籌款活動。

第一筆捐款，來自我的家鄉，湖北省荊門市煙垢鎮，帳目如下：煙垢區區公所（現為鎮政府）、糧管所、財管所、教育組、供銷社、煙垢中學，各一百元；吳集中學：五十元。負責到各單位將捐款收齊並寄給我的，是煙垢中學的羅懋勛老師。

一張六百五十元的存款單，被我鎖在箱子裡。

我打印了一封信，寄給全國的詩人。信上寫道：「這是新中國第一本在校大學生自費出版的詩集。每本的成本，大約為六毛錢。您是詩歌界的前輩、老師，書出版後，我將寄贈給您，請求指教。書是免費的，但如果您能夠贊助五角錢以下的郵資，減輕作者的經濟壓力，則不勝感謝。」

詩集的宣傳材料和這封要錢的信，都是借系裡的滾筒油印機製作的。當時，毛時代結束不久，油印機這類設備，還被當作是政治敏感物品，一般不借用的。

十多天後，大量的信件，雪片一般飛來。寄錢給我的，最多十元、最少二元。

素不相識的寄錢來的讀者中，有安徽望江縣汽車修配廠的一位老工人。

　　湖南的老詩人弘征、崔合美、鄭玲，都寄了錢來。

　　我記得，弘征老師寄的是十元。一九八七年湖南出版的《科學詩刊》，詩人彭國梁在寫我的一篇文章中，提到了這件事。他寫道：「就憑他兩手空空卻耀武揚威地出版了全國第一本大學生個人自費詩集，便可見出他的能耐。他向全國的詩人和詩友寄出了一封言辭懇切的信，請求給一個想出詩集的大學生以五角錢以下的贊助。他知道，收信人要麼不理他，要理，寄五角錢就不好意思。」

　　我是湖北人。在湖北，最傻的人，也傻不到哪裡去，畢竟是「九頭鳥」的故鄉啊！

　　我還記得，舒婷和流沙河各寄了二元錢，是夾在信封裡寄的，並附有親筆簽名的詩集。

　　很快，一張一千元的存款單，就在宿舍同學中間奪來奪去。大家都想將它揣在懷裡，體會一下「有錢」的感覺。

4

　　詩集編好了，找誰寫序呢？

　　我想到了被稱為中國詩歌評論家第一人的北京大學教授謝冕。作為「三個崛起」理論的主要論家，遭受官方壓力的謝冕教授，在中國詩壇可謂舉足輕重。

　　謝教授在北京大學開設「中國現代詩歌名篇欣賞」課程。由於選課的人很多，給外校的旁聽者提供了機會。我在人民大學校門口，搭上332路公共汽車，混入課堂聽課。據我觀察，一百多人的大教室裡，坐在後排的大約三分之一的聽眾，都並非北京大學的學生。

　　有一天，下課了，謝教授正在收拾講義，準備離開。我抱著編好的詩稿，走上前去，自我介紹，並請求謝教授幫忙寫一篇序言。

謝教授說：「我最近很忙。這樣吧，稿子我先拿回去看看，兩個星期後給你答覆。」

一周以後，下課了，謝教授走到我的座位旁，拿出一個舊的牛皮紙信封，說：「序已經寫好了，我留了底，這是我老伴抄下的，你看能不能用。」

三千字的長序，標題〈雨季已經來臨〉。字體秀麗、一筆一劃。

謝教授是這樣寫的：

> 程寶林詩作的可貴之處，在於他以現代人的心胸，擁抱著並融化了綿延數千年的民族心理文化傳統的因襲。他能以青春的流行色調、當代生活的節奏感來再現這片古老土地以及吾土吾民的淳厚鄉風民俗，並把二者加以融會貫通，體現出獨創性。

> 程寶林以經過精心錘煉加工的提高了的口語化語言，以流動的活潑的節奏，平易地展現了當代大學生的生活和情感。他以同代人的身分，表現同代人的心靈世界，無疑是最引人注目的成就。

這篇序言，發表在一九八五年四月八日安徽《詩歌報》的頭版頭條。兩年後的一九八七年，我已經畢業分配到四川日報工作。謝冕教授和夫人，到拉薩參加「雪域之光」詩會後，途經成都返京，住在我家附近的一個賓館。我提著一瓶四川名酒，去看望他們。謝教授寫序之後，我們便再無任何聯繫，替我抄寫序言的師母，更是從未謀面。三人正在交談，忽然，服務員來敲門，說樓下大堂裡，有北京來的重要電話，找謝冕夫婦接聽。當時，賓館房間裡，還沒有普及電話。

我們交談的客房桌上，放著一個信封，一些鈔票露出來，大約有三百元左右，大概是兩位老師的旅費。我看得出來，師母臨出門時，略為猶豫了一下，不知道，將這個初次見面的年輕人單獨留在這個桌上放著錢的房間裡，是否妥當。

謝教授也看出了師母的猶豫，說：「走吧，有寶林在屋裡，放心！」

給我的詩集寫跋的，是詩人李小雨。當時，我已經在「詩刊」發表了好幾組詩，都是她的責任編輯。

熱情、誠懇、鼓勵和希望，洋溢在她的每一句話裡。

跋的末尾，記下了寫作日期：一九八四年十二月二十五日深夜於北京。

聖誕節的半夜，這個快要臨產的詩歌編輯，給一個大學生的詩集寫跋。最令我感動的是，不久，她竟然挺著大肚子，換乘幾路公共汽車（八〇年代初，北京公共汽車的擁擠程度，居全國之冠），在嚴寒路滑的北京，從虎坊橋的「詩刊」編輯部，找到西郊白石橋路的人民大學，將跋文送到了我的宿舍。不巧，我尚未回宿舍，同學替我收下了這篇跋。

在奉行利益交換原則的今天，這樣的事情，完全不可思議。

但是，在八〇年代初的中國詩壇上，這樣的事情卻很多、很多。

5

一九八四年的寒假來臨了。我的親戚，囑我給印刷廠的廠長送點禮。我推著自行車，龍頭上掛著兩隻老母雞，後架上，馱著一袋糯米。路上泥濘，無法騎行，我必須隨時拿一根細棍子，清除車輪上的泥巴，才能將自行車推走。三十里的土路，從鄉下到小鎮，我走了幾乎一整天。

當天晚上，在「黃叔叔」的陪同下，我參觀了這家印刷廠。它的名字叫「荊門市裝潢彩印廠」。一切就緒，一千元預付款已經交給工廠，當晚開機。

在這位叔叔家吃過晚飯，我們來到位於郊外的印刷廠。當印刷機開始飛速旋轉時，我走到廠外去散步。那是江漢平原的腹心地帶，土地肥沃。這時，大霧升騰起來。在彌天的大霧裡，行走著一個正等待自己的詩集印刷完畢的二十二歲青年人。我突然覺得，青春是這樣美好，還不曾體驗過的愛情和激情，是這樣美好。

「我對世界懷著難以抑制的情慾。」

這樣的詩句就湧上了腦海。

二十多天後，開學了，我帶著二百本書，坐公共汽車到了武漢。找到分別在中南財經大學和華中師範大學讀書的同學王長城、范軍。他們買了紅紙，寫了廣告，抱著書，來到武昌火車站的一盞太陽燈下，開始賣書。

我很驕傲：前者，現在是中南財經政法大學的教授、系主任；後者，是華中師範大學教授、出版社社長，雖然我，什麼頭銜都沒有。

第一本書是一個旅客買走的。定價九角，他給了一元，叫我們不要找零。

後面的故事，我已寫在散文〈旅途賣書記〉中，就不重複了。

我回到大學後，二十包書也已托運到了北京海淀區。我到大學的食堂裡，找到負責人，說明原委，食堂負責人慷慨地借給了我一輛平板大三輪。我從未騎過這種車，居然騎得非常熟練。在同學的幫助下，順利將書運回宿舍。

那一天中午，全班同學一起出動，在學校食堂前面，出售詩集《雨季來臨》。

同學們常在校刊上看到我的詩，一看廣告，馬上將食堂前面的馬路圍得水洩不通。

限額出售三百冊。三百冊在四十分鐘內賣光。

至少有一半的書款，是學校的菜票，要拿到後勤處，兌換成現金。

前不久，在美國馬里蘭大學任副教授的一位人民大學校友，路過舊金山。分別二十多年，異國相逢，吃飯時，他突然拿出一本《雨季來臨》。書已經變黃，封面也破損了。他說：「當年買書時人太多，沒能找你簽名。現在，請你補簽一個。」

這位校友叫鍾夢白。

6

《詩經》裡說：「投我以木瓜，報之以瓊瑤。」

我沒有瓊瑤可作回報，只有一顆崇敬、感恩、祝福的心。

我不是象牙塔裡自我陶醉的詩人。我是大地的詩人，是民間的詩人，是人的詩人。

高揚人的旗幟，是我全部文字的核心。

第二輯

有酒盈樽

山居

　　世界上最美麗的東西，往往是最不堪盈手相贈的，譬如一輪秋月，或一捧初雪。

　　在我常年居住的城市裡，不要說初夏已燠熱異常，就是數九隆冬，也不曾有一片雪花降臨。所以，承主人盛情，請我和幾位同好寫作的朋友到山中小住，我便爽快地答應了。我是在平原上長大的，多年來一直盼望著能有一段山居的日子，何況主人還許諾我們，進得山來，每人都能得到一袋剛剛降下天空，纖塵未染的新雪。

　　汽車溯岷江而上，不過半日車程，便到了目的地。

　　山中夏日早晨的清寒，是我所嚮往已久的，只是從來無緣領受過。所以，次日，我便起了個大早，跑到兩山夾峙的河谷裡，聽著河水的奔流，呼吸著從青青山巒之間、從樹根與草葉中吐露出的早晨的氣息，真正感到俗念俱釋，肺腑之中的濁氣已被河谷的晨風洗滌乾淨了。我是赤腳走到河邊來的，這使我看上去多少有點像早起勞作的農夫。走到河邊我並不止步，逕直蹚到了河的中央，任砭人肌骨的清淺河水沖擊我細細的、

只宜於在城裡奔走的腿，似乎不如此，便無法表達我對這條比處女更為純潔的小河的熱愛。幸好，這種略帶痴狂的舉動還不曾為同來的人們所覺察。

　　山居的日子，自然以讀書為樂事。坐在河邊的亂石上，聽著大自然的鳴濺之聲，猶如琴音在耳，懷著一顆讚美造物主，感謝大自然的虔誠之心，讀一本極其美妙的書，直到晨嵐漸漸散去，太陽從山脊後升起，把第一縷陽光投在河面上，投在翻開的書頁上。這樣的快樂是一生中不可多得的。久住山裡的人，會覺得大山遮住了望眼，感嘆行路的艱難，總認為燈紅酒綠的地方，才是人生的好境界；而久住城裡的人，又覺得終日市聲鼎沸、物慾橫流，與自然萬物產生了難以消解的隔膜和疏離。這兩種人，都難以領略到獨坐河邊，以讀書來消磨幾日閑暇的真正妙處。

　　我非城裡人，也非山裡人。我熱愛山，因為它使大地雄偉；我熱愛河，因為它給大地靈性；我也熱愛大平原，因為它使大地豐饒，供我們衣，供我們食。

　　日近正午的時候，山色更見空濛，河水也漸漸由寒而暖了。舉頭四顧，群山空寂無聲，只有鳥語，一聲唧，一聲啾，唧唧啾啾地傳過來。陽光是出奇地漂亮、輝煌、聖潔，使我對那輪高懸天空，受其恩惠卻無以為報的太陽，更增加了類似宗教情結的感恩之情。浴於雪水裡，浴於陽光中，我真切地感到了自己與大地、與天空的那種不可離之須臾的親密。

　　黃昏降臨時我便隨意向附近一處藏寨走去，跨進了隨便一家藏胞的家門。這種石砌的碉寨，別具風情，院內粗大的核桃樹，使孩子們格外盼望秋天。可惜我來的時候，還不是核桃成熟的季節。酒是當地的土釀，一種高粱燒酒，一開瓶，就知道不是我這文弱書

生所敢豪飲的。菜也極普通：鹽煎肉，還有一大碗青筍尖煮的湯。肉是燻肉，青筍尖也煮久了點，失去了鮮嫩的綠色，但味道還是不錯。和主人用一個小碗同飲，這在我是一件十分榮幸的事情。我覺得小至同飲一碗酒，大到同飲一江水，理所當然的兄弟情份。酒後，主人領我參觀了他家的儲藏室，見滿屋的大塊燻肉，足有千斤之多。除了讚嘆主人的富足外，我也暗自思忖：這種傳統的消費方式，恐怕也有其不盡合理的地方吧？

夜色漸濃時我便告辭，誰知主人竟要我帶他的女兒到鄉文化站跳舞。藏族同胞能歌善舞，跳起「鍋莊」來很是迷人，但對於城裡風行的「探戈」、「迪斯科」，和更新潮的「霹靂舞」，卻覺得新奇。這女兒約有十七、八歲，初中畢業，聰明伶俐，在我看來，大概是全鄉最美麗的少女了。可惜我雖久住城裡，又在文化圈子裡謀事，卻不會跳舞。好在同來的青年人中多有善舞的，我便將她托付給這幾個青年人。看到這位身穿民族服裝的藏族姑娘在偏僻山溝裡學跳交誼舞，我感到內心有一種滾燙的情感在湧動。

舞會結束時便有極罕見的月色襲來。這是那種一舉頭就能讓人心顫的月亮，美麗絕倫之處，實在非筆墨所能描述。「月下飛天鏡，雲生結海樓」；「山隨平野闊，月湧大荒流」這樣出自李、杜之手的千古名句，也遠不如這如夢如幻的月色美麗。興之所至，我了無倦意，生怕像平時在城裡那樣酣眠，未免濁俗，辜負了這一山一河的皎月。我便順著簡易公路，信步走去，拐過一道山坳，見遠方的山峰之巔，在一片暗黑的森林之上，驀然展現出一個銀色的世界——那便是終年不化的雪峰，在一個只可仰望、無法企及的高度，在一個靜極生禪的月夜，以一片耀眼的銀色，展露出冰情玉潔的容顏。遠遠看去，一層月光敷在雪上，像一位少女在月光中沐浴

自己銀色的肌膚。你無法走得離她更近，而遠離她，則是不可饒恕的冷漠和愚蠢。

作於1992年初夏

雨意

　　有時候你會正巧被一場驟雨趕上，也許在街市，更大的可能是在山野。起初你想在路邊尋一片避雨的席棚，但你馬上改變了主意。雨是不可以逃避的，它一直要將你的心淋得透涼，把內心的汙濁滌蕩得乾乾淨淨，才會同驟然降臨一樣，驟然停息。男男女女驚叫著、咒罵著，濕漉漉地從你身邊惶然疾走，像草蓬之中驚起的鷗鷺。你會感到一種沁涼的快意從心底湧出。這時候雨下得更大了，踽踽而行已成了對這場暴雨的一種怠慢。於是你扔掉囚著臭腳丫子的皮鞋，脫掉裹著臭皮囊的衣服，在雨中忘情地奔跑、放肆地呼號，全身心地投入雨的擁抱中，內心充滿了對於冥冥上蒼的感恩之情。

　　最好的沐浴是在雨中。沒有什麼水能夠像雨水那樣，透過肌膚與骨骼，透過肉體，而達到靈魂的最深處。

　　我並不曾有過在沙漠中跋涉的經歷。據那些從塔克拉瑪干、從毛烏素回來的旅人講，在沙漠裡趕路，最盼望的莫過於一場暴雨。然而這幾乎是一種普遍的奢望。我曾在電視上看到過撒哈拉

大沙漠，那些頭顱碩大而身軀瘦小的飢餓的黑孩子，是那些乾旱的大地上自生自滅的熱帶植物。從他們飢渴的、充滿哀憐的目光裡，我看到了人類生存的全部不幸。我希望我能將一杯清水分給他們。水此刻就在我的屋頂上淅瀝著，從屋檐上垂落下來，我一伸手就能握住透明的雨絲。

　　雨這種大自然的精靈，蘊含著音樂和詩的秉賦。如果你要感受大自然的那份溫柔，那份含蓄的美，你就最好選擇一個綿綿的雨季，到南方去，到採蓮與採菱的江南。那細細的、如絲如縷的情絲，令你懷念起「細雨如織」這樣生動、這般憂鬱的詞兒。這時的心情自然是寂寥的。因為你是一個羈於行旅的人，你的行囊裡還裝著上個秋天採擷的紅葉。這北方的葉子，如今只剩下了燃燒後的餘溫。你選擇路邊一家潔淨的小店住下，窗外就是水田，身穿蓑衣的農婦與農夫，在細雨裡彎腰插秧。他們由於長年的彼此廝守、與土地相依為命而感到再也沒有什麼話好說，對人，抑或土地。你只能一個勁地感動，為那北方所罕見的煙雨迷濛的村景。更遠一點的地方便有一條大河流過。這正是你所夢見的那條南方的大河。你本來是打算在附近的碼頭買舟而下的，租一隻木船，升起白白的帆，往下游而去，繼續你遊歷的旅程，但這場雨把你留在了江南。雨打在客棧的青瓦屋脊上，使你想起了古箏的奏鳴。你是擅琴的，可惜那架箏，留在了北方。

　　我卻並不需要遠遊，為了雨。我的出生地是一片雨水充沛的平原，有「魚米之鄉」的美稱。但我成長的歲月，卻經歷了可怕的旱災。現在，我生活在另一片平原，仍享受著充沛的降雨。儘管市聲喧囂，我還是努力保持著閑適的心緒和恬淡的情懷，傾聽大自然的絮語，從滌盡塵囂的雨聲中，感受到宇宙中深藏著的和諧與安寧，

並且，由此而產生淡如青煙的一種懷念，對於那些久已逝去了的古典意境，在詩歌中，在音樂裡。

最美的雨總是在黃昏時分降臨的。這時候的原野，暮色四合，天籠碧樹，裊娜的炊煙忽然變得滯重了，原來是飄零的雨點打濕了炊煙。向晚時分遇雨，會有淋濕的農家女迎面走來，花襯衫貼著豐滿、健壯的肉體，勾勒出青春，濕漉漉的長辮因飽含雨水而變得格外油黑發亮。如果你正巧是在城裡，在一條小巷，你便會遇到另一種類型的姑娘，撐著油紙傘，結著丁香一樣的愁怨。你就會想起戴望舒，想起他的〈雨巷〉，把內心的嘆息留在雨裡。因為你知道，世界上不變的，只有雨聲，而油紙傘的年代，已經飄逝得很遠很遠了，還有丁香般的姑娘，與丁香般的愁怨。

雨中所宜的事情，我所喜歡的一共有三件：一是垂釣，一是夜讀，一是與朋友擁被而坐，聯床夜語。垂釣是不可能的了，因為身居鬧市，無江，無河，無湖，連堰塘或水壩也沒有。與朋友擁被而坐，「夜闌臥聽風吹雨」，這也成了不可復得的樂趣。結婚已久，在妻子面前，再也不好意思與少年時代的朋友同榻而臥、抵足而眠了。

雨雖然具有音樂與詩的天然稟賦，它本身卻並不就是音樂和詩。所以，我永遠也不能超然於莊稼和土地之上，帶著幾分禪意欣賞純粹的雨聲。每當春雨如酥的季節，我總是以一顆農人的心，甚或一顆水稻的心，祈望著風調雨順，五穀豐登。有時遇到暴雨，那種憤怒的雨，我的內心就充滿了對上蒼的恐懼之情。這一點，我辦公室的那位同事，就永遠也不會真正理解。他們家有四代人不曾種過莊稼了。

葉上雨聲

雨落在不同的植物葉片上，會發出完全不同的聲音。我熟悉的是落在麥穗或稻葉上的雨聲。它們就像是從天空傾倒下來的、脫粒之後的新米或新麥，很圓潤，很飽滿，似乎含有一種不易覺察的甜味兒。聽到這樣的雨聲你會產生一種難以言傳的喜悅和衝動。你將手伸向雨中，雨會很快聚滿你的手掌，不是水，而是雨珠。你甚至可以細數那些透明的珠璣，在你的掌紋間滾動，滾過愛情線，滾過生命線，滾過事業線。你會感到你現在的一切、未來的一切，都已經得到了這五月「梅子黃時雨」的孕育與浸染。

我現在的文字生活，跟天氣和樹木都沒有關係。我生活在一個似乎潔淨的城市裡，樹木只是作為一種風景和點綴而被零散地安置在街道上，它們彼此之間的孤獨正與人同。而當秋天到來，樹葉落下，立刻就會被有關部門掃走，不允許有片刻的停留，連伸向天空的枝丫也會被園林部門按照這個行業的意志修剪整齊，如果有一枝斜出就算違背了城市生活的基本準則。所以，我從來沒有聽到過秋雨打在落葉上的聲音，不是

那種尚在枝頭、懸而未落的枯葉，而是已經葉落歸根的那種。秋雨打在枯枝上或水泥人行道上的聲音，是堅硬而淒厲的。它會讓你想起機槍的掃射。而一旦它落在鋪滿黃葉的地上，就會變得十分輕柔與細嫩，像無數雙兒童的嫩手，在撫摸著這些早已被前一陣雨洗淨的葉片。

　　我想起了在森林裡看到的一幅情景；陽光從雨後的葉縫間濾過，射在地上，使滿地的落葉金黃一片，如同散落的金幣；而地上低窪處的積水，在陽光的反射下則現出純銀的光芒。這時的森林靜極，嘈嘈雜雜的雨聲彷彿驟然間被千萬片落葉收藏。它們吸足了雨水，又透出幾絲幾縷的青綠之意來。

　　落葉上的雨，也不同於荇芰獨立的殘荷上的雨。古人留下殘荷，便是為了聽雨。這富於東方古典情調的音樂，總是在採蓮之後露出清瘦的荷塘裡演奏，使秋天的姿容在每一莖殘荷上顯露出來，不是那種病態的枯瘦，而是一種健康的青癯。在城市裡當然難以覓到荷塘，鄉間的荷塘，似乎也大多改為了魚塘。

　　那天我偶然去一所大學的校園，在樹林裡不經意地踩到了一層鬆軟的落葉，這時正好有一陣雨落下，打在枯葉上，發出一種親切而陌生的絮語。我突然意識到，我已經有好多年，不曾留意過諸如雨聲與落葉這樣細微的事物了。我不知道變得粗糙的，是生活本身呢，還是我的心。

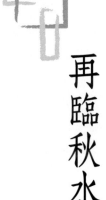

再臨秋水

　　我並不十分喜歡海。海過於浩淼，過於博大，迫使人敬而遠之。站在海邊，窮盡目力也無法看到彼岸。海往往使我們格外像一粒塵沙，或一顆叫做「粟」的卑微的糧食。我們的祖先總是住在河邊，把粟餅揣在懷裡，去遠戍邊樓，服無窮盡的徭役。

　　我喜歡的是江河。她們奔騰、激蕩，充滿了野性的喧囂和生命的活力。我尤其喜歡的是那些沒有檣帆樂櫓的河。她們拒絕被螺旋樂征服，譬如在橫斷山脈中衝撞的桀驁不馴的怒江。我甚至在少年時代就崇拜這條江，包括她的名字。

　　我知道海的威嚴。海不動聲色，沉默寡言，經歷了太久的歲月，海的沉寂更為可怕。在海的面前，沒有誰敢於目空一切。秦始皇「東臨碣石，以觀滄海」，海水映出威赫帝王的倒影，亦不過是一粒塵沙，或一種叫做「粟」的卑微糧食。世界上的任何物體，不被大地收留的，最終都會消融在海裡。在海的面前，我無法不感到怯弱。海教會人類謙和與自尊。所以，我有充足的理由不十分喜歡海，儘管我對這無邊無際的水域充滿敬意和恐懼。

我喜歡江河，並不僅僅在於她的洶湧奔騰。河流帶給我們更多的東西。仰仗河流億萬斯年的沖積淤塞，我們才有了平原，可以結起茅廬，扎下文明最初的根。我熟悉那些經常泛濫、造成巨大災難的河流。我能一口氣說出她們的名字：尼羅河、底格里斯河、幼發拉底河、恆河、黃河。正是她們的乳汁養育了人類。孔子在泗水邊說：逝者如斯，不捨晝夜。他站在一條河邊，看見了所有的河，用哲人簡潔的語言說出了她們。

海使我們一眼就看到了事物的全部，看到了所有的水的結局，或者歸宿。這多少有點令人失望。因此，我格外尊敬那些消失在沙漠深處、鮮為人知的河。在一首題為〈季節河〉的詩中，我曾真誠地傾吐過我的愛慕。

河流的奔湧，使我們看到了水的歷程：壯大，或者減弱，無論如何都令人觸目驚心、肅然起敬。人類對河流表現出的征服慾，正逐年增加，越來越多的河流被攔腰斬斷，但沒有任何力量能使哪怕最細小的河流從地球上消失，只要她稱得上是一條真正的河流，而不僅僅是一條山間蜿蜒的小溪。

臨水而居，河流常常將我的目光帶向遼遠，使我不僅僅滿足於看到咫尺之遙的對岸。走在眼神呆滯的人群中，河流使我的眼睛保持著秋水的清純，不染纖塵，不沾汙垢，無論眺望，還是回眸，都透出靈氣和真誠。我也曾在海邊踏浪，看大海抹去我剛剛印下的足跡，就像時間無情淘洗我發表的那些粗淺的文字，不留下一粒金子。在滿月之夜，我獨坐海邊，背景是遠方城市的萬家燈火。我看見月光照耀的海面有魚鱗閃爍，那是一片細碎的波浪跳蕩著銀色的月光。從那時我學會了對世界心平氣和。我是循著一條河的流向來到海邊的。我奔騰過。當我倦怠了，我便躺下來，在更多的水裡消失自己。

　　當我寫下這些文字，作為一條河流我已經接近人生的中游。就像一條航行中的船，既看不見起錨的港灣，也看不到拋錨的港口。除了奔湧與激蕩，我無權做別樣的選擇。我永遠也不會忘記我第一次真正涉足河流的動人情景。通過一條船感受河流，與站在河岸上看孤帆遠影、碧空如洗，畢竟是截然不同的兩種人生。真正的河流，並不會將最好的景致呈現給岸上的人，這一點，只有「敢向濤頭立」的弄潮兒才了然於心。那時，我尚是一個羸弱少年，患著久治未癒的病，獨自一人坐船，到下游很遠很遠的一個碼頭上尋訪醫生。江面上晨霧很濃，船只好停下來，大團大團的白霧從江面上滾過，整個世界彷彿只剩下了這條被蔽天大霧困在江心的小小客船。汽笛及時地拉響了，高亢、雄壯、不可遏止，所有的旅客都為這嘹亮的汽笛所感動，所召喚。沒有人懷疑，這秋霧終究會散去。霧果然散去了，新鮮的、健康的太陽重新君臨大地。我少年的沉疴也彷彿霍然而癒，渾身散發出青春的活力。

　　又是一年秋風勁，又是一年春草綠。時序的更迭、人世的代謝，正如這萬山叢中喧囂奔突、激流飛沫的江河。當我選擇深秋時節到一條清澈的、至今倖免於工業汙染的小河上旅行時，我又一次看到了那潤澤過我童年與少年時光，使我的一生奔騰不止的水。她在平原上舒緩地、溫情地流過，遇到峽谷卻頃刻變得呼嘯如箭、一瀉千里。

作於1992年12月

虛構菜畦

　　如果想驗證「種瓜得瓜，種豆得豆」的真理，你就最好在牆角開墾一小片土地，將瓜或豆的種籽埋進地裡。栽種之前當然要先將棚架搭好。搭棚架最理想的材料是細小的竹竿，沒有竹竿，木片和鐵絲也可以替代。

　　在都市里保留這點農耕文化的子留，不是圖的省幾個菜錢。嫩嫩的豆蔓與瓜秧沿著棚架攀援而上，用蓊鬱的綠意遮覆頭頂的一小片天空，使夏日的地上，有一片濃蔭驅除溽暑，才是這庭院菜畦的真正旨趣所在。我一直懷想著很久以前在頤和園看到的一幅對聯，下聯是「新綠瓜畦帶雨鋤」，濃濃的田園味中飽含詩情，全然沒有露出帝王行宮令人討厭的皇家氣。皇帝當膩了，想鋤幾下瓜畦舒展「龍骨」，與一介文人伏案之餘在院裡一隅開荒種地，略舒倦眼，其情其趣自然是大為不同。在皇帝眼裡，「普天之下莫非王土」，而對我來說，開墾這一小塊瓜畦豆棚，還不曾向國土局、環保局等有關部門申報呢！

　　這種勞動至少強似養花。養花基本上算不得是什麼體力勞動（專業花園或苗圃又當別

107

論）。而種幾顆瓜秧與豆秧，日日侍弄，拔草、澆水，快樂就在它
們綠葉勃發、藤蔓越牽越長的過程中，而收穫的大小，實在是不必
在意的。都市中的這一小塊「自留地」，使你和這個國家的大多數
──那些值得敬佩和同情的農民，建立起了某種聯繫。作為一個寫
作者，你不僅寫出過作品，而且種出過作物，這使你萬一遭受厄運
（譬如一九五七年或一九六六年的文禍）被一腳踹出城市時，至少
還有一種聊可謀生的本領。不過，據說這種不幸再也不會發生了。

　　在瓜棚與豆架下支一張小桌，擺上三五個四川茶碗，與來訪的
文人們談天說地，實在是極好的人生享受。話題可以不拘於文學與
藝術，就談談頭頂垂懸的嫩黃瓜或細豆莢也未嘗不可。古人說「大
隱於世」，儘管終生不免在紅塵中翻滾，但結廬人境，心遠地偏，
是一樣可以「採菊東籬下，悠然見南山」的。

　　虛構這樣的瓜棚與豆架，並非出於我的戀舊。我深知，這不是
一個懷舊的年代，我也不到戀舊的年齡，但有時候在城市裡奔波得
倦怠不堪，我便極想躺在這想像中的豆棚瓜架下，望著天空，把小
時候躺在真正的瓜棚豆架下數過無數遍的星星，再重新清點一遍，
就像一個守財奴，在無望地清點他散失了的、永遠也收不回來的藍
色寶石。

少女就是鴿子

從我面前走過的少女常常使我著迷。對於她們，我永遠也不可能視而不見、無動於衷。我厭惡、甚至蔑視那些對迎面而來的少女漠不關心的眼睛；置身於少女們中間，對她們卻目不斜視的，在我看來，不是偽君子，便是白痴。我不能原諒和寬恕那些摧殘少女的人。我知道，熱愛生活首先要熱愛母親——這世界多虧了她們。

多年以前，我曾在一本書的後記裡寫下過這樣的句子：「我要為世界上所有多情純情痴情的少女們，流盡血管中最紅的一滴血。」即使我已兩鬢蒼蒼，在街頭策杖而立，看著一群又一群的少女從身邊騎車疾馳而過，我仍將信守我的諾言，讓我年邁的血在乾涸之前，再有一次熱烈的漩流和奔湧。在我寫的一首題為〈詩人〉的詩中，我這樣寫道：「看一些少女們走遠，另一些少女們走近／但願我能挽起她們的手／成為她們的兒子，或者情人」。歲月能帶走我的一切，唯一不能剝奪的是詩人的靈魂——赤誠無邪的一顆愛心。

　　我至死不能忘懷的，是我在人生的許多驛站遇到的那些素不相識的美麗女性。風沙彌漫著北京的春天，風沙抽打著在春天出門的人。在公共汽車站等車的時候，我看見了一位少女。東方女性典雅高貴的氣質和儀容，使我怦然心動，又深深懷疑。我站在風沙中，看著這個一同等車的少女，內心充滿了美喚起的寧靜和溫馨。我連想都沒有想過要走上前去，和她搭訕幾句，儘管我並不缺乏這種勇氣。我知道，一交談就帶上了功利的目的，破壞了心靈的自由審美。車終於來了，又走了，我站在風沙中看到了春天遠去的身影。

　　在游泳池裡我會格外留意那些少女。她們身上的水珠像寶石一樣在陽光下閃爍。她們銀色的肌膚比水更為柔軟，每個人都是一條美人魚。她們的存在，抵消了世界的醜陋和邪惡。少女們壯大起來，使苦難的日子變得可以忍耐。美並不因為柔弱就能夠被摧毀，就像萬炮齊鳴的戰場上空，永遠有鴿哨飄蕩一樣。沒有什麼武器能制止鴿子的自由飛翔。

　　我還沒有機會結識一兩位出身名門望族的少女。我猜想她們像我在書中所常常看見的那樣，天生具有高雅的儀態、高傲的氣質、高貴的風度和高尚的人品。這一切都是美好的──只要她們還沒有沾上輕視或忌妒的惡習。我深切地感到，那種古典的、有著良好薰陶和家傳的大家庭，差不多已經完全解體了，即使是孔子的後裔，也散居在世界各地，過著和我們一樣的平民生活。作一個平民，至少比當一個沒落貴族更為幸運吧，它使我們僅僅通過柴米油鹽醬醋茶這些瑣屑的日常生活用品，就能感受到世界的變遷。在高樓林立的城市裡，我蟄居在一片低矮的青瓦平房中間。這是都市的別一種風景，使我留戀，更使我迷醉。這種木板結構的平房，呈現出南方舊日情調的最後風情。房子是沒有廁所的，在我上班的路上穿過這樣的小街時，往往會看見一些睡眼惺忪的少女，提著裝滿穢物的痰

盂，從包子鋪、雜貨鋪的門前經過，走很遠的路去廁所倒掉。太陽正好在這時照在小街上，照亮了少女的臉和痰盂。我喜歡那幅名畫，那個提籃賣魚的少女海倫。美麗崇高的東西總是跟醜惡相伴而生，由於醜惡而益增其美。所以耶穌會在牛棚裡出生，蛇在東方和西方常常被用來隱喻愛情。在這樣陳舊破敗、簡陋得連廁所也沒有的房子裡，用粗茶淡飯把一個女嬰教養成一位氣度不凡、亭亭玉立的少女，成為整個街區甚至整個城市的驕傲，這該是一項多麼了不起的、偉大的事業！

可惜我注定只能是一個小男孩的父親。為此我不得不專門為他買了一個漂亮的洋娃娃，來陪伴他共同度過童年。我教他握她的小手，哄她睡覺、吻她的小臉頰，親切地喚她「妹妹」。作為一個未來的男子漢，他必須從小學會尊重、並且熱愛異性，懂得溫柔也能感受柔情。這是在人生的任何一所學校裡，都常常被故意忽略的一門至關重要的課程。我要讓他早一點明白，少女就是鴿子，少女就是母親。世界上沒有不可寬恕的、永遠的敵人，只要世界上不再有人把原子彈、刺刀和戰爭強加給她們……

和一個從前的少女攜手而行，使她懷孕，挺著肚子莊嚴地走向大街，走向母親，這就是愛情和婚姻的隱語。我們不將它說破，是因為我們了然於心。和一位少女青春作伴，度過中年而漸入老境，是一件多麼幸福的事情！我從來不曾在那些飽經風霜的老太婆刻滿皺紋的臉上，看到醜陋的痕跡。她們曾經年輕，曾經美麗，創造了人生又享受了人生，如今，心靈是那樣平靜，好像所有的船都回到了港灣，所有養育過的兒女都回到了搖籃。我因此熱愛我的妻子。我認識她時，她已經二十歲了，我本來應該在她十六歲時，就和她相愛的，幸好我還有幾十年的時間和她廝守在一起。即使我們都耳聾眼花、垂垂老矣，我仍將毫不羞怯地表白：「我愛你！愛你們中

間的每一個，更愛你們全體！」我的聲音將被鴿群帶往遠方，使磨刀的人、擦拭槍管的人，使全世界，都能聽見！

作於1991年

色我所欲

我是那種騎上自行車，就要將前面的男女老少盡數超越的人，直到在我的前頭，出現一個似乎美麗的女性的背影為止。這時候我會減下車速，和她保持一種適宜的距離，直到她拐到大街的另一邊去，或者從小巷裡消失蹤跡。我知道，這樣的尾隨是十分正當的，它有時並不完全是出於潛意識。每逢遇到這樣的情形，我會想起一句口號：女性引導我們飛升。與其讓一隻石頭的巨手，指引我的一生，我寧肯把這幾十年，交給一群初涉人世的女孩子，讓她們纖弱細嫩的手指，把生活中的愛與美一一指點給我，以免我誤入歧途，去追尋另外的東西。像所有的人一樣，我希望我的終點更遠一些，使我能在短短的旅途中，超越更多的人，同時，也遭遇更多的女性。她們的美麗是真正的春天。

說到春天便不能不想起蛇。這些美麗的動物，總是在春天裡驟然出現。女孩子們也是這樣。陽春三月的第一個大晴天，女孩子們就褪掉了冬裝，把各種艷麗的夏日的時裝穿在了身上。這時候，我感覺到連大地也似乎卸掉了它的

滯重，變得輕盈起來。在街上我甚至還看到過幾個大汗淋灕的女孩子，剛打完了網球回家。那種白色的運動短褲下，是健康而美麗的腿，銀色，有炫目的反射力。她們刪繁就簡的裝束使整座城市都變得不好意思起來，被她們超越的男人們，也裝著一本正經的樣子，盡量不去看她們青春的身姿，尤其是那些展現著韻律與節奏的腿。這時候我便格外能體會出《紅樓夢》中的名句，把水做的骨肉和泥捏的骨肉看得一清二楚。

　　「色」與「性」是緊密相聯的。也許根源於此，人們對於人間的美色，不是加以砭刺，便是諱莫如深。在古代的中國，美麗尤其是一種罪過，嫵媚更是罪在不赦，所以，便有了數也數不清的僅僅因為美與愛美而橫遭其禍的悲劇。這樣的悲劇，甚至連帝王也不能倖免。現在，情形又大為不同了，對「性」的討論成了一種時髦。沒有這方面的專欄、專題講座、專家問答，全世界所有生活類報刊、婦女類報刊，都將無法生存下去。與之相對應的是，大到國家電視，小到街頭的任何一根電線杆，都充斥著五花八門的春藥的廣告。中國人開始關注自己的生理機能，關注性──造物主補償眾生勞碌與苦難的偉大饋贈，無論如何這是人類文明的巨大進步。仔細想一想，僅僅二十年前，這個國家還陷在彷彿中世紀的禁慾、道學、愚昧與瘋狂的多重黑暗裡，就足以令人不寒而栗。我衷心祝願人民，都能擁有旺盛的情慾、享有正當的人的生活，無論男人女人，都沒有羞於啟齒的疾病，也沒有尷尬的難言之隱。我只想強調一句，讓我們不要忽略了美的存在，讓我們好好地愛美。如果沒有美學意義上的色，這世界將只剩下生理學上的肉慾，與現實主義的物慾。

　　在人群裡，做一個不需要面具和頭盔的人，這很不容易。有時候，我們不得不用面具來掩飾自己，用頭盔來抵擋可能遭受的打

擊。這些血肉之軀的附屬品,使一個真正的靈魂變得臃腫、遲鈍、令人懷疑。我很喜愛斯湯達爾墓誌銘上的話:「寫作過、愛過、生活過」。這是一個作家的三種境界,呈層層遞進的關係。寫作的全部目的,或者說最本質的目的,是為了愛;而愛的全部目的,或者說最本質的目的,不過是為了生活。我希望我死後,如能奢侈地擁有一塊墓碑,上面也能問心無愧地刻上這三個短語,表明我一生的奮鬥,並不是白費力氣。我深知,這種狂妄會冒犯一大批人;我同樣深知,我沒有任何過錯。當我閱讀那些偉大女性的傳記時,我會陷入極度的自卑裡。她們燦爛的目光,燭照出我靈魂深處的猥瑣與幽暗,而我,是多麼渴望能坐在壁爐前,和她們共進晚餐,進行智慧的交談啊!可是,我們隔著遙遠的世紀。在她們的面前,我只是一個在電視機前,在流行歌曲中長大的二十世紀的孩子,一個無知的世紀兒。

我想,一切都還來得及。我還有足夠的時間,去追求愛與美。這是我一生的功課,也是我一生的事業。當我迫於生計,騎著破爛的自行車奔波在城裡,和美麗的女性們交臂而過時,我對醜陋與壓抑的生活,其實充滿了感激。這樣的生活迫使我格外珍視我真正擁有的東西。當我看到美麗的女性時,我冷峻的、漠然的目光裡會有一絲溫柔的亮光閃現。這使我相信,我仍在愛著,仍然擁有真實的生活,而不是僅僅活著,因為我發現自己,對這世間的一部份,依舊充滿著憤怒與憎恨;對另一部份,則依然懷著愛心與柔情。

1993年

酒我所欲

　　我的類似於清教徒與苦行僧的拘謹生活，遮掩了我對於酒的渴望，這種飢渴與生俱來，我一生中勉強能做到的幾件大事之一，恐怕就是不斷告戒自己，不要受到酒的誘惑，在我忘了這種警戒時，我必然會舉杯豪飲，口吐狂言，最後大醉而歸，在酒桌上，也和現實生活中一樣，我是一個十足的弱者，其實，我多麼渴望能將滿滿一瓷酒高高舉過頭頂，「啪」的一聲，讓它立在桌上，讓一切酒徒喝酒鬼們面面相覷，啞口無言。

　　我嗜酒，源於我靈魂深處的一種燃燒或者自焚的衝動，內心的孤獨使這種衝動更為強烈。漫長的飲茶歷史，使我和我的民族變得沖和平庸，心境淡泊，熱血男兒越來越少了，以至與幾個瘦瘦小小的毛賊，幾根短短的匕首，竟敢亂我中國，壞我神州，最近發生的震驚中外的大慘劇「千島湖」事件，殺害二十多名受害者的只是三個小土匪，凶器也只有兩根獵槍和一把斧頭，如果憤怒在胸中升騰，血在沸騰，血管裡有酒在奔湧，我想，結局不會如此悲慘，我崇拜《鴻門宴》裡的樊噲，他將豬腿扛在肩上，豪邁的大

117

吼一聲：「大丈夫死且不懼，卮酒安足辭？」那些古代的豪傑，頭顱被割了下來，還嚷著要用噴血的脖子灌酒，也許，人類社會真的只需要高科技與高文化，不再需要原始的，粗糙的英雄，酒無可奈何，正在變成一種高雅場所的裝潢與擺設，它原本具有的烈性，它的燃燒天賦，正在被代替，對此我深感悲哀，酒正在變為飲料，而酒本應是詩，是血液，是革命與被革命，飲料算他媽的什麼東西！

我厭惡那些以茶代酒，滴酒不沾的人，我一生都不願和這樣的人為伍，但可悲的是，我也正在淪為這樣一個謹小慎微，絲毫不敢放縱自己的懦夫，沉湎於酒，為酒所傷，我擔心自己活不到明天，而明天，總歸是美麗與燦爛的，我從小就得到過這樣的許諾，當我感覺到所謂明天，並不比一瓶燒酒對我更為真實，也離我更近時，我就迫不及待地打開瓶塞，讓酒的氣息彌漫我的肺葉，我知道，對酒的渴望並不純然來自我的肉體，就像我對於那些美麗女性的渴望一樣，我，一個其貌不揚的，文弱又貧窮的男人，其實是沒有足夠的體能與體質，來追逐世上的美酒與美色的，但是，來自這兩種大美的誘惑，我卻至死不能抵禦，一生中從來不曾沉醉的人，在我看來，一定是那種「君子寡於慾」的唯唯諾諾的、卑微的人，對於我的過分抑制，過於理性的禁慾生活，唯一的結果是使心靈和肉體都趨於遲鈍與麻木，沒有激情的閃電鞭擊內心，靈魂深處也沒有搏鬥、顫慄與狂風暴雨，這樣的生活，我厭倦透了，沒有膽量飲下一杯烈酒（不用說毒鴆）的人，一生也無緣體驗愛情，那刻骨銘心的痛苦、反叛、與瘋狂。

我也蔑視大部分洋酒。洋酒不僅喝起來，而且看起來都更像某些花花綠綠的飲料，在那些液體裡，我能真切分辨出太多的裝飾性的東西，華而不實的成分、酒的本質被淹沒了，我也許不該這麼說，我假如能更聰明一點，我會對這些酒的價格，表現出某種尊

敬，顯示出我是一個胸襟開闊，見過世面的上等華人，可我做不到，我知道，酒還是咱湖北湖南的稻穀酒、包穀燒最好，北京的二鍋頭也不賴，這些酒不在包裝，在它的衝勁，那種讓嗓子冒火，讓血熱起來，滿身體亂竄的熱烈勁兒，這就跟真正的老爺兒們一樣，穿上衣服是一條硬漢子，脫了衣服，還是一條硬漢子。這樣的酒，見了就該喝它個十碗八碗，否則只能算是熊包和孬種。

有時侯，面對美酒與佳肴，我的心境會突然變得黯淡，那些並不相識的人，在一瓶剛剛打開的酒前，顯示出多麼的客氣和戒備。我會時常懷念大學校園外的小牛灣酒館，那裡的酒缸上，也同樣蓋著厚厚的紅布墊，貼著簡樸的「酒」字，我們用扁扁的，只能裝二兩的小酒瓶去那裡沽酒，錢多的時候我們就買貴的，手頭緊的時候就只好退而求其次，那種極度的貧困其實正是我們的富有，上課的時候，我們總是坐在靠牆角的座位上，貼身的衣服口袋裡，那扁扁的二鍋頭被青春的軀體燒得滾燙，連身邊的女孩子們，也聞到了年輕人的身體裡飄出的酒香，這樣的誘惑是多麼強烈，又多麼美麗！

現在，我坐在自己的家裡，在一日三餐面前，品酒，每頓飯一小杯，兩小杯，最多三小杯，視天的陰晴和茶的好壞而定。這樣的酒，使我越發像一個懦弱的富農，每天喝著同一瓶酒，同時不斷地為被喝掉的部分感到可惜；而在酒桌上，我則裝出一副老實厚道的樣子，在一群虛張聲勢的酒鬼面前，默念大師的名句：「會須一飲三百杯，莫使金樽空對月」，在這種類似於祈禱的默誦中，看鄰人們頻頻乾杯，把官方或公費的酒喝得乾乾淨淨。這時我越發深感自己的馴服與柔順，像一隻獸，僅有的狂放與野性早已蕩然無存，而那些豪飲的傢伙，其實也正和我一樣，只不過他們的奴性，是在遠離酒桌的地方。

酒意闌珊

1

美國沒有酒仙。美國只有酒鬼。

走在舊金山的大街小巷，時常可以見到臉喝得通紅的醉漢，倒臥街頭，人事不省，手裡緊緊攥著一瓶只剩下一小口的伏特加、威士忌。街頭的酒鬼，總是選擇這些烈性酒，圖的就是烈火在身體裡亂竄的那種感覺。他們不喝葡萄酒，嫌它太甜，更不喝啤酒，以免尿多──在街頭生活的另類人群，如廁不便。

近日讀著名詩人北島的書，書中記載大詩人金斯柏格、帕斯的行狀、神情、言談舉止，活靈活現。這兩人都是愛酒之人。詩人之愛酒，大概可以追溯到希臘神話產生的那個渺遠的古代吧？在中國，詩家酒家，從來是不分家的。「天子呼來不上船／自稱臣是酒中仙」，是愛酒的至高境界，姑且稱之為「仙界」。我十多年前曾寫過李白之醉：「你這三流的劍客醉臥長安／天子不來呼你／穿皮鞋的警察將你踢醒／謫仙啊謫仙不要拔劍／西安啊西安已非長安」。一登仙境，即脫

塵俗，卻不知醒來的時代，已然是警察滿街，這世界再也容不得高陽酒徒了。

曹孟德也是愛酒之人。酒後橫槊賦詩，氣吞萬里如虎，那種視宇宙如無物、藐蒼生如草芥的曠代梟雄氣勢，歷代的人君無不抄襲，可惜，學虎不成反類犬，到頭來，塗炭的終究是生靈，受祀的，依舊是治者──且多為暴虐天下、殘民以逞的昏君。以酒的境界而言，孟德之飲，仍在「何以解憂，惟有杜康」的功利階段，借酒之神力，化解他抱負難展的憾恨之情罷了。

我之愛酒，始於大學時代。那時，青春年少，為詩而痴迷，為愛而癲狂。酒是從大學門口的小酒館裡「零沽」而來。那家酒館，喚作「小牛灣」，在北京海淀區雙榆樹的陌巷裡，進店一排酒缸，上覆寫著古樸「酒」字的紅布，內墊棉花，以吸酒氣。店家揭開酒墊，我趁機深吸一口，哦，「酒好不怕巷子深」，這民間的俗語，竟深藏如許深刻的哲理。而那樣拙樸簡陋的酒館，總令人懷想起劍俠如雲的古代。

在美國，汽車商是酒商的冤家，警察是酒鬼的敵人──尤其是，當這個酒鬼是駕駛人時。打開英文報紙，常常可以看到，有倒霉的駕駛人，因DUI而遭警察逮捕。這三個英文字母的縮寫，原來就是「酒後駕駛」（以我的臆測，應該也包括吸毒後駕駛）之意，Drive Under Influence，這可是人命關天的大事，飲者自戒，切不可縱酒駕車，自危危人，犯在警察手裡，真是要鋃鐺入獄的。

美國的好處，真是不勝枚舉。不太美妙的地方，就在於喝酒不能盡興。前些天，有幾個同好寫作的朋友，相邀去兩小時車程外的幽靜小城北島家小酌，其中一位朋友，帶了至為難得的湘西「酒鬼酒」。我是奉命開車的人，面對與多情剛烈的湘女正相媲美的湘酒，只有黯然一嘆了。

酒真是液體的詩歌。設若世間無酒，連諸神都要寂寞難耐，我輩塵勞碌碌的人生，怕是要寡趣多多了。

2

敬愛紀弦老先生，只為他的詩酒之狂。最近，在美國華文文藝界協會舉辦的「回顧紀弦現代詩七十年」座談會上，我曾經這樣論及他的詩：「最引人注目的狂，當然是因酒而狂，為酒而狂，狂而傲世，睥睨世俗社會的一切猥瑣與無聊。紀弦無論在臺灣詩壇，還是廣而言之在整個中國現代詩壇，都堪稱詩酒雙絕的詩豪，詩中有酒的醇厚，酒中有詩的柔情。」

在這次發言中，我特意談到了紀弦的〈無人地帶〉這首詩中的一節：「想當年，脫光了／躺在濃蔭下想詩，／一面飲著當歸酒，／那些日子，多美啊！」我說：「這幾句詩寫詩人赤身躺在四野無人的嘉南大平原上，飲酒吟詩，那種令人迷戀、惹人懷想的吊爾郎當，那種與大自然融為一體的愜意美妙，真令人心嚮往之。」

其實，這種略顯孟浪、稍帶輕狂的舉動，無疑是詩人的專利、青春的特權。記得自己在二十三、四歲時，剛從大學畢業，到中國大西南的巴山蜀水之間，當了一名記者。大約是在一九八六年夏末吧，我獨自一人被奉調到有「月城」與「航天城」美稱的涼山彝族自治州首府西昌，擔任駐站記者。我在環境優雅而僻靜的招待所，租下一個房間，前後兩院，遍種白菜。牛肉在集市上趁新鮮買來，用電爐燒透，再澆上半盅包穀燒酒，肉香頃刻之間就飄逸到曠野之中去了。邀上當地的詩友，在陽臺上圍爐夜話，因古代地震而造成的涼山明珠——邛海，就在遠處的一輪滿月下浮光耀金。當時，我

曾自撰一聯，贈給同飲同醉的詩友：「牛肉火鍋尤堪憶，邛海明月最惹人」。那是清貧如水的年代，更是清純如水的年齡，心靈裡只有愛，血管中只有酒。

我永遠也不會忘記，一九八七年暮春時節，在天高地遠的涼山昭覺縣城，傍晚時分，街頭的高音喇叭突然響了起來：倒春寒來了。我獨自一人，走在冷氣逼人的街上，見到街頭的一塊空地裡，有一群黑色的彝族漢子，披著他們的民族服裝──羊毛織成的「察爾瓦」，或是一塊未經加工的羊皮背心，正坐在冰冷的地上喝「轉轉酒」。一隻豁了口的碗，一瓶一塊多錢的老白乾，沒有任何下酒菜。僅僅因為孤獨，我走向這一群異族的飲者。見到有一個年輕的、幹部模樣的漢人走來，他們便挪動屁股，騰出一個位置，那只口口相傳的酒碗，馬上就轉到了我的面前。無須表明身份，更不必說明來意，我要的只是這一口酒，這一份暖意，在這個天色驟變的時刻。

四川自古多佳釀，天下酒客傳其名。一九八八年秋高氣爽的日子，在長江之濱的瀘州──瀘州老窖的家鄉，我曾大醉一場。那是青春歲月裡第一次徹底的放縱，靈魂和肉體都向酒神繳械投降。當地的詩友，將醉入桌底的我，抬到我入住的賓館單間，為我更衣、沐浴，買來蚊香，點在室內；切好西瓜，擺在桌上。我凌晨四點醒來，口渴難耐，一眼就看到那個大西瓜，浸在臉盆的冷水裡，我心裡的那份感動，至今記憶猶新。

信是詩緣，信是酒緣，這一切都源於青春，歸於青春，年輕的心，乘著酒意而高翔九天。那是黃金的年代，那是白銀的日子，我們多情如斯，富有如斯，因為我們愛著，因為心中有愛。

而每個人的口袋裡，只有幾張小面額的紙幣，寥寥可數。

3

客居美國，喝洋酒不算難事。十幾美元，就可以買一瓶威士忌，或是伏特加。更便宜的也有。總覺得威士忌，酒香過於尖銳，刀子一般；而伏特加，則根本沒有任何醇味，酒精似的。有時候，就無端為那些西方人士難過起來。他們中的大多數，枉自豪飲一生，卻從來沒有體味過中國酒的「意境」，就像他們大多無法欣賞中國古典詩歌中優美的詩意一樣。這種因文化背景所造成的缺憾，幾乎無可彌補。

在我曾短暫工作過的四川涼山，以黑為美的彝人，平生所信奉的宗教，一是火，二是酒。涼山地處西南高原，海拔很高，彝人又多散布在高寒山區，這兩樣物質的東西，也就變成了精神的、甚至靈魂的財富。圍坐火塘邊，暢飲包穀酒，就著烤得焦黃的土豆（這是彝人的主食），彈起弦子，唱很蒼涼很淒婉的歌，彷彿整個大涼山、小涼山的千溝萬壑，都在靜靜傾聽。來了貴客，「坨坨肉」是少不了的，姑娘和小夥子，端著酒碗，對著你唱「祝酒歌」，不由得你不站起來，將半碗白酒灌下肚去。在貧瘠與閉塞的地區，常常有古風存焉，這種粗獷的酒風，正與這裡粗糙的人生相匹配，放在城裡，就難免被看作是土氣和落伍了。

彝族的「咂酒」我是喝過的。通常是在類似狂歡節的「火把節」期間，跳過「鍋莊」（一種藏、彝族流行的集體舞）之後，一個乾泥封口的罈子，就搬到了廣場上。敲開泥，將三兩根打通了關節的長竹竿伸進去，德高望重的老者，或是最尊貴的客人，率先得到邀請：喝第一口「咂酒」。酒微酸、回甜，有點像西洋的啤酒，也有點類似於漢族的米酒。最有趣的是，罈裡封存的酒喝乾後，有人馬上將一壺冷開水灌將下去，另一罈酒又滿了。不用說，公然攪

水的第二罈酒，酒味自會淡去許多，依然濃郁的，是那種數十人共
飲一罈的兄弟情份。

　　喜歡杜詩，因為杜子美詩歌中的酒，往往是民間所釀，民間
所飲，酒中所含的詩句，也大多表達民間疾苦。在中國歷代的詩人
中，真正是念彼蒼生的大詩人，應首推杜子美。他在〈客至〉中
的名句：「盤餐市遠無兼味，樽酒家貧只舊醅」，我每每吟哦，都
會想起我故去多年的祖母。祖母可真是鄉村裡善釀的活菩薩，那一
手釀製米酒（或稱為酒糟）的絕活，不知傳授給了多少戶人家！三
月春暖，酒麴花紅紅的，開得正艷，祖母將它們採下，做成發酵用
的、看上去與湯圓無異的酒麴，再將上好的糯米用蒸籠蒸熟，撒了
酒麴後，放入洗淨的面盆裡，上覆棉被，三五日後，糯米的面上，
長出細小的白霉，而底下的米酒，已然醇香撲鼻了。用酒糟煮三個
荷包蛋，在吾鄉的舊俗裡，算是待客的上禮呢！

　　出國離家已久，在故鄉，不知這般醇厚如酒的民風與民俗，如
今依然否？

有酒盈樽

1

不見那種扁平的、二兩裝的北京二鍋頭酒瓶，怕是有二十六、七年了。在我十多年前寫的散文〈酒我所欲〉中，有對這種酒和酒瓶的一段描寫：「上課的時候，我們總是坐在靠牆角的座位上，貼身的衣服口袋裡，那扁扁的二鍋頭被青春的肉體燒得滾燙，連身邊的女孩子們，也聞到了年輕男人的身體裡飄出的酒香。這樣的誘惑是多麼強烈，又多麼美麗！」

乍然再見這扁扁的酒瓶，獨飲這瓶裝的鄉愁與孤寂時，青春的肉體已入中年。當年為年輕的女孩所傾慕的、擴散著酒香與詩情的肉體，已然無人問津。異國、遠島、一份微薄的薪水、一個海天兩隔的家。置身於女性同事中，我必須謹言慎行，孤寂時刻，有的只是「一片冰心入玉壺」的獨飲。只是這玉壺太小，二兩醇液，酒精濃度56%，高粱所釀，從北京，由一位細心的朋友，跨洋渡海帶來，抵達我的餐桌，用了差不多三十年的時間。就算我能夠將這樣漫長歲月裡的歡

127

樂、悲哀與屈辱一飲而盡，它也不足以醉我，醉我在海天茫茫的斯時、斯地。「既以心為形役，奚惆悵而獨悲！」陶令不見，桃源已絕，我二○○八年歲末在異國所飲的二鍋頭，斷然不是八○年代初在北京，在海淀區，在雙榆樹，在那家陋巷深處的「小牛灣」所零沽的二鍋頭了。

當年的室友兼酒友，用食堂菜票兌換現金，換酒買醉的哥們，如今已是仕途上順風順水的人物。當他在官家的酒宴上用茅臺乾杯時，是否偶爾想起，那個清理他酒後穢物的「老寶」（我當年的暱稱或者外號），面對一瓶來自北京的、扁平的二兩裝二鍋頭，險些兒「酒入愁腸，化作相思淚」？記得當年我們鬥酒時，那個來自秦皇島，頗有些神經質的準畫家，划拳的拳語竟然是青蛙：「一隻青蛙四條腿，噗通噗通跳下水。噗通噗通噗通噗通……」醉意朦朧中他必須清醒地記得數了多少聲「噗通」，否則，罰酒又是一杯。我們也曾效《紅樓夢》中的海棠結社那樣，以包含「酒」字的詩句，代行酒令，句中無「酒」者罰之不赦。

這麼這樣快就星散四方了呢？青春、愛情與詩歌的盛宴，不經意間，匆忙收場，而這顆如同奔馬、如同獵豹的心，還沒有來得及稍稍地放縱與輕狂，就背負起了人間世的諸種責任與義務，在道義與道德的雙重壓迫與驅策下，向中年，向暮年，向獨飲黃昏，奮蹄而前了。

二○○四年五月四日，中國的青年節。與我相逢恨晚的文友兼酒友劉陽君，在北京的協和醫院辭世，得年四十六歲，正是我今天的年齡。據他的妻子後來電話相告，他在離世的當天早晨，在病房裡，獨自哭泣了二十分鐘。這個堅強的湖湘漢子，在生命最後一天的早晨，不是因為對死亡的畏懼而哭，也不是因為對生命的留戀而哭。在我看來，他是在為生命中的懊悔而哭。如果時光不是疾如流

矢，快如子彈；如果時光是回頭的浪子，是「千金散盡還復來」的
鈔票，他應該在活著的、健康的時候，縱情歡樂，痛痛快快地享受
人生。

在鄉間，磨過黃豆、綠豆的石磨齒縫中，偶爾會有一兩粒豆類
幸存下來，艱難地伸出細嫩而脆弱的白芽。當然，這是一個隱喻，
一種象徵。而它，與我要說的酒，其實並沒有關係。

2

但是，既然說到了鄉間，不妨順便說說鄉間的酒。

在我的家鄉，沃野千里的江漢平原上，「樽酒家貧只舊醅」，
杜詩中的這個「舊醅」，怕不是指的白酒，亦即民間所說的燒酒，
而是糯米所釀的米酒吧？米酒是新釀的好，既有糯米的甜味，又有
酒的醇香。這種米酒，宜用碗喝，酒中漂著一層發酵後的米粒，白
如珠玉，儲久了，就漸漸失去了亮色，變為暗綠，彷彿綠蟻，所
以，就有了「綠蟻新醅酒，紅泥小火爐」的詩句，極力烘托出冬日
暢飲的快意。但是，米酒久儲，甜味就會變為辛辣，醇香也失之過
半了。所以，古人所說的「醇酒婦人」，言下之意，指美妙的享受
與歡樂，帶著一點點情色的幽微與曖昧，應該指的是初釀之酒、新
娶之婦，二者之間，互為比喻。

只要是糧食，都可釀酒，但酒與酒，卻很不相同。地瓜酒，味
澀而酒薄，總是帶有一股揮之不去的土腥味和水腥味；高粱，也叫
紅糧，釀出的酒就烈性十足。這也難怪，被太陽曬得赤紅如同細碎
瑪瑙的高粱花子，經發酵蒸餾後，太陽的熱力在酒液中發散出來，
一股股地，像壓抑不住的情慾，噴薄欲出。劃一根火柴，在滿得欲
溢未溢的酒杯邊緣，「吱」地劃燃，就有一團幽藍的火苗，「噗」

地騰起。這時，圍著酒壺的三五顆鄉間的腦袋，就會齊齊地「喔」一聲，再誇一句：「好勁道！」，於是，低下頭去，先輕輕地舔一口，將杯沿上的那點酒吸入口中，這才端起酒杯來，朝桌上的另幾個莊稼漢子，舉一舉，表示一個「請」的意思，便湊到嘴邊，一杯下肚，咂咂嘴，筷子向桌上油水最厚的那碗菜伸去。

莊稼人，喝酒是不興碰杯的。有時候，在鄉土電影中，看到莊稼人像城裡人那樣，互相碰杯，就不免好笑。不興碰杯，並沒有什麼深奧的理由，不好意思而已。但莊稼人喝酒的禮數、禮興，用文雅的話來說，就是禮儀，卻是一點也馬虎不得的。誰坐「上上位」，一把酒壺，先從誰「篩」（這個土語動詞極其生動地描繪了斟酒的動作）起，都要講究個輩份、年齡。鄉村的酒桌上，有年少而輩高者，也有年高而輩低者，誰端坐上位，等著人來「篩」酒；誰端酒壺，一巡巡將酒斟來斟去，都有個講究和說法，對主人的體面也是不小的考驗。

吾鄉的土釀，都是稻穀，而且，是自己親自種，親自收的，黃澄澄的稻穀，每一粒裡，都有八瓣的汗珠。這樣的糧食釀出的酒，要想不順口，不醇厚，也真不容易。當然，鄉村酒坊，或者按舊時的說法——「糟房」師傅的手藝，也輕慢不得。

爺爺在世的時候，雖然有肺病，偶爾也要喝上一杯。我就往一個口袋裡，裝上十斤左右的稻穀，借來一輛破舊的自行車，馱著這小小的糧袋，朝村西三、四里外一座水庫中間的酒廠奔去。那時，最小的妹妹剛學會走路，糾纏著大哥哥不讓走，只好將她抱上自行車的前杠。一個十六、七歲的鄉下少年，騎著一輛舊自行車，馱著小妹，和一小袋換酒的稻穀，行駛在收割後乾淨而疏朗的秋田之間。大地豐饒，而人民一貧如洗，這一小袋糧食，換回的兩斤燒酒，就是我這個長孫，給祖父全部的孝敬。

有時候，酒的秉性就是這樣：從口裡進去，從眼裡出來。

3

　　檀香山小小格局的中國城，兼賣中國酒的酒鋪只有一家，門面狹小，難以尋覓。酒的種類，也只有幾種：北京紅星二鍋頭、四川宜賓尖莊，售價都是十七美元，另加稅金。這裡物價，尤其是食品價格，高居美國之冠，同樣的這兩種酒，在舊金山地區的大華九九超市，售價不過十美元左右。

　　我自今年六月底，獨自到夏威夷工作以來，空酒瓶已經攢下了七、八個。有時候我想，用來計時的器物，並不限於鐘錶。比如，這半月一隻的空酒瓶，不也是清點、計算似水流年的佐證嗎？我年近百旬的忘年之交、臺灣現代詩鼻祖紀弦老先生，曾在一首詩中，用孩童般的語氣表示，要用手杖，將那些列隊的空酒瓶一一消滅。與其說，這是詩人對於酒的憤怒，毋寧說是詩人對於時光空逝，歲月誤我的自嘲。

　　曾有人問我：你這一生，究竟愛些什麼？

　　書、茶、酒、女人，如此而已。

　　我不知道，還有什麼比這些更為本真與本質的欣喜與快樂，在這個熙熙攘攘、利來利往的世間。說一句白痴才說的話吧：我真得很愛黛玉，她的冰雪之心與冰肌玉骨，承載了人類，至少是中國人代代不絕的春秋大夢，以至於去年，當紅遍中國的林黛玉扮演者陳曉旭君因病辭世時，我也有一種情緣已絕的悲哀漫上心頭。那時候，我本該有一杯薄酒，傾在花園裡的落花之上。

　　多年前，結識了另一位忘年之交，北京外國語大學俄語教授譚天先生。這位《安娜·卡列尼娜》的譯者，曾下放到我的家鄉沙洋

勞動數年。他向我傳授了用伏特加泡制中國燒酒的訣竅：將寧夏產的枸杞、陝西或是山西的紅棗，泡入廉價、勁道、卻毫無醇厚香濃口感的伏特加中，這種低檔的洋酒，就會色澤紅亮、口感醇甘，其原有的辛辣味無影無蹤。

前兩天，附近的商場，正好有大瓶的伏特加促銷減價，我於是買了一瓶，如法泡制。枸杞紅棗，在泡入酒瓶數小時後，酒就開始漸漸有了紅色，而日復一日，酒瓶的顏色由淡紅、淺紅，變為深紅和暗紅，開瓶時，酒香中的甜味愈來愈濃了。我孤懸在異國與遠海的這顆漢語的心，也漸漸沉靜下來。

我就是那一粒枸杞或紅棗，被洋酒泡得漸漸失去了原色。只有它的內核，堅硬如舊，還是枸杞，或是紅棗，產自寧夏，山西或者陝西。那些苦寒的地方所出的物產，總是這樣，苦而後甘，滋陰、壯陽、養肺、清心。

2008年11月29日，夏威夷無聞居

大地的酒漿

1

在下秧與插秧之間，端陽節說來就來了。

草已長得蓋過了腳脖子，土路倒愈發顯出白來。田埂上，一個敦實、壯碩像頭犍牛的小夥子，用一根黃楊木的扁擔，挑著兩個簇新的籮筐，一頭裝著半拉子豬肉，臕肥肥的，寸多厚，鄉場上賣豬肉的案子，頭天晚上就已經預定下的買賣：今兒一大早第一頭宰殺的肥豬，留下一半來，新新鮮鮮地，沾著點兒淡血，給自己未來的岳丈送去。鄉下人嫁閨女的體面，頭一遭，就是瞧著端陽節前的這點「禮興」。把一個閨女拉扯大，給你生娃、養豬、做飯、暖被窩，一輩子貼心貼肝地把條命和你拴在一根牽牛繩上，你不趁著「過門」前的端陽、重陽、大年這三個節，挑幾擔體面的吃喝去孝敬女方的老人，怕是一輩子難得在自己的女人前神氣。在鄉村裡，體面是要緊的，許多人一輩子隱忍、要強，勤扒苦作，圖的就是鄉鄰們暗地裡的一個「好」字。

扁擔的另一頭，裝著兩罈酒。黝黑的容器，粗糙、簡單、保持著陶土的品質，絲毫談不上講究，和種田人的日子一樣。講究的倒是蓋在罈子口的白紗布，內墊除去棉籽的新棉花。上一年春節時請過彈花匠，將自家旱地裡摘的二三十斤棉花，彈了三床六斤重的厚被子，一床給自己的老人，兩床留作鬧洞房時，氣派地疊壓在婚床上。剩下的棉花，預備著給新娘子置辦一件新棉襖，要紅綢上大花大朵的那種，不是芍藥，就是牡丹。對於小朵朵的花，玫瑰呀什麼的，鄉下人不大看得上眼，嫌它們不招眼。最後富餘的一點棉花，此刻就墊在了酒罈口，已經吸足了純粹土釀糧食酒的醇香，變得濕潤而厚重了。

在白色的酒墊上，照例蓋著兩塊紅綢，在時令說不清是暮春還是初夏的這個令人沁人心脾的早晨，兀自隨著扁擔有節奏的顫動，飄揚著、招展著、像一面紅紅的旗幟，或是一簇新鮮的火焰，把一個莊稼人心底少有的那股子喜氣，擴散在露珠閃爍的田野裡。

蓋著紅綢的酒罈子挑進女方家，頂著紅綢、騎著馬的新娘子哭嫁的日子也就不遠了。下一次挑著酒肉，邁進女方家門的日子，是在新婚之夜後的第三天，鄉俗謂之「回門」。女婿將酒罈挑子擱在堂屋的桌案上，將對女方父母的稱謂，由「叔嬸」改口為「爸媽」，妻子躲在身後，微低著頭，半帶羞澀，半帶驕傲。三天前的黃花閨女，如今已成新婦，從今以後，無論娘家或是婆家，同村年齡相仿的媳婦們，在一起說說體己話，將不再避開她，而男人們在田野裡帶著汗水說出的那些野話、葷話，她一聽就知道，單單是為了撩一撩她那既驚且喜的一顆女人心啊！

挑著的兩罈酒，雖說都是糧食所釀，但糧食與糧食，畢竟有極大的不同。苦寒的年頭，酒多是粗糧蒸餾，如紅薯之類，俗稱「薯乾酒」，味澀、刺喉，喝多了頭重腳輕；如果年成好，繳了公庫、賣了餘糧、留了足以吃到第二年新穀入倉的口糧後，還有幾麻袋黃

澄澄的稻穀，酒坊就是最好的去處了。稻穀釀的酒，酒色純白，入口醇厚，勁道強烈，香味綿長，用筷子沾上幾滴，灑在桌面上，劃一根火柴，「撲」地一聲，一小股藍幽幽的火苗竄上一兩寸高，這時，滿桌滿屋，都是酒的香氣了。

同是大地所產，各地的酒俗，卻十里不同。吾鄉的婚酒、喜酒，是由女婿挑給老丈。聽說在浙江紹興一帶產黃酒的富庶地方，酒卻是老丈人為女婿所留。女兒初生時，當父母的，就挑幾罈老酒，罈口用乾荷葉密密實實地封好，再覆以黃泥。待黃泥乾透後，用融化的蠟在罈口再澆一層，選個宜於動土的吉日，埋在自己宅院裡的黃桷樹下，或是菜園的絲瓜棚邊。二十年轉眼過去，當年的女嬰，如今已是人見人愛的大姑娘。出閣時，一挑一挑都是嫁妝：梳妝檯、寧式床、箱箱籠籠、縫紉機、大紅大綠的被褥，而在送嫁妝的挑夫隊最前面引路的，肯定是那幾罈窖藏多年的「女兒紅」了。

2

莊稼人少有見識過洋酒的，也大多喝不慣果酒、紅酒，好的就是這口地道的糧食酒。鄉村的經濟不甚發達，幾塊、十多塊錢一瓶帶有商標的瓶裝酒，也不是家家都喝得起的，特別是在婚喪嫁娶辦事待客的時候，酒的消耗量大，這時，本村或鄰村酒坊裡用大瓦缸裝著的無名的老白乾燒酒，就是最好的選擇。

用麻袋裝了稻穀，馱在自行車的後架上，車龍頭前，吊著三兩個塑料桶，奔三五里路外的酒坊而去。夥計稱好了稻穀，算好了加工費，隨即取出幾個大小不一的「竹吊子」來，茶杯口粗細的，是大酒吊，正好是一斤，小的酒吊，酒杯口大小，就是一兩了。將酒吊伸入酒缸，舀起酒來，看似容易，其實不簡單，公平與人情都在

這幾個小小的動作裡。酒吊出酒面時，飛快地斜那麼一點點，沽酒的村民就吃點暗虧了。如果酒吊端得平，倒入塑料桶的動作又利索乾脆，沽的酒準是足斤足兩，買主回到家裡，將塑料桶掛在秤上，秤杆一平，幾斤稻，換幾斤酒，半兩不差。

鄉村裡辦喜事，多在秋尾巴上，莊稼登場、入倉之後，有一段閑日子，天氣不冷不熱，晴和、安逸，土地在經過一春一夏孕育的繁累後，也閑了下來──當然，得在播上小麥，或是栽上油菜之後。定好了準日子，一個月前就差人，把該請的、必請的、可請可不請的遠親近戚，一一都要請到。請帖之類城裡時行的玩意兒，鄉村人是不興的，帶到的只是一句口信：七姑八姨，初八去喝喜酒。這個初八，照例是按農曆說的，可千萬別按陽曆去赴鄉村的婚宴，十有八九要空走一趟。二十四節氣、宜嫁宜娶的黃道吉日，在開年的頭幾天，就已被用朱紅的筆一一勾出。一年的苦日子，白天黑夜的辛苦，為的也就是這幾天，可以開酒罈、擺酒席、開懷暢飲。

秋天的大地是豐饒的。在我家鄉那樣江漢平原邊緣的淺丘陵地區，縱使多苦旱的年頭，多嚴酷的統治者，都鮮有飢餓的災民餓死田野的現象。這不能不說是那一方土地，對生於斯、葬於斯的人民的格外眷顧。年成的好壞，從晨夕之間家家屋頂上的炊煙就可以看出，而大地是否吉祥，就要看秋後的田間小路上，是否時常有頭頂紅綢、身穿紅襖，騎在棗紅馬上的新嫁娘，在一隊挑夫的簇擁下穿村而過。

大自然的厚愛，卻並不能抵消土地上代代傳承的苦難。魯迅先生曾有一句著名的詩，「血沃中原肥勁草」，寫的就是被屠戮者的血，這與葡萄酒漿何其相似的液體，流入大地，融入歷史的肌體中，成為任誰也無法逃避的一份承擔、無法拒絕的一份遺產。

故鄉與鄉情，是遠遊人、客居他鄉與異國的人永恆的念想。但故鄉究竟是什麼呢？水土而已。土生萬物，酒在其中，是土的精

華；水潤四方，酒更在其中，是水的魂魄。土肥而酒香，就是「帝力於我何有哉」的息壤，就是人間的天堂了。

3

時令正當隆冬，陽光下的褐色平原、遠處深黛色的山巒，卻顯出一片燦爛的春意。我開車，載著北京來的舊友，到以葡萄酒聞名於世的北加州納帕穀（Napa Valley），探訪幾處酒莊，權且算是踏青。

車行處，但見高速公路兩側，沃野平疇，綿延不絕的，盡是密密麻麻的木樁和鐵絲網，令人想起陣地和戰爭。昔年的葡萄舊藤，似乎已被清理乾淨，只等二、三月天的幾場細雨後，葡萄藤的主莖上，便悄無聲息地牽出新的藤蔓，萌發出第一片嫩嫩的新綠。在我看來，世間的諸種手藝或工藝，沒有哪一樣比釀酒更具有盎然的詩意。世間有酒，這原本就是對塵世勞頓、生命苦短的一種補償。而所有的酒，都來自大地最慷慨的饋贈——糧食，或者水果。當黃金粒一般的稻穀、大麥或小麥、高粱、玉米，與紅如瑪瑙、青如碧玉的葡萄，最終變成醇香撲鼻、回味悠長的美酒時，作為一個小小的飲者，對於造物主的神奇和仁慈，真該懷有一份感恩之心才好。

我們造訪的其中一個酒莊，名叫Peju，被葡萄園圍繞著的一處莊園，庭院內有幾莖細柳、一池噴泉。莊園的主體建築，如同教堂般的圓形穹頂，牆壁上裝飾著彩繪玻璃，畫著一些人、一些景，也不知是世俗人物，還是宗教故事。兩面牆壁上，高大的木櫃裡，一格一格盡是自產的佳釀。酒客站在櫃檯前，櫃檯內的酒師就會按照吩咐，往客人的酒杯裡倒入極少的一點葡萄酒。名碼實價的品嘗價格為五美元一嘗，買一瓶則可免費嚐一次。我們第一次品酒的那個酒莊，價格比這貴了一倍。

　　據酒師說，這個酒莊的酒，是用原本產於法國某地的葡萄釀成，而那種葡萄的祖產地，則在秘魯。一粒小小的葡萄，在地球上轉了一圈，終於功德圓滿，變成美酒，被一位從北京遠道而來，為了這口酒而驅車百里的酒客嚐到，冥冥之中的這份酒緣，怕是要數百年才能締結呢！無端想起自己十多年前寫過的一首題為〈栽培葡萄〉的詩，其結尾部份是這樣：「每一粒葡萄都至少面臨／三種方式／但你一生不能同時栽培／三粒葡萄／一粒釀酒，一粒贈美人／一粒懸掛枝頭，被風無謂地吹落。」重讀舊作，如晤故人，我雖不敢擅飲，以免有酒醉駕車之虞，但陪朋友陶醉在異國酒鄉、看他臉上漸呈微酡之色，我的心中似乎也有微醺之意了。

　　酒莊裡出售的酒，因為係「自產自銷」，又帶有旅遊紀念品的性質，所以，在價格上倒比街面上的酒鋪所售要略高一些。我見到另一家酒莊裡，一瓶酒的售價達一百二十美元。這裡的酒，瓶子上都印著「Estate Bottled」字樣，就是說，是在酒莊裡自釀裝瓶的真品，絕不是從別處買來「勾兌」成酒，裝瓶欺世的假貨。

　　夕陽西下的時候，我開車載著朋友踏上歸途。他的腹中裝了一點酒，汽車的行李箱內裝了若干瓶，打算帶回國，豐富自己「酒窖」內的藏品，如果有懂酒、愛酒的朋友光臨，便可以引著參觀、把玩一番。我想，他們在席間品嚐時，大概也會談到美國北加州那個叫納帕穀、葡萄藤鋪天蓋地的狹長平原吧。

　　朋友是講究生活情調的人。在中國，這樣的人漸漸多起來，這是社會開始「藏富於民」的美好兆頭。而「一瓶酒，半年糧」，這也是中國社會貧富分化日益加劇的生動寫照。

懂得風情

這麼多年來，我一直難以忘懷那個印度少女。

那是一九九六年夏天的故事。我住在新澤西州一位朋友家，在他的家庭公司裡擔任「總裁助理」。這是我一生中，唯一的一段經商生涯。朋友從事的是絨毛玩具的批發業務。深感慚愧的是，在我任職的半年裡，既沒能簽下一份訂單，也沒能售出一隻玩具。當初朋友遠隔數千英里，將我從舊金山聘到新澤西，不知圖的是什麼。

朋友是我大學的詩友。我讀本科，他讀碩士。我寫詩在全國校園有點影響時，他的詩評也引起了詩壇的關注──他甚至在文匯報上，和艾青辯論過。後來他到了美國，在杜克大學讀了文學碩士，便改行當了生意人，將中國江蘇一帶鄉鎮企業生產的絨毛大熊貓、大灰熊之類的動物用貨櫃運到紐約，轉手批發給幾個猶太商人。

我短暫的商業活動，包括在紐約著名的賈維茨會展中心擺設攤位，展銷絨毛玩具。那天中午時分，攤位前來了一個印度血統的女孩，高佻、秀美，睫毛長而微翹，看上去很像假的。大而明亮的黑眼睛，正是我們在印度電影中常常看到的

那種。她穿著一件紫色的長裙，但似乎更像長袍。不用問，她的眉心有一點丹紅，標明她的待嫁之身。

她看中了一個長約兩英尺的大熊貓，抱在懷裡，左瞧瞧，右摸摸，還輕啟她的一雙朱唇，輕柔地觸碰著大熊貓的耳朵，那種動作，介於「吻」與「耳語」之間，有萬種難言的溫柔。

朋友見她喜愛，便說：「你喜歡就賣給你，十五塊。本來，這是展品，我不賣的。」

其實，這是為期三天的展銷活動的最後一天，所有的攤位都在賣展品，免得拉回去。朋友這樣一說，我就知道，他的生意腦筋又轉動起來了。當天早晨，我明明聽他說過，這種最大的大熊貓，賣十塊錢算了──他進貨的價格，連三美元都不到。

印度女孩瞟了他一眼，還價說：「十塊錢，好嗎？」

朋友笑了笑：「十塊錢？我還是留著給我女兒吧！」

我絕未預想到的美麗一刻，就在這時突然降臨：那女孩側著身子，朝朋友跨出了幾乎難以覺察的一小步，用她左邊的、而非右邊的乳房──豐碩而苴壯的那種圓潤，值得為之而死，輕微地、不經意地，觸到了朋友裸露的手臂。這種肉體與肉體的接觸，幾乎只有六十分之一秒的時間。一隻乳房的輕微顫動，使得另一隻也顫動起來。

世界上的許多果實，因為過於甘美，往往就這樣無風而動，讓俗世中昏濁愚笨的心，砰然悸動。

印度女孩揚起臉來，斜著瞥了朋友一眼，說了下面的一句話：

「Be nice to me！」

無論我的英語如何差勁，我也完全聽得懂這四個字的情感衝擊力。我為期半年的國際貿易經歷，在此刻土崩瓦解，灰飛煙滅。我知道，我這一生，怕是做不成商人了。還有什麼誘惑，比美和青春的誘惑更大？還有什麼深淵，比含情含怨的眸子更深？

　　朋友不為所動，用久經商場的口吻說：「如果不是做生意，我寧肯把這個大熊貓送給你！我租這個攤子，三天的租金就是兩千塊啊！」朋友的話，完全是實情，因為支付租金的支票，正是我這個「總裁助理」開出的。

　　印度女孩無奈地走了。望著她的背影，朋友老練地說：「不信你瞧，一會兒她還會回來。」

　　我真的希望她還能回來。望著那一襲紫裙，在喧嘩、龐雜的展廳裡越走越遠，我對我這位八○年代的中國校園詩友、如今的美國小商人充滿了同情和悲憫，其中也混雜著對自己的厭憎。當印度女孩對我的老闆兼朋友露出那樣嫵媚、燦然的一笑時，我雖然並不是這場小小風情的受者，只是它的觀眾，我的心，這顆生計無著、身份不定、寄居朋友地下室的詩人的心，猶如春雨後的細草，驟然之間，綻出多少的鵝黃與嫩綠啊！我打定主意，不管我的這位由詩而商的朋友如何看待我，等那位女孩回來，我一定要自掏腰包，幫她付出五美元，讓她抱走那個又白又胖的、咱們祖國可愛的大熊貓。我這個每天只掙二十多美元的「總裁助理」，在可望而不可即的美人，與同樣可望而不可即的美元面前，竟然心亂如麻，腦子裡盡是小時候印度電影「麗達」那樣的俏佳人。

　　印度女孩終於沒有回來。不一會，走來一位南美洲的老婆婆，看中了那個唯一的大熊貓，二話沒說，掏出十五元後抱走了。朋友接過錢來，笑著對我說：「你看，忍一忍再出手，就多賣了五塊錢。中午的盒飯錢賺回來了。」他將多掙的那五塊錢塞到我手裡，要我到附近一條小街的一家福建外賣店，買兩盒炒米粉回來。

　　這是我吃過的最糟糕的炒米粉。從此我厭憎這種飯不是飯，麵不是麵的東西。

在那一瞬之前，曾有許多年如覆水難收；在那一瞬之後，又有多少年如逝水無痕。我這雙由少年而青春，由青春而中年的眼睛，看到過多少的貴婦、多少的風流娘們、多少青蘋果一樣尚未發育成熟的少女們，一個個地走進塵世的萬千無奈中，成為水中月、鏡裡花。「水是眼波橫，山如翠眉聚」，這種宋詞中的大自然的風情，和紐約賈維茨會展中心異國女子的那種瞬間展示的純女性的風情，原來是沉潛在我靈魂中最隱秘的風景啊！

我愛黛玉，因為她在珠玉般的詩才和冰雪般的高傲之外，還懂得使性子；我愛晴雯，因為她在卑下的地位和卑微的身世之外，還懂得高貴。小時候，偷看《石頭記》（《紅樓夢》），我就夢想，長大後，要向襲人姐姐學做愛，向黛玉妹妹學做詩。

我的名字就是這種宿命。正因為我是「泥做的骨肉」，所以，任何「水做的骨肉」，都會將我消融。委頓成泥的那種感覺和過程，只有一瞬。而這樣的一瞬，卻長過許多冗長而乏味的一生。

雪夜

1

　　有鳥走過，細小的腳印，謙卑、自信。雪不算深，偶爾有枯枝從樹梢墜落，也只在雪地上，留下一丁點難以覺察的凹痕。雪也不算淺，因為已經蓋住了草莖。

　　一條碎石的小路，從鄉村公路上斜下來，拐了一道彎，通往兩排土牆、青瓦的平房。不遠的地方，一條小溪橫亙在田野裡，在冬天最深的寒冷裡，薄冰反射著薄薄的陽光。

　　一所鄉村學校在寒假裡所有的靜寂，這裡全有，何況落了一夜的雪。

　　投宿的遠客從京中來，二十多個小時的火車，硬座，擁擠、汙濁、疲倦。他背著一書包書，是從圖書館借的。在那裡的一所有名的大學，他已經讀到了二年級。

　　主人是這裡的老師，教英語，正是他喜歡的專業。她比他略略大一點，幾個月吧，不很清楚。其實，這不重要，重要的是他們認識已經兩

年多了，是通信的朋友。通過信封與郵局，走進一個人的生活與生命，這種方式，如今已經被E時代徹底消滅了。

二十二歲的時候，他吻了這個女孩子。他的初吻，那樣輕、那樣快，那樣笨，嘴唇與嘴唇都在顫抖。

無端想起一個詞：「情怯」。這不是「近鄉情更怯」的那種畏縮，因為，這是兩具青春肉體的第一次靠近。

那已是去年冬夜的情景。

現在，他回家探親，為她背回來一包書。八〇年代初，這不算是愚蠢。

2

吃飯其實很有趣。在兩棟土牆、青瓦的校舍間，就是一片菜地，栽著一大畦蘿蔔，青青的葉子，在白雪的映襯下，格外青蔥。

拔下三五個蘿蔔來，將葉子洗淨，再將蘿蔔洗淨。將煤油爐點燃，很快，就有了兩盤菜：白的是蘿蔔，青的是蘿蔔葉。

女主人的工資，只有三十七元；男客人的助學金，只有十八元。

有哲人說，貧困而快樂的童年是一種幸福。

那麼，貧困而快樂的青春呢？

3

白天的校園裡，除了他和她，只有幾隻樹上的野鳥。麻雀、烏鴉，偶爾的飛翔和啼叫。

沒有吻，沒有擁抱，只有交談，由晨至暮。

　　她早就從學校燒飯的師傅那裡，借來了臥室的鑰匙。師傅的臥室，在教師宿舍的另一頭，緊挨著廚房。她的臥室，則在這排平房的中間。

　　停電了，雪更白，窗簾更亮。點起兩隻蠟燭，他送她去那師傅的臥室過夜。

　　他睡在她的床上。一個二十二歲女孩子的床，愛跳舞、愛唱歌、愛寫詩，愛做夢，而所有的夢裡，最飄渺最不現實的那個夢，此刻就在她的床上。素雅的床單、柔軟的被子，還有，剛洗過的蚊帳，無不擴散著處女的氣息。

　　一張乾淨的、過於乾淨的床，終身難忘。留在枕間的女性的幽香，和剛剛在肉體上成熟的男孩子的熱望，混雜在一起。

　　半夜裡，雪又下起來了。

　　他披衣起床，走到她的窗前，告訴她，又下雪了。

　　雪，掩蓋了那一行輕微的鳥迹，以及，白天拔下的蘿蔔留下的小土坑。

4

　　二十多年後，他和她重逢，在故鄉，無雪的冬天。

　　她的女兒，美麗、青春，正好是當年她的年齡，已去遠方上了大學。

　　他的兒子，去了更遠更遠的地方，也快要上大學了。他們不會相逢，更不會有他們父母那樣一個雪落無聲的夜晚。

　　不談詩歌，只談為人父母的操心和勞累。

　　她偶然露出一句：「我去醫院作剖腹產時……」

他生活在一個人們注重隱私到了荒誕程度的國家。她無意間透露的，是一個女人關於生育的隱私。

他似乎漫不經心地，朝她的腹部看了一眼。雖然從來沒有看見過剖腹產的刀疤，他相信，在距離那個青春、生命、美、歡樂源泉不遠的地方，會有一個誕生新生命的疤痕。

這疤痕與他無關，而終身永存。

「勸君莫惜金縷衣，勸君惜取少年時。花開堪摘直須摘，莫待無花空摘枝。」

這是《唐詩三百首》的壓卷之作。三百年來，真正讀懂它，讀懂生命、青春、性與愛的人，誠幾人哉！

領悟它時，你已經生命漸萎、青春早逝、激情不再。

一夢到五通

1

　　此刻，窗外的森林上空，正在下雨，陽光雨。這是造虹的雨，釀詩的雨。寓居的寬大客廳裡，我獨對青蒼與微茫。廚房裡，半隻雞已經燉得湯色黃澄，另半隻雞早已拌好，地道的四川白斬雞。這異國的日子，這異國遠島的日子，在距離美國五小時飛機，中國七小時飛機的一座公寓裡，我在彌漫的雞湯香氣中，寫下如許的文字，給一座遠在四川的小鎮。我與它的關係，無論如何解讀，都顯得有些牽強，但我卻無端夢見過它，且不只一次。我想，我是欠它一份情了，而我，除了文字，有什麼可以償還？

　　今夜，我是自己的客人。我怎麼可以向我的美國學生，解釋「鄉思」與「相思」的區別？它們的讀音完全一樣。此刻，它們一那兩個詞，就混在這鍋雞湯裡，連我自己也分辨不清。

　　夢隨風萬里，墜入黃金之海的一片油菜花中。

147

2

一九八四年三月初，我作為北京某大學新聞系的實習生，和同學一起，抵達成都某大報，擔任實習記者。

第一份獨自採訪任務，是到樂山五通橋，採訪一家鍋爐廠的廠長。那家小廠的名字，好像叫「竹根機械廠」。後來，讀了別人寫五通橋的文字，我才知道，「竹根」，是那個眾水匯流，有「小西湖」美稱的鎮子的關鍵詞。茂林修竹，水落根出，因此，謂之竹根。水添靈性，竹增青翠，這地方，不出美人也難！

然而，撞擊我視野與靈魂的，首先還是川西平原上，由蓉城蔓延到嘉州的一片金燦燦的油菜花。我的家鄉雖然也有油菜花，但都是一簇一簇零散著的。而在這裡，長途汽車駛過去，竟然淹沒在花海裡。這種奢侈的金黃，只應在梵谷的《向日葵》中出現，但它卻在這裡，被物候和地氣慷慨地揮霍著。

廠長是個敦實的農民打扮的中年人。他安排我住在一家廉價的旅館裡，請我吃了一頓午餐，是當地的豆花飯，所費不過兩元。在後來我長達十多年的所謂記者生涯中，山珍海味吃過無數，這頓豆花飯我始終沒有忘記。

晚上，我獨自去街上閑走，見到連接小河兩岸的，都是奇怪的浮橋，架在船上。我走在上面，橋隨波搖，而我故意一輕一重的腳步，使它搖動得更為厲害。我才二十二歲，正當青春，尚未戀愛。很多很多年之後，我才知道，這座浮橋，曾被一個叫「伊伊」的小女孩，故意地搖晃，害得橋上挑擔的農夫站立不穩，只好拿出柚子來，討好女孩，而女孩的家裡，偏偏又長著柚子樹。

3

再次到五通橋時，是在五年三個月之後。

樂山舉行國際龍舟節。我奉命前去採訪。頭天晚上，在我們投宿的嘉州賓館，從窗子望出去，大渡河與青衣江已被夜色混為一團。短波收音機裡，傳來宛如爆竹的聲音。我知道，那種聲音來自北京。僅僅四年前，也是夏天，我帶那個小名叫「伊伊」的女孩，去看天安門的燈火，作為我對這座城市的一場告別式。我們騎著自行車，路過西單附近。一輛停在路邊的軍車，突然駛出，將「伊伊」撞倒在地。「伊伊」小腹有疼痛感。司機是一名軍人，想開車走人，周圍擠滿了看客，其中一人喝斥說，他是交通警察，有權命令司機帶我們去醫院檢查。

天安門廣場的燈光告別式，變成了軍事博物館附近一家醫院X光室內的漫長等待。午夜時分，睡眼惺忪的醫生，將骨盆部位的X光片遞給我，說了一句：「沒有問題。」

我沒有觸摸過她肉體的任何部分，但我看見過她的骨盆。這種深入骨頭，穿過生理與生殖的透視，同時也穿透了靈魂。

而此刻，我知道，那宛如爆竹的聲響，來自燈火熄滅後，黑暗的北京。

早晨八時，記者們在指定的看臺上坐下，我內心的淒惶和驚恐難以自禁。實在無法完成採訪，我和中國青年報一位名叫孟勇的記者，起身離開，搭上一輛長途汽車，趕回成都。我有一個年僅半歲的兒子，他的母親，小時候的乳名不叫「伊伊」，而叫「三妹」。他們的安危，和留在北京，尚在讀書的那個「伊伊」的安危，都在我心中，只有遠近，沒有輕重。

我沒有來得及看清，五通橋的面孔，在那樣一個血色清晨。

4

「伊伊」的外公，是浙江人，抗戰時，避禍入蜀，在生產井鹽的五通橋，買下當時堪稱搶眼的青磚瓦房，經營起自己的生意。新政之後，他的產業變成了國家所有，他哈哈一笑：人生不過三餐一床而已，爭些什麼！退休了就養花、喝茶，帶著乖乖巧巧的外孫女，在小鎮上到處走動。人見人愛的小女孩，就像外公的尾巴一樣。這樣的描繪，出自她的筆下，令我產生強烈的時空交錯的感覺。因為我的妻子，也正是在另一個山青水秀的四川小城，被一個慈愛、寬厚、與世無爭的外公養大，同樣水靈清秀的一個女孩，跟在外公的身後，走在小城的街道上，堪稱一道美麗溫馨的風景。所不同的是，一個外公是經營鹽業的商家，一個外公是經營診所的醫生，都是當地數得出的，人人敬重的老者。

從「伊伊」的文字中，我得知，在五通橋的一座深宅大院中，曾生活過一對美麗如仙的雙胞姐妹。她們深居簡出，與世無求，在一個滄海橫流，墨汁與咒語四濺的時代，平安無事地終老於斯。她們雙雙嫁給了一名國民黨的軍官，雖是明媒，卻非正室。舊政權大廈將傾時，軍官遠走海島，兩姐妹回到家鄉，指望為父親養老，父親又被新政權一槍斃命。這樣的身世，她們本該被整得人不像人，鬼不像鬼。可小時候的「伊伊」，見到這頗為神秘的老宅，老宅中曾同事一夫，相守終生的親姐妹，內心不能不被她們驚為天人的美麗與高貴的氣質所懾服與震驚。斯土斯民，沒有再去禍害這對苦命的姐妹，這真是令人欣慰的奇蹟啊！

　　如今，如果我再去五通橋，尋訪那對姐妹花，以及那座老宅，定然是痴人說夢。那裡的浮橋依舊，榕樹與竹林依舊，記得「伊伊」乳名的人卻肯定不多了。連那個我多年來一直對她心懷感激，總想叩頭一拜的女性，也在幾年前往生極樂。我曾想過，撰一小文，權作憑吊。可是，我既不知其姓名，更未睹其容顏。我隱約知道的是，她是浙江余姚人氏，生年不詳，卒年亦不甚詳。她是「伊伊」的母親。她生前一定知道，世界上有一個年輕人，因為重情，也因為年輕，與她的長女，錯過一生。

青衣江的女兒

1

一九八五年的初秋時節,我隨爾雅,第一次到她的家鄉雅安,看望她獨居的七旬外婆。

客車翻越以產茶聞名的蒙頂山,遠處,青山夾岸,一水中流,夕陽下泛著金色的波光。那就是從靜美的川西小城雅安穿城而過的青衣江了。

青衣江古稱平羌江、若水,發源於邛崍山脈巴朗山與夾金山之間的蜀西營,在樂山匯入大渡河,全長二八四千米。唐代大詩人李白的詩「峨嵋山月半輪秋,影入平羌江水流。即從巴峽向巫峽,思君不見下渝州」,其中寫到的月影融融的平羌江,就是今日的青衣江。

老人的家,在一條小街深處。這位一生多次遭遇人生慘痛的出身富貴人家的當家人,在五十多歲的時候,重新肩起了養育和教育的職責,把一對失去母愛的姐妹,從外地接到家中,在艱困的物資條件和不公的社會環境裡,將她們養大成人,送進學校,踏入社會。而這次,在成都落腳未久,剛剛有了一份體面而穩定的工作的小外孫

女，帶回了一個來自外省、生於農家，家庭經濟困難，且外表並不軒昂英俊的青年，一則看望外婆，二則，也讓外婆把把關。

二十二歲的爾雅，是在一年多以前的初春時節初墜愛河的。說是愛河，其實，是由北而南流向成都的岷江。所謂「千里姻緣一線牽」，這條「線」，很可能就是古語中所說的「江河縈帶」──那大地的銀線罷。此刻，思想尚不成熟，甚至，多少有點舉棋不定的她，將這個除了一雙清澈的眸子便一無所有的青年人帶到了老人家的面前，帶到了老人終身焚香膜拜的觀音菩薩的面前。

我記得，我帶去的禮物，除了當時很流行，如今怕是沒有多少人聽說過的果珍、麥乳精外，還有十多根人參，是北京詩友蘇歷銘從他的東北老家帶來，送我別京入蜀的禮物。二十多年過去了，前不久，我和蘇歷銘在北京見面，閑談中我提及此事，他已記不得了，我卻不會忘記。

2

吃完午飯，爾雅帶我去青衣江邊遊玩。

那時，青衣江還像她的名字那樣，清澈、乾淨。現在，由於城市的發展，居民不必再到江中，用水桶挑水回去飲用了。爾雅小時候，常常挑著水桶，下河挑水。我的眼前，時常浮現出這樣的情景：一個留著長辮的、清秀的小姑娘，艱難地挑著半擔水，走在青石板小街上。可惜，隔著時空，我直到一九八四年的陽春三月，才和她相遇於一次郊遊。如果我們是青梅竹馬的一對小兒女，那該有多好。我肯定會搶過她肩頭的扁擔，幫她將水挑回家，挑到外婆和外公的面前。

我記得，那次，我從青衣江邊，挑選了一塊青石，帶回成都，放置在我書桌上。我知道，即將嫁給我這個尚未成名的詩人的，是

青衣江的女兒，而這塊青石，權當是她的嫁妝吧。《紅樓夢》詩中這樣寫到：「人都道金玉良緣，我只念木石前盟」。而我記得的，是奶奶的教誨：「火要空心，人要實心」。一塊青衣江的青石，繫牢我與這條河的姻緣。

第二年的夏天，我去了雅安，將老外婆接到成都。我至今記得很清楚：我們是在新南門汽車站下的長途汽車，然後，我喊了一輛三輪車，將老外婆載到爾雅的集體宿舍。尚未結婚的我們，各自住在集體宿舍裡。她和另外兩位同事共處一室，而外婆，將和她們擠住在一起，用屋外臨時搭起的灶臺燒火做飯。

七十六歲的老外婆，那天穿著一件白色的格子襯衣，綴著粉色細花。老人梳著舊式的髮髻，三輪車的踏板上，放著兩個陳舊的旅行袋，其中一個上面還寫著白色的「航空」字樣。從這天開始，外婆的戶口，從雅安，遷移到了我和爾雅任職的四川日報集體戶口上，成了一名「成都人」。

一九八八年二月九日，在經歷了四年曲折的戀愛後，我們步入婚姻的聖殿或者圍城。三個人的集體戶口，最後，在街道辦事處匯聚成一個紅色的戶口本，在第一頁的「戶主」一欄，赫然填寫著我的名字。

從此，我們在同一個屋頂下生活，在同一個鍋裡吃飯。老外婆一年年老去，她的小重孫一天天長大。「家有一老，勝過一寶」，老外婆的存在，就是證明。

「外婆憶，最憶是口福。」冬天裡，能夠吃到臘肉湯燉的蘿蔔乾，湯麵上浮著一層油，還有作為點綴和調味的泡紅椒。我多次敦促爾雅，趁著外婆健在，把那些好吃的四川菜：紅燒肘子、乾燒鯽魚、咸燒白、甜燒白……一一學到手。可她，總將我的話當成耳邊風。勉強學到手的，怕是只有梅菜扣肉、粉蒸排骨、糖醋排骨、豆瓣魚幾種。

二〇〇六年六月九日，老人以九十六歲高齡，在成都無疾而終。奇妙的是，二十一年前的這一天，正好是外公陳繼純老醫生歸於大化的日子。老外婆作為我們四口之家的重要一員，作為廚房的主人和重孫子的守護人，和我們共同生活了整整二十年。

二十年裡，我和外婆之間，只發生過一次爭執。因一件小事，我在餐桌上頂撞了老人家，氣得老人扔下筷子，兩三天都不和我們一起吃飯。

前不久，帶著兒子回到成都，第一件頭等大事，就是去老人安息的青城山麓的公墓，祭奠外婆。看到老人的骨灰盒，看到骨灰盒上老人慈愛的容顏，我的眼淚無可遏止地奔流下來。如果不是還有親戚和管理人員在場，我或許會放聲大哭。養育了我的兒子，守護了我的婚姻，照看了我的房產，為我們兩代三人做了數千頓飯菜的老外婆，如今在這個小小的匣子裡安眠。

從動亂的一九六七年開始，老人為我養育我未來的妻子，直到一九八八年，將她移交給我。

一九九八年，我們舉家移民美國，老外婆因為年事已高，無法同行。她的話言猶在耳：「你們的路長，我的路短。你們放心地去吧！」

我愛您，外婆！這話，您生前，我沒有對您說過。

3

我讀這本書，有說不出的意趣。

世界上還從來沒有任何一本書，這樣多地寫到我。儘管，我在書中的形象，常常是不甚美妙的。爾雅認識我時，我只是一個大學三年級的學生，碰巧分配到她任職的四川日報實習。那時，我不過只發表了十多首詩，而已而已。

如今，二十多年過去了，我已經出版了十六本書，儘管和許多更為多產的同輩作家相比，我的成績算不得突出，但我畢竟在拋棄了中國的一切之後，以十年的時間，在美國重建家園。這種「生活過兩次」的感受和體驗也理應歸入人生的收穫。

遲至現在，爾雅才出版自己的第一本書。在我寫書的時候，她往往在做家務。

作為我的第一個讀者，最初的編輯和批評家，她以自己獨特的方式，支持我的求學、讀書與寫作事業。她對我作品的閱讀意見，常常並無複雜的理論後盾，不過是一個讀者的直覺而已。而我，對她的直覺非常看重。比如，一九九七年三月，當我寫美國中資企業的，帶有強烈紀實色彩的長篇完稿後，一時想不到好的書名，她說：乾脆就叫《美國戲臺》。

後來，出版社印製了大幅招貼畫，在書名《美國戲臺》之上，印著《紅樓夢》裡的句子：「你方唱罷我登場，反認他鄉是故鄉。」這與小說的內容，實在吻合得天衣無縫。

我無意於，也不便於對爾雅散文的品質和風格，作過多的評說。我只想說的是，她的文字中，沒有矯情與虛飾。她寫的是她的日子，她的心思。有些文字，雖然短，卻很難忘懷，哪怕只讀過一遍，比如〈許姨〉，比如，寫悼念父親的〈天長水闊〉，寫懷念母親、外婆、舅舅、姐姐、外公這些親人的篇章。而在她近期的散文中，特別是那一組寫夏威夷風情的文字中，時時可以見出靈動的意緒、奇妙的意象，空靈與唯美，構成明顯的寫作意圖。坦率地說，這真令我有點驚訝。

在日常生活中，在家務之外，爾雅熱愛閱讀。她說的不錯：我是愛買書卻不常讀書的人，很難完整地看完任何一本書。而她，不管拿到什麼書，總是幾天就看完了。常常面對滿架的書，她發現自己已無書可讀，而我，卻只看過寥寥數本。她常常問我這樣一個幼稚的問

題:「你看書,是不是只看作者簡介和內容提要?」我就老老實實地回答她:是。她接下來問的問題就更加幼稚了:「那你怎麼知道該買什麼書呢?」——後面這個問題,不僅指購買中文書,也包括購買英文書。在舊金山的書房裡,我已經從周末擺賣(garage sale)上,將西方文明中的重要文學、哲學、歷史類典籍搜羅得大致齊備了。

我往往笑而不答,製造一點神秘感。

我常常喜歡和她開玩笑。比如,有一次,我說,婚姻一紙繫終身,是不合理,也是不公平的。結婚證上,應該和駕駛執照一樣,有一個過期日(Expiration Date),十年為期,期滿續約。這樣,婚姻雙方都會更加珍惜婚姻有效期的日子,屆滿時才能續約,繼續幸福下去。既然幸福不是永遠,婚書又何必終身。

爾雅高聲讚嘆:「好主意,天才的想法!」

如果說,愛情是一首時歌時哭的激情詩歌的話,婚姻就是一篇起承轉合的平淡散文。如何在平淡中,見出不平庸,是每一個圍城中人應該思索的問題。寫好這篇散文,讓婚姻家庭生活中,時時有新鮮和新奇誕生,並不是輕鬆的事情。

我很高興,也很期待:在我的婚姻和家庭生活中,二〇一〇年的第一件大事,就是:我的枕邊人,出版了一本對我來說最為重要的書:枕邊書。

很多年以前,我寫過一首英文詩,大意是說,一個優秀的女人,不僅是一本書,而且,是一所研究生院。很多人都被錄取,但很少有人畢業。

在這所不發文憑的學校裡,我是先生,她是老師。

2010年1月9日,夏威夷無聞居
(《青衣江的女兒》,散文集,爾雅著,
紐約柯捷出版社2010年1月出版)

第三輯

我心依舊

我心依舊

日常生活的基本特點便是瑣屑與卑微。日復一日，年復一年，它使每一個人變得和另外的人趨於雷同。在這個漫長而不易覺察的過程中，即使最卓爾不群的詩人，也會開始和他周圍的人進行世俗的比較。他會發現，在二十世紀最後的日子裡，詩人，比其他的人群，能更深刻地體驗到生存的艱難。

使敏感的心靈漸趨遲鈍，使多情的眼睛慢慢淡漠，這似乎是日常生活的必然。上帝把平常的日子賜予眾生，顯得十分公平——只要活著，誰也無法逃避這種看不見的、甚至是溫煦的枷鎖，而心甘情願地深陷其中，至死也不能自拔。

但我此刻決意寫下的文字，卻和我最初的旨意相反。我要謳歌和讚美的，恰恰是我置身其中，不可離之須臾的日常生活。我想證明一點：當一個合格的庸人，甚至比當一個真正的詩人更難，尤其是當他生活在一個庸人與詩人混雜一處、互相羨慕的可愛時代。

我知道，我生來便是一個凡夫俗子，而且，至死也只是一個民間人物。但我卻時常感到，我

和周圍的人，是多麼地不同，儘管在外表上極力模仿大眾，並為此費盡了心機。在電梯裡，因為空間距離的極度貼近，人們便互相說出一些無聊的、甚至愚蠢的話來。所有的人都哄堂大笑了，只有我一個人無動於衷。我也想假裝笑一笑結果卻發現──笑是根本不可能偽裝的。這時我覺得他們中的任何一個都比我活得更為輕鬆、更加快樂。於是我就說了一句更蠢的話以圖引起更大的笑聲，結果，就像沸鍋裡突然注入了一杯冷水，大家全都收斂了笑聲，奇怪地看著我。我不知道是因為我的話過於愚蠢，還是因為蠢得不夠。可在我逃出電梯後，電梯又帶著一陣嘩笑向高空竄去。

在別的場合我也時常感到自己與周圍環境的格格不入。比如說飲宴吧，官方的、公費的美酒佳餚是我們這種職業的基本好處。「實惠」觀念，像慢性的毒鴆，浸入自己的血液而渾然不覺。有時和官員們碰杯，說一些使對方和自己的身份都彷彿顯赫的話，其言不由衷而又貌似誠懇的程度，不免使我自己也感到吃驚和憤怒。其實我渴望的是奪門而逃，在一家昏暗的小酒館裡，在坐滿了建築工人和三輪車夫的長凳末端，擠出一個位置，面對一盤豬頭肉獨飲三杯。這種想法反而使我在席間待得更久，直到那些各具要津的人物一個一個地退席，終於讓出他們的位置，把這個世界的殘羹剩汁留給我。

我不知道我為什麼如此珍視孤獨的權利，卻無法得到真正的孤獨。我不知道我為什麼如此渴望自由而自由卻這樣有限。這裡我指的是心靈的天馬行空與野馬脫韁。如同一匹神駿，它渴望掙脫世俗生活的一切羈絆與束縛，瘋狂地奔向生命的本真與自我。當我緘默的時候，總會有人來強迫我傾談；而當我開始表達，語言還不曾深入到事物的本質，已經不再有人傾聽。有時候在暗夜裡，恰好有柔情似水的月亮懸在窗外，草叢中也有蟲鳴傳來，我想，今夜我也

許能夠痛哭一場，把壘在心中一個世紀的石頭搬出體外，結果我發現，我甚至不可能像一個受委曲的孩子那樣輕輕啜泣，儘管我確實是人類的孩子，在二十世紀受盡了委屈。我的心原本多汁，像夏日的水果，也充滿了嫩綠，像春天的蔬菜，現在它卻在逐漸老化，變得堅硬不堪。

有時候我會長久地臨窗而立，站在高樓的頂端俯視整座城市，和這座城市裡的芸芸眾生。那些騎車匆匆而過的普通人，我需要藉助一架望遠鏡才能真切地看到他們的臉，並且從中辨析出自己。我知道，我隱藏在他們中間，沉湎於世俗生活已歷時有年。在他們中間我才感到安全，但我的悲哀也正在於此：我無法真正置身於他們中間，又不能完全超然於他們之外。他們的瑣屑的快樂與痛苦，進入我的心靈時都被數倍地放大，成了壓在我自由靈魂上的巨石。我仍然還愛著那些不能給我帶來物質利益的事物。那些日常生活中細微與溫柔的部份，一旦被我不經意地發現，立刻就會使我的心產生輕微的顫慄。美和愛，仍然是對我一生的誘惑，我奮鬥終生的最高酬勞。

對於日常生活的熱愛與珍視，使我的心保持著長久的寧靜。一生做一個庸人、一個好人，已經不是一件容易的事情。但我的心也時常渴望著風暴。時代用它紅灼的閃電，狠狠地鞭擊著我的心。

旅途

　　那一年夏天，學校放暑假了。我帶著剩下的兩元錢，坐火車回家去。我的行李很簡單：一個網兜，裡面裝著幾本書和一個西瓜。那樣小的西瓜，看起來有點可憐。從北京到我中轉換車的襄樊，火車要行駛二十多個小時。

　　旅途照例是無聊、煩悶的。幾乎所有的旅途都是這樣。坐在我對面的是一個小姑娘，約莫六七歲。她長得不算漂亮，甚至可以說很平常，就跟我們平時在任何地方一眼就能看到的小姑娘一樣。

　　我們交上了朋友。我拿出一本書來，攤在茶几上，讓她認上面的字。她已認得些字，但還不足以念出完整的句子。我順口誇獎了她，選了幾個容易記的生字教給她。這點知識，一個小學教師就已經具備，而我，再過一年就要大學畢業了。

　　她很高興，我便也因為她的高興而感到高興。她笑起來的樣子就像我的小妹妹。所有這個年齡的小姑娘笑起來時，都像我的小妹妹。

　　她的父母就在對面，彼此很友好地坐著，漠然地看著我和他們的女兒嬉戲，既不表示鼓勵，

也不表示反對。他們簡直不說什麼話，男的對下一個停靠站似乎很有把握，顯得信心十足的樣子，女的則隔一會就將旅行圖打開，在地圖上徒勞地找來找去。火車剛停在豐臺，她就從窗口探出頭去找站牌，問是不是到了石家莊。

我絲毫也不關心下一站是什麼地方。管它是什麼地方呢？反正我只能在那個早已確定的站臺下車，然後回家。我在除此之外的任何一個站臺下車，都會成為流浪漢。對於一個口袋裡只有兩元錢的人來說，無家可歸並不是一件羅曼蒂克的事情。

孩子也不關心。她還沒有到那個必須具備地理知識否則便寸步難行的年齡。在她看來，所有的站臺都是如此：一些人上車，一些人下車；一些人回家，一些人出門；背筐、提口袋的，便是跑小買賣的，或是農民；提著黑皮包的，多是普通幹部；戴眼鏡穿著很隨便的，則是大學生。她把我劃歸後者。我不得不又一次稱讚她的聰明。

孩子的遊戲是五花八門的。他們的心思，似乎全部在於如何玩一個新鮮有趣的遊戲。開始我們鬥蟲玩，我總是蟲子，被她這隻小雞啄食。她用細小的手勾成雞爪的樣子，輕輕地抓住我的手。「警察」和「小偷」的遊戲我們也玩過。不用說，被抓住的只能是我，每抓住一次，她就喊一聲「小偷叔叔！」等她上學了，老師就要告訴她，警察就是好人，小偷就是壞蛋，五光十色的世界將這樣被簡單地劃分。「八路」和「鬼子」的遊戲要算是最公平的一種。這就是抓鬮。兩張紙條上分別寫著「八路」和「鬼子」，抓著什麼算什麼。大多數時候，總是我當「鬼子」。我舉起雙手，這個小小的「女八路」用右手握成手槍形狀，「啪」地一聲將我「槍斃」了——她完全違背了不殺俘虜的日內瓦公約。我有幸抓到「八路」這個鬮時，反倒犯難了：這個小「鬼子」，而且還是一個「女鬼

子」，我該把她「槍斃」呢？還是乾脆偷偷把她放掉，讓她長成一名少女和一位母親？可氣的是，她拒不投降，又不願被我私自釋放，只是一個勁地向我歡笑，笑聲像夏日沁涼的礦泉水一樣。我暗暗祈禱上蒼，如果日後我不得不踏上戰場，千萬不要讓我碰到不向我開槍，卻向我微笑的敵人，尤其是少女和孩子！

　　天快進入夜晚了，可我還沒有吃東西，實在有點餓，便到餐車去胡亂吃了點米飯，要了一碗根本說不上有雞蛋因素的蛋湯。作為一個貧困的大學生，在歸途中這是我能享受的最好的生活了。我知道，再過一年，我就要換上黑色的公文包，進入那些一眼就能看出是普通機關幹部的人們的行列。以後坐火車，如果能夠報銷的話，我將盡量選擇坐臥鋪；在餐車裡，還可以要上一兩個不算太貴的、體面的菜，在一瓶啤酒面前心滿意足。此刻我很安於現狀，對於前途我並不著急。我預感到，這也許是我最後一次在火車上，跟一個陌生的小姑娘戲耍，共同走完這一段旅途。

　　吃完飯以後，我口袋裡剩下的錢，已經不足以在襄樊中轉換車時，給直通客票補購加快票了。缺額並不太多，只差三毛錢。當我回到孩子和她父母面前時，我動了一下向這對父母借三毛錢的念頭。這個念頭是如此深地刺傷了我的自尊，使我至今都覺得愚蠢。我不想被孩子的父母誤以為我一路上和孩子玩耍，就是為了借這三毛錢。火車抵達襄樊時，是第二天的中午，隨即有一趟快車到我的故鄉荊門，但我決定捱到半夜，坐另一趟慢車回家。

　　我下車的時間快到了，這個小姑娘不高興起來，既不理我，也不理她的父母，眼淚在眼睛中閃爍，好像懷著憂鬱的心事。她媽媽勸她說：「叔叔也要回自己的家，總不能跟我們坐到重慶吧？」這一家三口還要再旅行一天一夜。男的好像是四川人，在張家口工作，這次是帶了北方妻子回四川探親，把女兒送回老家上學的。聽

媽媽這樣一說，小姑娘的眼淚便真的流下來了。火車進了襄樊站，她乾脆拉住我的衣服，不讓我下車。

我從行李架上提起自己的網兜，把那個小得不能再小的西瓜送給這個小姑娘。瓜雖然小，我希望它仍然是甜的。我跨出車門，到窗口向她和她的父母道別。我完全沒有想到，她會用攥得緊緊的小手，遞給我一個揉得皺巴巴的小紙團。我展開紙團一看，上面用鉛筆歪歪扭扭地寫著她的名字：孫靜麗。紙片的背後寫著「鬼子」兩個字。這正是我倆玩抓鬮遊戲時，我不幸常常抓著的那張倒霉的紙片。

儘管歸心似箭，我卻只能在半夜裡，換乘一列慢車回家，這就是我們在人生的許多中轉站，所常常面臨的情形。我決定不再花掉剩下的錢，再次感受一下飢餓和漂泊是一種什麼滋味。在等待那列慢車慢慢駛來的漫長時間裡，我坐在流經襄樊的漢水邊，把我的過去和未來仔細地想了一遍，就像一個飽經滄桑的老人，面對夕陽回想了自己的一生。

1992年

渴望尊嚴的生活

　　我居住的這座城市正在被夷為平地。我指的是成都——由狹窄潮濕的街道、古老的木板結構樓房以及南方鄉村風味的小青瓦屋脊組成的那部份城市。這座城市，和所有的名城一樣，經歷了漫長的「一日成城，二日成郭，三日成都」的過程，如今在咆哮著的推土機面前，顯出斷垣殘壁，變成一片廢墟。

　　我生來就是懷舊的。這些小街、木樓、青瓦，曾喚起我對逝去的市井風情的多少遐想！在微雨的早晨或黃昏，我會長久地獨自倚在欄杆上，聽著屋瓦上的雨聲，任自己的一懷愁緒在雨中織成細網。我相信在越來越現代化的今天，我是唯一的憑欄者，唯一一個古典的人。我無法不刻骨銘心地愛那些屬於過去的東西，那些雕著龍鳳的檐頭，那些結構繁複的窗櫺，還有天井。以後我們將只在巴金的《家》裡，才能看見這些東西。現在，轟鳴著的推土機正在使這一切變得蕩然無存。

　　我的悵惘確乎是語言難以表達的，語言又怎能傳達出我內心深處更強烈的欣喜與快慰？當

169

我家周圍的平房一片片被拆掉，我盤踞的五○年代的簡易樓就像一座孤島一樣浮現出來，視野一下子變得疏朗與空曠。我是親眼看著那些年邁的房子被民工們拆掉的。我甚至想自願加入他們的行列，親自拔下來幾根椽子、木頭、鐵釘、磚頭。但在我居住過的一座宛如舊式公館的二層木樓被拆除前，我還是不失時機地為它拍下了好幾張照片。我知道，我已經永遠地失去了它，儘管在那座「公館」裡，我真正擁有的不過是集體宿舍內的一張單人床而已。

我喜歡聽打樁機的聲音。當它落下去時，腳下的大地都在顫抖。我覺得，這隆隆的聲音，簡直就是大地的心跳。我曾試過，它的間歇和我的脈搏的跳動之間，有一種奇異的難以言傳的聯繫。當打樁機撤走之後，在廢墟上將有一座大廈或一座大都市拔地而起。

周圍的新樓房一層層升高，腳手架在悄悄地發生著變化，安全網安裝好了，在不知不覺中又被解除了。於是在新居室裡，新主人第一次打開了燈，第一次晾出了女人的、或者是女孩的乳罩，第一次傳出了嬰兒的夜啼。而當黎明來臨，陽光照在新樓的乳白色塗料上時，我已蟄居了七、八年的陳舊破敗的四層舊樓，就越發顯出它的簡陋與醜陋來。這時候，這座樓就不僅像孤島，而且更像都市里的貧民窟，一個令人羞愧的淪陷區。

並沒有歸於寧靜。睡在半夜裡，聽著窗外工人們的喧嘩聲、鋼筋或磚頭從卡車上卸下來的響聲，以及攪拌機的旋轉聲，看著電焊的弧光透過窗櫺，映出美麗的藍色，我由衷地感到，生活和人生真得很美──如果周圍這些正在施工的建築跟自己的切身利益有關，那就會更美。

現在我還住在既沒有陽臺、也沒有衛生間，更沒有客廳的房間裡。「在臥室裡會客，在廚房裡洗澡，在廁所裡寫作」，是我生

活窘狀的真實寫照——後者指的是我那間在全國幾乎獨一無二的書房，安妥我的藏書和我這顆熱烈的心。這些對我來說都還遙遙無期，美好得就像一個夢想。

城市破敗的部份正在消失，這不僅是為了換來廣廈萬千，大庇天下的寒士，實現「居者有其屋」的人類基本需求。我希望它帶來的，是現代化的真正意義：財富與自由。

在我看來，這是人類得以享有尊嚴的兩大前提，缺一不可。

1993年

渴望廣闊的世界

　　天晴的日子，我常常會望著天空發呆，特別是當天晴得發藍、碧空如洗、萬里無雲的時候。這樣的仰望，帶著沉醉與痴迷，使我越發像一個迷失的孩子，徒然地在天空中尋找回家的小路。天空中沒有小路，只有鳥飛過的弧線，在我的眼瞳裡投下暗黑的鳥影；而一架波音客機從頭頂呼嘯而過，掠過我雙眸的則是銀色的機翼。引擎的巨大轟鳴召喚著我，立刻將我的目光牽向天地交接的那一條地平線，辛棄疾的詞「回首日邊去，雲裡認飛車」就在這時浮上腦際。

　　在城裡其實是看不到地平線的，即使視野開闊，曠野能一覽無餘，也不會有人真正留意。地平線從來就不是市井生活的要素，深邃、虛無的天空也似乎可有可無。當我在樓群中間偶爾抬起頭來，仰望籠蓋四野、包容萬物的天空時，我覺得天空原本不該這樣狹小。它並不比我在鄉村老屋的天井裡看到的那片天空更遼闊、更湛藍，有更多的風雲舒卷。我這樣說，完全不是因為我想家。我永遠也不會擁有那樣詩意、又那樣感傷的東西——所謂家園。當我背著行囊出門，我想

的只是一次比一次走得離老家更遠。就像一位評論家說過的那樣，這是血液裡，或者說骨髓裡面的一種騷動不安的元素，是注定了對遠方的皈依、對故園的反叛。我的靈魂被這種騷動所驅策，永不安寧，儘管我在人群裡，隱藏得那樣深。

當我望著天空發呆時，我會時常想起奧尼爾的名作《天邊外》。天邊外，究竟是怎樣的所在？我的冥想總是消融在白雲裡，被鳥翅帶向遙遠。對於天空的痴迷，使我格外像一個假釋的囚徒，在貌似自由的生活中，時時感覺到鐵條在分割天空。我的同事們都很可愛，但一想到我這一生怕是要和同樣的這幾個人，在同一間辦公室裡互相廝守，終老一生，永遠用同一個地址寫信和收信，我就感到不寒而栗──這是多麼安寧與平和的生活啊，而我的目光卻被遠方的光芒所灼痛，天空和地平線，永遠折磨著我的想像力，誘惑著我的心。

我想，學習語言也許能安慰我。於是，我買了三台短波收音機，收聽來自大洋彼岸、來自地球那端的純正的英語。當我頭戴耳機、手持收音機，將它的天線一節節地拉出來時，同事們都善意地笑了──他們說我的模樣像一個不熟練的間諜。我多麼容易被看作是一個崇洋媚外的人。在我小小的書齋裡，掛著大幅的世界地圖，另有一幅英漢對照的美國地圖。但在挨著地圖的書架上，卻滿是古代的典籍。孔子、屈原、司馬遷、李白和杜甫，他們的遺產我享用不盡。有個美國人曾直率地問我：「你愛中國嗎？」我說：「是的，因為她有京劇。」我的幽默使他大吃一驚。他不可能理解漢語和一個中國人、尤其是一個寫作者的那種至死不悔的糾纏，那種榮辱與共的緣分。在漢語裡出生的人，終將歸葬於漢語，但此刻我渴望的卻是，去看看大洋的對岸，看看地球的那端，用一聲親切的「Hello」，招呼那裡的土地、牲畜和人民。

　　我對於天空的仰望，還有另外的目的。我盼望能和一隻飛碟突然相逢。如果我終其一生都不曾有幸看見過一隻飛碟，我至死也會悵恨不已，把我的一生看作是一種虛擲和一場失敗。連我也不明白，我為什麼如此迷戀這種來去無踪、神秘莫測的不明飛行物？它的降臨，既不會給我增加工資，也不會給我擴寬住房，絲毫無益於我的日常生活。但它懸浮在天空，無疑是一種來自宇宙深處的啟示，給那些在小小地球上作繭自縛的庸人；對那些盤踞地球胡作非為、目空一切的狂人，更是一種警策。飛碟降臨，一下子拓寬了人類的視野與心胸，使現存的一切偉大、神聖與莊嚴，都頃刻之間變得令人懷疑。人類必須重新樹立起對自身的信仰。這種信仰既包容了大地，也包容了天空和宇宙。

大地的酒漿——程寶林美文選

城市暗河

　　你的生活即將坍塌，你腳下的大地正在陷落，一場地震正在地層深處醞釀，而震中不偏不倚，就在你的腳下，不是左腳，就是右腳。不管你逃到哪裡，這場災難一定會追隨著你。你活像一個長年被詛咒的人，卻不知道詛咒者是誰，你只是感覺到，這種詛咒正在變得越來越靈驗。

　　天空晴朗，陽光燦爛，到處都是踏青的男女。置身在春天的人們，總是在尋找另外的春天。這該死的季節引得多少詩人在浪費墨水！你只是一個勁地覺得冷，對飛鳥和植物都失去了興趣。你養過的鳥總是拒絕飛行，而你栽種過的植物也不肯生長。因為這兩種失敗，你一下子就丟失了天空和大地。

　　春天裡水漲船高，使你想起了渡河的人。撐船的艄工，用竹篙輕輕地在岸上一點，船就向對岸駛去。滿船的人都是要抵達彼岸的，只有撐船的人是個例外。如果有一天，這條河也乾涸了，河床變成了布滿沙石的坦途，或者，有人在這小河上架起一座小橋，這撐船人的生路就算斷絕了。小河終究是要乾涸的，每年的夏季，河水的漲勢一年不如一年了，一條河的更年期就這樣悄

然來臨。活在這樣擁擠的世界裡，滿船都是爭渡的過客，你真的感到了滿眼的蕭瑟，即使桃花正在村姑的臉頰上，火焰在村姑的眼睛裡。

在城市裡你無河可渡。一輛漸漸鬆散的自行車就是你的宿命。每當你騎上自行車到處奔波時，總要想起屈原的〈國殤〉：「車錯轂兮士爭先」。這哪裡是描繪古代的車戰，分明是今日都市交通狀況的寫照。歸根到底，你是一個怕死的人。一個憂鬱的人總是格外怕死的。血肉之軀怎麼能和發動機與鋼鐵抗衡呢？你經常能看到不幸的戰死者，他們的自行車已經完全扭曲、變形，在所有的車輪中，這種用腳驅動的圓圈，很快就滾完了一生，在另一些輪子面前，顯露出自己的弱者形象。

你無疑看過《悲慘世界》這部書。那時候的巴黎，還有龐大的下水道系統，順著嘩嘩的水聲，你就可以走到黑暗的盡頭，看見一條河。它或許就叫塞納河，或別的什麼。反正你可以看到，在城市的泥土深處，有另一座城市，被管道與管道連接著，容納並且排泄著整座城市的汙穢。它們是乞丐、逃犯與流浪漢的棲身之所，他們的天堂或地獄。揭開馬路上的任何一塊鐵蓋，你都可以鑽進去，從這個城市的表面生活中消失掉，進入它的深層，看一看，一座城市每天究竟有多少髒和臭，通過這些管道，流入河中，使老艄工的生路，漸漸斷絕。

然而，此刻你無處可逃。春天確實來臨了，但春天有高高的柵欄；再說，只有遠郊才有春天。春天是一個多麼容易讓人生病的季節。你不幸是在冬天，染上了春天的病。憂鬱像鋪天蓋地的萋萋荒草，正在將你的一切淹沒。唉，這懸浮於頭頂、揮之不去的世紀末的塵埃──幾天不落雨，滿街滿巷都是咳嗽之人。

書的恐懼

那些在無休止地搜尋書籍的人，其實正在貽誤他們的一生。這種搜尋，來源於對不久前曾發生過的精神大飢荒的一種恐懼。這種飢荒，歷史上曾多次重複，今後也難保不再降臨。每多添置一本書，實際上便增添了一塊阻礙通向富貴與榮華的絆腳石，而不是階梯。書帶給其擁有者的現實利益，其實是很可懷疑的。我周圍的人中，也有因為書而做了小官的。這樣的官，在古代最多只能算個幕僚，然而，這至少說明，即使在當代社會裡，書也還不至於淪落為一種可有可無的東西。因書致仕，這也是文明古國的固有傳統之一；相反的例子則是因書罹禍，這方面的傳統恐怕更為悠久。

有時候我會忍不住暗自嘲笑自己，像一隻愚蠢的螞蟻，在不停地搬運自己的書籍。這種儲藏有多麼徒勞！這甚至不能和一位農夫，往自己的糧倉裡倒進純粹的穀粒相提並論。我感到飢餓和營養不良。書在誘惑著我，對於紙張和油墨的氣息，我的喜愛近乎痴迷和冥頑。我知道，我其實完全不必這樣。我還有其他的、也許更適合自

179

己的生存方式，我不想把自己的一生，完全耗費在兩種虛無的事情上：讀書和寫作。可是，誰又能救我，給我一個新的開始，讓我遠離書籍，過一種更為實在、也更為安全的生活？

人類對書本懷著深深的戒備和恐懼。我們作為一個整體，被自己的智慧傷害，這不是唯一的例子。幾千年來，書的威力被一次又一次地渲染與誇大。統治者對於書籍，總是懷著更深、更難以消解的恐懼。所以，東方有焚書的傳統，也有坑儒的創舉；西方則有鮮花廣場，有火刑柱，有宗教裁判所。我國古代的哲人說：「防民之口，甚於防川。川壅而潰，傷人必多」，所以，鉗口之術已難奏效，還是讓人民暢所欲言為好。言之不足，則形諸筆墨，付之雕版，行於坊間，為人所藏，積上厚厚的灰塵。書，從形式上來說，不過是一些印著文字的紙；從內容上來說，不過是一些印在紙上的文字。它們其實是世界上最脆弱不過的東西，一根火柴就足以使一座圖書館灰飛煙滅，自古以來卻有那麼多的人，為了書籍而繫於縲紲，甚至身首異處。

每一本書的物理學上的質量是微不足道的。儘管文人是人類這蟻群中力氣最小的一種，但他們還是能夠輕易地翻動其中的任何一頁，不管那一頁文字有多麼沉重。但是，如果書本匯聚在一起，那就比石頭更不易搬動。我究竟一次能抱起多少本書，使我的靈魂能承受它們最大的壓力而不致崩潰？現在，我已經撤退到了書本裡。我不知道進攻來自何方，也許來自外部世界；更大的可能來自我的內心，來自我的另一半。靈魂的掙扎、困惑與矛盾或許正源於這裡。

書一本一本地堆積起來，占據了本已狹窄的人的生存空間。印刷品的壓迫感隨處可見。一伸出手去，就能夠真切地感覺到這種存在。一個文人最大的悲哀，恐怕是被書本淹沒或窒息。有時候我真擔心，四壁的圖書會突然傾倒下來，像一個龐大的帝國瞬間土崩瓦解。我會被埋在其中，無論怎樣掙扎也在劫難逃。想到這裡我忍不住暗自笑了。我想起

了一個俄羅斯獵人的故事。他打了一輩子的獵，最終卻被熊用屁股坐死了。這樣的幽默令人啼笑皆非，這樣的悲劇卻並不鮮見。

對書的冥想，有時會使我的想像力陷入瘋狂的境地。我想浪遊世界，只背一個簡單的行囊，不帶書，也不帶筆和紙張。但我無法拋棄我已經擁有的這些東西。那些歷年積聚的書，甚至使我無法挪動半步。我知道，拋棄它們，我就真的一無所有了。無論我走得多遠，最終我都會回來，守著自己的城堡，自己靈魂的家園。有時，我希望自己出生在巴黎，在十九世紀的下半期。那時，街上正在發生巷戰。我用全部的書籍，構築了一個街壘。我想看一看，究竟需要多少本硬皮精裝的典籍，才能擋住一顆來福槍的子彈；或者，換一種說法，這顆子彈，究竟要穿透多少頁碼，才能最終抵達我的大腦，使這個真正的敵人停止思想？

至於我隸屬於交戰的哪一方，這其實並不重要。重要的是，子彈穿過了語言、文字和紙張。它比思想更為銳利。過去是這樣，今後也許還是這樣。

1993年

內心的言辭

而我，顯然屬於截然不同的
另一代人，苦讀英語
在美國領事館門外徘徊
想方設法結識外國人
但我更熱愛漢語，知道
在筆、墨與用途不大的
硯臺之外
最柔軟也最堅硬的就是Paper——紙
　　　　　　——引自舊作〈紙〉

1

到美國去，是一個夢，是一場病。

早在一九八三年，我還是大學二年級的學生時，就在一本極其微小的英漢辭典的背面，寫下了這一計劃：我要在一九八七年去美國。至於為什麼去美國，通過什麼途徑去美國，這些則茫然不知。有時候我喜歡策劃一場小小的陰謀和叛亂，對我自己，對我那種早已規定好了的人生旅程。

　　隔著煙波浩渺的太平洋，是兩個遙相對望的龐大國家。無論意識形態還是地理位置，它們都恰恰相反。它們曾經結盟，也曾經結怨，使我們幾十年來，一直生活在戰爭的陰影下。有時候我想，到這樣的一個國家去，究竟是否明智？臨行前，我帶五歲多的兒子回到湖北鄉下，辭別雙親。母親拉著我的手，淚眼昏花。她說，別人的子女都往家裡奔，離父母越近越好；你卻越奔越遠，要到美國去了。萬一美國和中國一打仗，你就隔在那裡，回不來了。

　　母親不識字。她連美國在哪裡都不知道。她問我，到美國要坐多久的火車？我告訴她，到美國不通火車，得坐飛機。究竟有多遠？波音飛機以每小時一千多公里的速度飛行，要飛十幾個小時。那真正是水天相隔、萬里之遙啊！聽到這些，母親的眼淚流得更凶了。她不相信，在城裡，如果有誰能夠去美國，那是一件足以光耀門庭的大喜事，人們通常要廣布天下，大宴賓朋的。

　　母親的擔憂不無道理，但我已打定了主意，到一個與自己的國家在骨子裡互相戒備甚至敵視的國家去，這無論如何算得上是一種冒險。

　　爺爺在世時，比母親要達觀得多。他長年臥病，我這個長孫從未侍湯弄藥，略盡孝心。爺爺說，自古忠孝不能兩全，你在外省工作，算是為國盡忠；我已是朽木之人，何須盡孝！爺爺的話使我深感慚愧。我在外省，不過是當一個小職員，領一份薄薄的奉祿養家糊口而已，誰會介意我心懷盡忠於國的古老夙願？如今我準備拋妻別子，到美國去求取前途、另謀生計了。故國已在雲山之外。儘管我熱愛我的國家，我的國家卻不見得就愛我。我的國家，對於個體生命的存在價值、個體的獨特性、創造力與個性，向來是比較漠視的。我置身在人群中不過是另一個他人而已。所以我決定捆好行李，到美國去。

　　而這，已經是一九九四年九月九日。這是一個特殊的日子，每個中國人都應該記得。

2

一九七六年九月九日，下午四時。

我扛著鐵鍬，跟在一群農民後面，穿過禾場。那是水稻快要收割的季節，我們必須在稻田裡挖溝，將水排乾淨，這樣，田裡的泥巴會變得硬一些，便於收割。當挖完了一些田，向另一些田轉移時，我們穿過了禾場。那時候的太陽又熱又亮。有個人坐在樹陰下聽收音機。在七〇年代中期，收音機在鄉村裡是一件十分高檔、十分罕見的東西。誰如果擁有一臺收音機，那在周圍的若干個村子裡，都是一件不同尋常的事情。

那個人坐在樹陰下聽收音機。收音機裡反覆播送的，是一個中國人的死訊。

他不是一個普通的中國人。

我扛著鐵鍬，呆呆地站在那兒。午後四點鐘的太陽，烤得大地發燙。我赤著的雙腳能感受到一種劇烈的灼痛感。它不是來自太陽，而是來自大地，來自腳下的泥土與塵埃。我知道，中國正在經歷一場地震。這種大面積的劇烈震蕩和坍塌也深深地搖撼著我的內心。一個十四歲的鄉村少年，扛著鐵鍬，靜靜地收聽一個八十四歲高齡老人的死訊，心中除了震撼外，一片空白。

我知道，這個老人，他生前並不喜歡我，死後會更不喜歡。他曾經說過，每個人一出生，就會打上他所屬的那個階級的烙印，這個烙印一生都難以磨滅。有一個叫遇羅克的人，對此表示懷疑，結果送掉了性命。由於我不幸投胎在一個「階級敵人」的家庭裡，我尚未出生，這位老人家已經不喜歡我了。但聽到他的死訊，我卻一點也沒有感到慶幸。任何一個劃時代的人物退出人生和歷史的舞臺，都會如一座冰山崩裂，地動山搖之後，會有一個極其緩慢的消融過程。

185

　　對於我們這些草芥微民來說，歷史是無關緊要的。我們沒有千秋功罪，可以任後人評說。對於偉人來說，歷史確實是過於嚴酷了。

　　我不喜歡人類展覽屍體，無論那是多麼偉大的屍體。我尤其不喜歡，一個活人，僅僅因為說了幾句對一個死人不敬的話，而被迫變成死人，或者活的死人。這是我內心深處最為隱秘的恐懼。

　　十八年後，在這個忌日，我登上了美國西北航空公司的班機。美國空姐送上了當天的人民日報。從一版翻到八版，我發現，往年勉強刊登的紀念文章，今年似乎更少了。這很好，中國正當清晨，天正藍，太陽也正亮，這隻巨鵬正當乘風遠舉！

　　再見，中國！我知道，我們濫用了「祖國」這個詞。當飛機飛臨藍色綢緞般的太平洋上空時，我才第一次真正擁有了──祖國。

3

　　我不能完全理解，我今天有機會跨出國門，會和十八年前這個老人的病故有密切的聯繫。他生前一直主張，孩子們應該戴上紅袖標，到大街上去，或者，扛上鐵鍬，到農村去。儘管他在自己寬大無比的床上，也擺滿了古老的典籍，他卻並不希望青少年們讀書。很長一段時間，中國只有一所大學，名字叫朝陽農學院。有一部電影曾經名氣很大：一群農民，憑著手上的老繭擠進考場，被錄取為農學院的學員。

　　荒謬的時代總算結束了。古老的東方，一個老國家，吱吱呀呀地、緩慢地打開了那扇包著鐵皮、吊著銅環的大門。新鮮的空氣沁人心脾，又令人眩暈。正是春天裡的好光景，所有的窗戶都迎風敞開。

　　在北京，在五星紅旗的首都，第一面星條旗升了起來。大街上，歷經幾十年風雨的反美標語，在不知不覺中悄悄被塗上了油漆。中國開始經歷幾百年來最為驚心動魄的變革，陣痛和震撼是在

所難免的。老一代領導人習慣了冷眼向洋看世界，這種冷漠與敵視的眼光，已被年輕一代眼中渴望闖蕩世界的熱切所代替。

接著，便是一浪高過一浪的出國潮。美國，這個傳說中黃金的國度，自由與民主的天堂、上帝特別垂愛的新大陸，成了千千萬萬中國人夢中的土地、大洋那邊新的家園。

我雖然早在一九八三年就決定，要遠走美國，可直到整整十年後，才真正付諸行動。當我開始捆行李時，出國潮已經開始退去了。許多人都跑來勸我，留在國內，守著一份體面的工作、職稱、房子、老婆和孩子，還有蒸蒸日上的事業，何苦到一個陌生的國家去從零開始？

我無言以對。在我的心靈深處，有一種難與人言的恐懼。在中國，我選擇了一個危險的職業：寫作。我寫下的文字都留在了紙上。雖然它們十分平庸、不足掛齒，但我擔心，有一天它們會像定時炸彈，要了我的小命。

4

這使得我的出國，帶有了一點無奈的色彩。我想逃避某種似乎註定要降臨的災禍。我感覺到，它是一定要降臨的，只是我不清楚，它什麼時候、以什麼理由和方式降臨。充其量，我只是一個小小的文人，真正令我心醉神迷的，是那種品茗讀書的書齋生活。為此我進行了十年的準備，為今後的一生積累了七千冊藏書，其中絕大多數是古籍，我們民族幾千年燦爛文化的精華。我打算就這樣坐擁書城，閑度此生了。我很奇怪，三十多歲的我，已經心靜如水。外面的世界，遠不如內心的世界更令我關注。

在二十世紀末，在物慾與肉慾橫流的時代，這種退守書齋的文人生活，還有可能嗎？我想只掙一點點錢，靠一杯清水度過一生。可

我置身的時代，對於智慧卻並不像對於權勢和財富那樣，尊敬有加。在很多情形下我顯得低能，像個白痴，而除我之外的所有的人，都聰明絕頂。在很多場合我一言不發，絲毫也不想引起任何人的注意和興趣。我不願加入談話並不是因為我怯於交談。我得承認，即使是最親密的人，有時也難以用語言溝通，但更多的時候，沉默不被看成是一種天賦的權利，而是敵意，或者，至少是某種自卑。

在許多人看來，我是同齡人中的幸運兒，全部的閱歷不過是從鄉村到大學，從大學到報社。為什麼我的心中堆集了這麼多的語言，要用整整一生來傾訴，並且，冒著潛在的危險，將它們變成文字？很早以前，我曾在一首詩中寫到：「除了漢語，我只懂少量英語／所有的語言都曾讓我深懷恐懼。」一個靠語言為生、除了語言外一無所有的人，為什麼會對自己賴以為生的語言，懷著深藏不露、難與人言的恐懼？

我打算到美國去，是為了逃避漢語本身，還是逃避附屬著漢語的一種文化？這種文化，一方面對於文字懷著膜拜之情，另一方面，卻又極端蔑視。在二十多年前，有一個叫李九蓮的普通女工，因為三十多篇日記，不僅帶來了牢獄之災，最後還招致了殺身之禍。我完全不能理解，更不能接受這樣一個事實：人類文明發展到二十世紀末，還有許多人因為有思想而因言獲罪。在世界的任何角落，這樣悲哀的例子都不難找到。

5

當我帶著簡單的行李登機而去時，我並沒有感到特別的激動。我會面臨真正的新的人生嗎？我的妻子、兒子和家人，我愛著的人和愛著我的人，他們都留在那片舊大陸上。除了貧窮，他們沒有其他的擔憂，不像我，總擔心某一天，會有文禍自天而降。

　　美國是電腦工程師的天堂，卻很可能是文人的地獄，尤其是用漢語寫作的文人。所以，當我在舊金山機場被移民局的官員盤查時，他們難以相信，我到美國來是為了翻譯詩歌。這不是一個正當的到美國來的理由，至少他們憑經驗認為如此。他們善意地規勸我：你在美國無法謀生，而且，也不允許。後者，當然是一種警告。

　　我告訴他們，我根本沒有打算留在美國。如果一定要留在美國，因此而獲益匪淺的，不是我個人，而是這個叫美利堅的大國。我口出狂言，一下子把移民局那位很美麗很威嚴的女官員逗樂了。她實在想不出，放這個身量不高，其貌不揚的中國人入境，對這個舉世無敵的強國，究竟有任何好處，或者壞處。

　　我把七千冊書，裝入幾十個紙箱子，牢牢地捆好。它們將被用集裝箱運來美國，或者，在不久的將來，在我的書齋裡，被我的手親自打開。面對那些舊日的典籍，我會說不出話來。我就是那個回頭的浪子，帶著旅途的勞頓和厭倦重返家園，在自己的家裡，而不是異邦的公寓，我要把那些書籍一一安排，拂去灰塵，讓它們重見天日。

　　當我在一家餐館當侍者時，一位我認識的年輕女作曲家將我介紹給她的朋友。她說：「他以前是一位作家」。這種準確的過去式，使我的內心充滿了喜悅。這表明，我完全可以換一種活法，以另一種截然不同的職業和身份活在世界上，且不管這種生活，是充滿了人生的尊嚴，還是僅僅表現為某種謀生。

　　而後者，正是我在美國看到的生活的一部份。在美國，人們普遍懷著另一種恐懼。我現在還說不出它，但我已經感覺到了。總有一天，我要把它全部說出來，沒有人能夠加以掩飾，或者否認。

　　現在，讓我暫且在英語裡隱居，或者潛伏下來。沒有誰知道，在我的胸腔裡跳動的，是一顆漢語的心。

　　　　　　　　　　1994年10月25日於杰拉西住宿藝術家基金會

一根驟然折斷的松枝

你聽，萬木中的一杆樹枝
在遠山斷裂

　　這是我的朋友、詩人韓少君先生的優秀詩作〈傾聽〉開頭的兩句詩。這首詩以遠山樹枝的斷裂之聲，打破林莽的沉默，給靜默無聲、雪意無邊的森林月夜，帶來了遼闊與幽寂之感，含有美妙的禪意。由於喜愛這首詩，我曾撰文加以賞析，這兩句詩也就深深地烙在了我的記憶裡。

　　我留意到，在韓少君的這兩句詩裡，「萬木中的一杆樹枝／在遠山斷裂」這樣一個在蒼茫大自然中完全可以忽略不計的「事件」，是首先訴諸詩人的聽覺，而非視覺的。巧的是，它所蘊含的真實性，在不久前的一個陽光燦爛的下午，在綠草如茵的大學校園裡，得到了驗證——我親耳傾聽了一根松枝驟然斷裂的「吱呀」之聲，隨後，我親眼看到了它的訇然墜落，就在離我幾步遠的地方。

　　那天，下午三時許，我下課後穿過校園，從草地中間幾株蒼蒼老松下路過。我就讀的這所大

191

學，建立於十九世紀末年，算起來也是百年老校了，校園中頗多粗大的、冠蓋如雲的松樹，在多風的午後，激蕩起陣陣松濤。奇怪的是，這天，天空一如既往地藍著，草地也一如既往地青著，即使有風吹過，風量也小得難以覺察。在松樹下，躺臥著幾個男女學生，正在熱烈地說笑著，或是討論著什麼。這幅美國大學校園尋常的情景，絲毫也沒有引起我的關注。

引起我關注的，是一陣「吱吱呀呀」的聲音。好像有一隻巨大的、無形的手，在扭動我頭頂上的松枝。其實，說是「頭頂」，似乎不太確切，因為我已經走到了松樹樹冠的範疇之外，那株即將發生大事的松樹，離我已經有數米之遙了。我扭過頭去，在震耳欲聾的校園廣場喇叭聲中，仔細搜尋、辨析聲音的來源。這天，是以色列的國慶節，支持以色列的學生團體組織了公開講演活動，而支持巴勒斯坦的學生團體，則在現場抗議，校園警察在一旁戒備著，沒有誰留意到，就在不遠的地方，一根松枝即將驟然折斷，從天而降，重重地砸在草地上，砸出一個裸露的泥坑。

我聽得出來，樹木被大自然的力量折斷而發出的聲音，竟然與被人力所折斷的聲音，有如此巨大的差異。我聽見過電鋸啃咬樹幹的嗚咽聲，也看見過大樹被用拖拉機連根拔起、狀如拔牙的情景，但是，我傾聽一根松枝，純然由於自然之力的聚集和釋放，而在距自己不遠的地方驟然折斷、木頭纖維發出撕裂之聲，這還是平生第一次。更為奇妙的是，大自然的這一突然變故，並非發生在韓少君詩中所描繪的遠山、雪夜。它就發生在這個陽光燦爛、風和日麗的下午，在人以群分、眾聲喧囂的美國校園裡。

彷彿一道神詔，或是天啟，一根松枝自天而降。在它新鮮的傷口裡，松脂的清香彌漫開來。時光彷彿在這一瞬凝固──在由松香

凝結成的琥珀裡，一粒沉睡億萬斯年的青蠅，也似乎想抖動透明的翅膀，藉助這斷裂之聲，破繭而飛。

更為奇妙的是，雖然它的驟然折斷、墜落，引起了在附近草地上躺臥著的幾個男女的尖叫和驚懼，但是，它卻沒有傷害到任何人──儘管它的傷害，很可能是不可救贖的──致命一擊。草木的力量，經歷了怎樣漫長的凝聚，達到了哪一個臨界點，才能有這樣出其不意的一擊？這不是我可以回答的問題，相信沒有任何人敢於問答。

整個人類都應該深懷謙卑與敬畏之心──對大自然的仁慈與憤怒，以及，大自然傷害人類的能力，及其：或然率。松枝在斷裂前的「吱呀」之聲，無疑是來自樹木的預警；如果一根松枝無聲墜落，恰好砸在一個行人的頭頂，我們可以指控松樹：這是謀殺。

喑啞的豎琴

　　開車送兒子上學，照例走的是舊金山范尼斯（Van Ness）大道。在大道的對面，在晨間上班的萬千車流旁，矗立著那座大教堂。它從外表看，似乎是用粗糙的巨石砌成的。和所有的教堂一樣：它莊嚴；與其他的教堂不同：它只有莊嚴。

　　每天都是在大約同一個時刻，路過這座教堂：八點四十分。太陽正好照射在它巨大的玻璃上，發出明燦燦的光。教堂距我的汽車其實並不太遠，幾十英尺而已，但它在雙向車道的那一邊，而且隔著中央分隔帶——由綠草和紅花組成的狹長小島上，每個路口都守候著一個無家可歸者，等待有人從車窗裡遞出點零錢來。由於所有的路口都不准左轉彎，所以，那座教堂其實離我很遠，遠到可以望見，卻無可企及的程度，因為我們畢竟隔著河流——如果說與我同行的車是一條河流的話，對面與我背道而馳的車則構成一條反河流。

　　大教堂的門廊上，雕著十二個人物，我想，那大概就是十二個使徒了。然而，我還是說不出這座大教堂的名稱。

　　這會兒，在等待綠燈的無聊中，我照例朝對岸的那座教堂望去。周圍的建築大多平庸且低矮，只有這座教堂「噫吁乎危乎高哉」，巍巍然如山峰壁立，被整體搬在了堪稱舊金山大動脈的范尼斯大道一側。在紅燈與綠燈之間的短暫逆轉中，我一眼就瞥見緊緊關著的大教堂的門上，貼上了一張類似橫幅的白紙，上面寫著這樣兩行字：

The Harp that once played through the Tara Halls
Now remains silent
（曾響徹塔拉大廳的豎琴
如今歸於喑啞）

　　我還留意到，在通往教堂大門的臺階最頂層，在那兩行字的下面，擺著一小瓶花。那個裝花的瓶子，可能只是一個玻璃茶杯，花也只有小小的一束。隔得太遠了，加上教堂的玻璃窗上，停泊了太多的陽光，我無法看得更清楚。

　　在花瓶的旁邊，我突然看到還有另一個瓶子，比那個花瓶更小。在瓶子的底部，點著一根蠟燭。遠遠看去，蠟燭又細又短，火焰小得幾乎難以看到。刺眼的陽光，掠奪了蠟燭大部份的光明。

　　但無論多小的火焰，終究是火焰，而不會是什麼別的東西。

　　記得《聖經》上寫過：上帝說要有光，便有了光。

　　在舊金山早晨八點四十分，如瀑布一樣傾瀉的陽光中，車流與車流之外的那一座教堂、那兩行字和一束花、那一粒細小得不能再細的燭焰，映入了我的眼瞳，在紅燈轉換綠燈的一剎那之間。

　　綠燈。我鬆開剎車慢了一秒，車後傳來一聲不耐煩的鳴笛聲。世俗世界的催迫，常常都是這樣，而且永遠都是這樣。置身車流，

抑或置身塵世，我們都無從有駐足的機會。即使在這樣的時刻：一粒細小而謙卑的燭焰，照亮了一座城市；或者說，一座明亮的城市，被一粒燭焰照得更亮。

　　教堂迎向朝陽的大玻璃窗上，早晨八點四十分的陽光，燦爛、明媚、品質優良得完全可以出口，銷往那些一年四季很少見到陽光的國家和地區。那樣小的一束花、一粒燭焰，與莊嚴巍峨的教堂，竟然是如此和諧地融為一體，在車流的喧囂和騷動之外，彷彿天啟、彷彿神明。

　　關於豎琴（harp），我瞭解很少，只知道那是古希臘吟遊詩人的樂器，在《伊利亞特》這類史詩中時有記載。《新概念英語》課本中，有一篇課文講的便是，古希臘的阿爾佛雷德大帝，自己背著豎琴扮演行吟詩人，到敵人的軍營中刺探情報。多浪漫的故事！如果沒有古希臘，真不知道如今的世界會是什麼樣子。

　　　曾響徹塔拉大廳的豎琴
　　　如今歸於喑啞

　　我用英語默誦著這兩行文字、這一句詩，想像著用我一無所知的、或許已快歸於寂滅的拉丁語念出它來時的感覺，頓時覺得自己這顆浪遊的、為帳單所充塞的心，在異國，在此刻，確切無疑地，被一束鮮花充滿，被一粒燭焰照亮。

去劇場的路上

1

　　向晚時分，太陽已西。海就在太陽將墜未墜的那個方向鋪排著，舒展著，浪蕩著。二十幾個街區，五分鐘的車程，末端就是一片平展展的沙灘，風和日麗的好天氣，那裡晾滿了男人女人幾乎赤裸的胴體。咫尺之外，拍岸驚濤之外，就是那無際無涯的墨綠與湛藍。一艘大船，在夕陽裡，看不清是駛遠還是駛近。如果是駛遠，我希望她是開到中國去的，滿船都是加州的水果；如果是駛近，隨便她停泊在哪個港口：屋侖、舊金山，我都無所謂。

　　今晚我不是去看海上日落，而是去海另一邊的一座大學城——柏克萊，看易卜生的名劇《群鬼》。《群鬼》講的是孀居的阿爾薇太太，修建了一座孤兒院，用來紀念自己過世的丈夫。孤兒院完工前，阿爾薇太太從小在外遊學的兒子奧斯瓦德回到家裡，愛上了家裡的女傭。誰知，這名女傭卻是生性風流卻道貌岸然的阿爾薇先生留下的骨肉。全劇結束時，孤兒院神秘被焚，絕望的

奧斯瓦德，淒恨地呼喚著一輪朝陽。這出一百多年前的經典話劇，辛辣地鞭撻了當時上流社會的偽善和糜爛。

在舊金山這座三面環海的城市，海已然成為每個市民日常生活中的要素之一。在金門公園邊，等候遲來的5路公共汽車載我到鬧市區，再換乘灣區捷運（BART）的輕便火車，大約一個小時，就可以抵達劇場了。一點小小的、倦於等待的意緒，在我不經意地朝海上張望了一眼之後，變得淡如輕煙了。海所具有的消解鬱悶、慰藉心靈的功能，是任何藝術品都難以匹敵的。從這個意義上講，海是一個奇蹟。其實，我不必說，我是從海的那邊、夕陽歸去的所在，萬里投奔而來。畢竟，在這個強大、富裕、美麗的國度，我的親人，只有妻子和兒子。

一輛公共汽車出現在視線裡。它漸漸變得清晰，我甚至已經可以看見一位壯實的黑人胖司機，坐在方向盤的後面。它距離我只有三個街口了。這時，一輛紅色的消防車，鳴著撕心的警笛，向海的方向衝去。我完全沒有想到，它竟然停在了那輛向我駛來的公共汽車的前面，將它擋了個嚴嚴實實。一起不大不小的車禍，不遲也不早，發生在我即將乘坐的公共汽車前面。它造成的直接後果之一，是延誤了我抵達鬧市區的時間。在等待巴士的這漫長的半小時內，我好幾次想將拇指下伸，學著電影裡的美國人搭順風車的手勢，試試我的運氣，看是否有疾駛而過的汽車，「嘎」地一聲停下來，把我這個去看戲的閑人載到「灣區捷運」的車站。

2

從書包裡掏出碩大的茶杯來，喝著茶，看夕陽已接近海平面。不知怎地，竟然想起了五歲那年，第一次隨父親到沙洋小鎮的情形。

　　父親是去鎮上幹什麼的，我已完全記不清了。模模糊糊，我記得父親帶我進了一座圓形的大屋子，比我們村裡最大的倉庫都要大得多。屋子的一角，搭著高高的檯子，上面有幾個人，穿著炫目的彩衣，在咿咿呀呀地唱。臺下黑壓壓的，盡是人頭，像在開會。父親說：「這是戲園子，臺上的演員，是在唱戲呢！」

　　父親從農業中學畢業後，就一直在村裡務農，連鎮上都很少去過。除了夏夜納涼時，他偶爾吹一兩聲簫外（令我至今不解的是，他終身只會吹一支曲子，且吹得如行雲流水），遺傳給我的文化基因，大概要算他編順口溜的本事了。可是，就在五歲那年的一個夏天，也是在夕陽欲墜未墜之際，他或許在鎮子上賣完了一擔黃豆後，帶我跨進了一座戲園。多年後我得知，他花了兩毛錢購買門票，相當於當時兩斤黃豆的市價。而我太小，不必買票。戲園裡太擠，他站在後排，將我頂在肩膀上，讓我看清楚舞臺上翻筋斗的花臉白臉漢、青衣綠衣人。

　　前些天，讀到龍應台的一篇散文，寫她十八歲那年，在臺灣偏僻小漁村裡青春的渴望和靈魂的苦鬥。她感嘆說，在那樣的環境裡成長，由於缺乏音樂與美術的滋養而造成的藝術修養的不完整，是終身難以彌補的缺憾。她的話，在我心裡激起了強烈的共鳴。漁村的閉塞，在養育了一個思想鋒利如刃的龍應台的同時，也窒息了她或許早就萌芽的藝術天賦。這種遺憾，是與藝術和文學相諧而來的。如果她生在臺北的鐘鳴鼎食之家，從小受到名家棋琴書畫的薰陶和指導，如今或許已是藝壇的名家。只是，她是否仍會成為今日獨步文壇，與普天之下的不仁不義不公不平為敵的那個「弱女子」呢？

　　在我已經年逾「不惑」的今日，讓我在這裡寫下這樣的句子：父親，我愛您，因為您一生為我做的一切，包括您在我五歲那年，將我頂在肩頭，第一次帶我跨進了戲園。一個農民的兒子，一個後來不得

不從小學習插秧、割稻而非演戲、觀劇的鄉下孩子，就這樣為舞臺上炫目的光彩和舞臺下雷鳴的掌聲所吸引、所迷惑、所安撫。如果說，舞臺下這一片喧嘩著、擁擠著、流著汗的觀眾是「人民」的話，那麼，舞臺上那些唱著、哭著、笑著、打著的人，就是人民中的人民了。

我這樣說，一點也不覺得矯情、難為情，因為，很快我就會坐上輕便火車，從海洋的腹部（因為過海隧道的緣故）穿梭而去，到柏克萊觀賞易卜生的名劇《群鬼》。父親在萬里之遙的大陸，真想有一天，我能帶著他跨進美國的劇場。他聽不懂一句英語，卻可以感受與中國小鎮劇場熱鬧喧騰完全不同的劇場氣氛：肅穆、靜謐、對藝術的那種至高至上的推崇。這種反哺與回報，不僅體現了父子之間的骨肉之情，更蘊涵著如仰泰山的感恩之心。身量矮小的父親，在將我頂上肩頭、跨進戲園的那一刻起，就成了背負我、推舉我、提升我的第一座山峰。

3

灣區捷運的火車從大海的腹部鑽出，抵達東灣的柏克萊車站時，夕陽正好完全沉沒在海裡。如果說宇宙也是一個無邊無際的舞臺的話，那麼，在我們人類目前的知識範圍之內，太陽，大概就算是無可爭議的主角了。它的謝幕，也壯麗得如同它的登場，這幾十億雙黑色、藍色的眼睛中，藏著我的一雙。我這雙眼睛，看過鄉村的野臺戲，也看過京城舞臺上的經典話劇，很快，就要第一次觀賞西洋名劇了。我就像那個初次看戲的鄉村小男孩，在經過了三十多年時光的漂洗、兩萬里空間的漂流之後，即將落坐在一個小型的劇場裡，張開自己與漢語，而非英語相依為命的耳朵，看易卜生的「群鬼」，如何在演員的對白和表演中，逐步顯出原形。

　　那一年，生產隊裡糧食豐收了。好面子的隊長祥生叔，請了路過的河南梆子劇團，在村子裡連演四天大戲。這是我少年時代記得的、堪稱鄉間藝術活動的少數幾件大事之一。從這一層面上講，隊長此舉的功德，不亞於父親將我頂在肩頭跨入戲園。四鄰八鄉的村民，邀約著、呼喊著，牽著老人、抱著孩子，一波波、一簇簇地湧來。家裡的板凳、椅子，全部被外村的親戚搬光了。即使是一個名不見經傳的草臺戲班，即使是毫無觀眾基礎的河南梆子（吾鄉處於鄂省腹心，除皮影戲外，並無任何其他戲劇傳統），在家鄉所引起的轟動，以及這種轟動帶給我的榮耀感——我們村是唯一能連唱四天大戲的「富」村，給我的心靈帶來了巨大的震撼。

　　隊裡沒有食堂，所以，按照慣例，演員吃「派飯」，輪流到各家吃飯。搶演員的事就這樣發生了。我們家搶到的，是幾個扮演次要角色的男娃女娃。奶奶主廚，端出了貧寒的家裡最好的菜肴：鹽鴨蛋、臘雞、油悶豌豆、臘肉炒香乾，還一個勁地往這些河南娃娃的碗裡夾菜。那時，我多想請年齡最大的那個女孩，給我們全家唱一段，但終於膽怯，更怕走江湖賣藝的行當裡，這種請求不合人家的規矩，便忍住沒有開口。由於家庭成份不好，任何光彩、露臉的事情，都輪不到我家，但幾個河南梆子演員到我家吃「派飯」這件事，帶給我的政治上的快意，遠遠超出了表演帶給我的藝術美感。現在，那四天，搭在村中老槐樹下的臨時戲臺上，演出了哪幾齣戲，我已經完全遺忘了，不能遺忘的是那幾個河南女孩對飯菜表達滿意的「中！中！」的回答，在吾鄉，村民們表達滿意的詞，是「行！行！」。

　　在我目前就讀的美國大學裡，當戲劇老師從我口裡得知，我早在八〇年代初，就在北京的首都劇場，看過著名的北京人民藝術劇院演出的美國當代名劇《推銷員之死》時，他驚訝地發出一聲

「哇」的叫喊。我進一步告訴他，易卜生的《玩偶之家》，早在上世紀二〇年代，就曾搬上過中國的舞臺。老師的驚訝，已經變成深深的敬畏了。一百多年來，中國經歷了太多的事情，凶事、壞事、血腥的事，觸目驚心，但無論是苦難、戰爭、貧困，還是獨裁與專制，都無法泯滅一個民族的「玩心」。這就是對於戲劇與舞臺的那種骨子裡的熱愛。我很高興，也很慶幸，生活在網絡時代，謀生在金元之邦，我的內心深處對「藝術生活」與「藝術創造」的雙重渴望與追求，還沒有完全被世俗、庸常、孤寂的海外生涯所侵蝕、所蠶食、所消解。當我西望大海中最後的一縷夕照餘輝時，我的心裡湧起的是一種大吉祥與大安寧。畢竟，我是一個走向劇場的人，而此刻，在世界的另一端，有多少人，被命運與命令驅迫著，正走向戰場啊！世界多一個到劇場去的人，就少一個到戰場去的人，這樣的說法在邏輯上滴水不漏。只是，這個世界，並不遵從任何邏輯。

4

不巧的是，由於那輛倒霉的巴士，我趕到劇場時，戲開場了，劇場的門已經上鎖。我敲開門，一名劇場工作人員問明了情況，卻不允許我進入上演《群鬼》的那個小劇場。他說，你沒有票，而且，那裡現在已經滿員，連站的地方也沒有了。這時，又有兩個女士遲到。於是，這位工作人員，將我們領到了另一個劇場。在緊急出口的那扇小門前，有一盞紅燈閃爍，這表明劇場內演員正在表演。當演員陷入沉默，紅燈就會停止閃爍，這時，迅速將緊急出口的門拉開，否則，劇場就會響起急迫的警鈴聲。

進得劇場，只在半圓形的觀眾席上，坐滿了四、五百名觀眾，連臺階上都坐得滿滿。舞臺上，只擺著兩把椅子，一名年輕的黑人

女士和一名同樣年輕的白人男子各坐在一把椅子上。這是一對戀人：女子出身貧寒，卻嚮往遠方，想到紐約去追求新的人生；男子出身於有錢人的家庭，想留在家鄉，守著祖傳的家業。這種跨越種族與階層的愛情，即使在今日美國，也不是毫無社會壓力與家庭阻力的。這種話劇形式我從來沒有觀摩過：兩個演員，既要扮演劇中人的角色，又要承擔敘述者的角色。但是，除了演員的表情、音調、和輕微的動作外，兩個男女演員始終坐在各自的椅子上，完全沒有任何肢體上的交互動作。

進錯了劇場，卻讓我大開眼界，看到了一種極具試驗性的話劇表演形式。傳統話劇的一切附屬性的東西，如舞臺場景、幕布等，全部予以省略；但是，話劇的本質——以劇中人的語言展現劇情，卻絲毫也沒有受到損害。令我驚訝的是，長達一個多小時的表演，兩個演員竟能背誦那樣長的臺詞，那樣長的劇情旁述，並不露痕迹地互相轉換角色，由敘述者進入演員角色，或者，由演員角色回到敘述者角色。

散場時，我突然想到，人生如戲，或長或短的一生，有多少人進錯了劇場，演錯了角色，甚至，當錯了觀眾。這種存在的荒誕，正是戲劇這門藝術千年不衰的本質原因。所以，當我步出劇場時，我對拒絕我入場的那位劇場工作人員說：「你知道嗎？我花了二十多年，才步入了這座用英語表演的劇場，成為一個逛洋戲園的人。」如果從我第一次學習英語算起，年頭還少算了好多年。

他當然不可能知道，當我坐在洋戲園時，我辛勤勞作的妻子，正在她經營的店裡，為我掙來這不算昂貴但也絕不便宜的戲票。

有鳥鳴春

　　不久前的一天，午夜剛過，我剛剛進入夢鄉，忽然，聽到兒子在敲臥室的門。我將門打開一條縫，問他有什麼事。兒子說：「爸爸，窗子外面，有一隻鳥在叫！」

　　其實，在我關燈入睡前，就已經聽見了這隻鳥的啼鳴。這是它第一次光臨窗外春草萋萋的廢園。或許，是院落邊緣那株盛開的玉蘭花吸引了它，使得它停息在樹枝上，就迫不急待地發出了第一聲婉轉而清脆的鳴叫：「啾——啾——」從它圓潤如珠的聲音中，我可以判斷，這是一隻體積頗大的鳥，它應該有一個歌唱家的胸腔。儘管我對於這隻鳥的來訪甚至定居，原則上持歡迎的態度，但是，我還是忽略了它的歌聲，沉沉地進入了靜寂無聲的酣眠中，直到兒子將我喚醒，特意告訴我這個有鳥鳴春的消息。

　　往昔頑皮得令我頭疼不已的小小少年，在午夜時分所帶給我的關於這隻鳥的消息，竟讓我輾轉反側，再也無法入眠。對於詩歌從來都不屑一顧，甚至常常嘲笑他老爸並不算什麼詩人（他的理由是我的詩居然都不押韻）的兒子，在這個春

207

意正濃、花香透窗而入的午夜，吟出了他平生的第一行詩──「窗子外面／有一隻鳥在叫！」

　　說來奇怪，窗外不知名的鳥在午夜時分擾人清夢的吟唱，高一聲、低一聲，緊一聲，慢一聲，長短相間、平仄有別，聽起來，如賞一闋秦少游的，或是柳永的詞章，清麗、柔婉，帶點兒自憐、有幾分淒清，就像古代的詞論家所形容的那樣，適合以「黃板紅牙」而不是銅琶鐵箏歌之詠之。我躺在床上，欣賞著這絕對意義上的「天籟」，體味大自然的神奇造化，賦予了這隻鳥以如此美妙動聽的歌喉，因而對於造物主的恩惠，既感動，又感激。

　　鳥鳴所激起的詩情，確實有「思接千載，神游萬仞」的神力。然而，我首先想到的，竟然是萬里之外的故鄉，村子東邊小松林中的一座土墳，那裡合葬著我的爺爺和奶奶。一九八八年四月，暮春時節，我回鄉探親，自知來日不多的爺爺，叮囑我，希望他死後能埋在我家的菜地裡，而不是村子規定的墳地。他說：「這樣，你們到菜地來，就可以看見我了。」其實，他的畢生夢想，卻是將他的六個孫子孫女，全部搬進城裡，子子孫孫再也不當農民。我寫了一首詩〈領爺爺去看墓地的早晨〉：

　　　　這個早晨有鳥鳴春，蟄伏的蟲類
　　　　爬出泥土，換上了新的衣服
　　　　我牽著你的手，就像我小時候
　　　　你牽著我的手，蹣跚學步

　　在蟲類穿著新衣服，從泥土裡出來，在春天裡煥發新生的季節裡，我在泥土裡翻滾了一生、飽受了戰爭、貧困、疾病、「階級鬥爭」折磨的爺爺，才六十多歲，就已經準備好入土為安了。這種

蟲類「出土」而爺爺「入土」、小時候爺爺牽我，此刻我牽爺爺的
雙重倒錯，是多麼地令人感傷和無奈啊！剛剛參加工作，月薪只有
不到一百元人民幣的我，甚至無力將他老人家送入醫院，而他所患
多年的肺病，在有醫療條件和營養保障的情形下，應該還可以存活
若干年，至少可以活到古稀之年，看到自己的第一個重孫吧？在那
個春天的早晨，在領爺爺去看墓地的路上，我的眼淚默默地流下臉
頰。一年之後，在中國大街喧囂、軍車隆隆的那個五月，爺爺去世
了。接到電報，我這個長孫無法趕回，只好到郵局發了一封唁電，
其中「生未侍藥，死未扶棺」的哀痛，至今思之，仍銘刻著我終生
的憾恨。

　　前幾天，在大學研究生院的翻譯課上，讀到了一首關於麻雀的
詩，作者為古代偉大的意大利抒情詩人卡圖勒斯（Catullus，生於公
元前八十四年，卒於公元前五十四年，僅得年三十）由路易斯・朱
可夫賽（Louis Zukofsy）由希臘文譯成英文，全詩如下：

Sparrow, my girl's pleasure, delight of my girl,

a thing to delude her, her secret darling

whom she offers her fingernail to peck at,

teasing unremittingly your sharp bite,

when desire overcomes her, shining with love

my dear, I do not know what longing takes her,

I think, it is the crest of passion quieted

gives way to this small solace against sorrow,

could I but lose myself with you as she does,

breathe with a light heart, be rid of these cares!

這首詩所表達的，是作者心愛的少女與一隻麻雀相戲，麻雀不斷地啄少女的指甲，自己由此悟出，即使是麻雀這樣小的生靈，所感受到的安寧與平和，甚至幸福，其實也未見得比人類更少。這首詩中所表達的物我兩融、樂以忘憂的情懷，雖然出自古代羅馬詩人之手，卻頗有點東方文化中飄然物外的空靈和禪意。於是，我試著將它譯成了如下的中文：

> 麻雀，我女友的歡喜，喜歡我女友
> 一件哄哄她的東西，她隱秘的所愛
> 她伸手讓你啄咬她的指甲
> 不斷地逗弄你尖銳的嘴巴
> 當慾望戰勝了她，因為愛而容光煥發
> 親愛的，我不知道是什麼渴盼占有了她
> 我想，那是激情的峰巔歸於平靜
> 才使得這小小的慰藉能抵抗悲哀
> 我能否像它一樣，和你忘我相守
> 心情輕鬆地呼吸，擺脫那些煩憂

這首詩在人稱上有些模糊，使得讀者很難分清，詩中的女友與麻雀，究竟誰是誰。或許，這正是詩人的藝術匠心所在，故意造成讀者的誤讀、誤解，將可愛的小麻雀和可心的人兒混為一團，使得讀者對詩末表達的那個忘我相守（lose myself with you）的對象「你」，產生「麻雀耶？少女耶？」的疑問，而古典抒情詩的詩意，盡在這美妙的語焉不詳之中了。

行年四十，人生多惑，回想半生行狀，不敢說「平生未做皺眉事」這樣言之鑿鑿的大話，而現在能回想起來的兩件惡事，竟都

跟鳥兒——更確切點說，那其貌不揚的麻雀有關。記得少不更事的時候，自己是村裡的野孩子，上樹掏鳥窩、取鳥蛋的事情，也是做過的。當我們一群黑泥鰍般尚未上學的孩子，蜂擁著去掏鄰村的鳥窩時，奶奶嘆息著，勸阻我們說：「娃娃們，你看那鳥兒築窩，嘴巴叼著樹枝，一趟趟地飛，好可憐，遇到有刺的樹枝，鳥的嘴巴都要被刺出血呢！你們把鳥窩拆了，鳥的家就散了，這是肇孽喲！」「肇孽」這個詞，在書面漢語中比較罕見，但在我們那裡的鄉間，卻是帶有「因果報應」之類勸善警惡意義的一個動賓詞組。

掏空空的鳥窩，還不算太慘，殘忍的是當鳥窩裡有尚未長毛的小鳥時。記得大約五、六歲時，有一次，我夥同幾個孩子，從牆洞裡掏出一窩赤裸裸的小麻雀。我們用一張硬紙，疊了一艘紙船。時令正當暮春——鳥類生兒育女的季節，穿村而過的水渠裡，供插秧用的渠水奔流著，引發了我們對於河流的想像和嚮往。不知是誰的主意，我們將紙船裡裝上剛剛出生的小麻雀，放在水渠裡順流而下，夥伴們沿著水渠，追趕著這艘載著幾條小生命的「船」，「載欣載奔」，看到它在一個小小的旋渦裡驟然沉沒，我們爆發出的，不是對生命的悲憫，而是野蠻無知的拍掌大笑、跺腳歡呼。

懵懂童年的惡事，我或許可以原諒自己，但後來的一件與鳥有關的惡事，卻是發生在我大學畢業，已經在大城市當了記者和編輯之後。那一年的初冬，我回老家探親，閑來無事，一位親戚提著一支高壓氣槍來到我家，讓我去打鳥取樂。不知是哪根神經出了毛病，我當時竟然不假思索，接過氣槍，口袋裡裝了半袋鉛彈，就走向了村後的叢林。我這個從來沒有使用過任何武器的人，第一次使用這種準確度極差、射程也不遠的氣槍，居然在半天的「行獵」中，射殺了十三隻種類不同的鳥兒，其中大部份是麻雀。晚上，在享受自己的戰果——一頓真正的野味時，我曾想到了這樣一個問題：假如我沒有選擇筆，

211

而是選擇了槍，而面前又有合法的可殺之人（比如，如今戰火正熾的伊拉克戰場）時，我當如何？想到這個問題，我的靈魂產生了難以自禁的驚懼與顫慄，桌上的紅燒野鳥也頃刻之間變得難以下嚥了。如果誇張一點，我可以這樣說，這次野鳥之獵，抵消了我多年的詩歌。它讓我看清了，在我的內心深處，也同樣潛藏著愚昧、野蠻、殘忍與暴戾的因子。當它們被誘發出來的時候，我就是十足的壞人。

多年以前，讀過奧地利著名作家茨威格寫的一個妙趣橫生的短篇小說，講的是俄國文豪托爾斯泰和屠格涅夫結伴出遊獵取野鴨的故事。兩個人都是狩獵愛好者，屠格涅夫更以《獵人筆記》為代表作。小說寫到，兩個好朋友同時看到了一隻野鴨，幾乎同時開槍，將野鴨打中了。野鴨撲騰了幾下，墜入遠處的草叢，兩個大文豪卻在這時，為了「究竟是誰打中了野鴨」這個問題，爭得臉紅脖子粗，互不相讓。偉大如托翁、著名如屠氏，在這樣堪稱雞毛蒜皮的小事上所表現出的可愛的虛榮心，令人莞爾。不過，那是十九世紀的事情，森林和禽獸都還基本保持著原生的狀態，而現在，剛剛跨過二十一世紀的門檻，鳥，確實是已經越來越少了。所以，半夜裡突然光臨我家窗外的那隻鳥，竟然會引起我兒子的喜悅，將我從睡夢中喚醒，就為了告訴我「有鳥鳴春」的這條消息。

三月仲春日，中東起戰雲。在翻譯課上，我簡單地向美國同學介紹了杜甫的〈春望〉：「國破山河在，城春草木深。感時花濺淚，恨別鳥驚心！烽火連三月，家書抵萬金。白頭搔更短，渾欲不勝簪。」身為美國居民、美國納稅人、美國兩億多芸芸眾生中的一員，我絕對不能說，那場在遙遠沙漠腹地上演的強弱懸殊的沙場征殺，和我沒有任何關係。當我看到被炸成廢墟的平民住宅時，我不由得會想起我小時候掏過的鳥窩；當我看到運送人道救援物品的卡車被團團圍住，那些伊拉克的婦女、兒童、老年人，為了一瓶水、

一包餅乾而互相爭搶時，我的眼前就會浮現出鳥窩裡張開嘴巴，嗷嗷待哺的那些幼鳥。當我向美國同學介紹這首出自「詩聖」之手的「反戰」詩篇時，我相信，即使存在著文化的隔膜，他們還是會體悟出，春天裡山河破碎、孤城獨懸，花傷時而泣，鳥恨別而驚的那種大軍壓城的困境。其實，在美國的電視和雜誌上，最近看到不少夫妻擁別出征、兒女牽衣而啼的照片或畫面，還有一名老婦，收到一張在廢紙上寫的明信片，初看以為是讓人厭棄的「垃圾郵件」，細看才知道是自己兒子從戰場寄回的家書。此情此景，還有什麼詩句，能比「烽火連三月，家書抵萬金」能更好地表達普通美國人民盼望家人平安歸來的心情呢？而站在伊拉克人民的立場，這樣的詩句，難道不也有同樣的情感力量和藝術感染力嗎？

前不久，我曾經到舊金山市中心那座使用了近二百年、不久前才廢棄的Presidio軍營，陪兒子在那裡的青少年體育館當義工（volunteer）。那裡的操場草坪上，立著幾尊大炮，最古老的，竟然是拿破崙時代所鑄。看到炮口上，有一莖青草茁立，我立刻獲得了靈感，寫下了平生第一首英語俳句（haiku）：

Birds nest at muzzles in spring
Spiders fight in vain
A drop of rain, grass is green

我將它翻譯成中文，大致就是這樣：

鳥兒春天炮口棲
蜘蛛徒勞爭
一滴雨，草色青

這首俳句的標題，當然，最恰當不過的就是：PEACE（和平）。任
何時候，它都應該是一個大寫的單詞。

2003年3月28日，美國舊金山無聞居，

美伊戰爭第九日。

紐約投宿

1

　　紐約離我們究竟有多遠？一張國際機票，便可量出我們和這個國際「大蘋果」的距離。這是紐約的雅號。一百多年來，數以千萬計的人從地球的四面八方湧來，分享這個碩大無比的蘋果，成為她的園丁，或者蛀蟲。我不過是隨風潛入美利堅大地的一粒中國草籽而已，找不到適宜的土壤我就拒絕發芽。

　　從北京起飛，波音747飛機飛行十二個小時，是舊金山；從舊金山向東飛行近六個小時，穿越整片美國大陸，便是紐約。我來自一個人滿為患的國家，而這裡寬闊的大街上冷冷清清，幾個稀稀拉拉的行人無端地讓我沮喪──為什麼在我的國家，只要你置身任何一條街巷，環顧周圍就會發現，一米之內，定有他人，而非古人所許諾的那樣：「三步之內，必有芳草」？唐詩中有「西出陽關無故人」的悲嘆。而我並不西行，孤獨飄零兩萬里，向東，再向東，不見陽關，不見

玉門關，曼哈頓鱗次櫛比的摩天大樓，把層層陰影疊加在一個流浪
文人的心裡。

　　投宿在大學校友李先生新置的房子中。剛安頓好行李，他的太
太就拿出幾張照片來讓我辨認。那是一位女士的照片，風姿綽約，
似曾相識。李太太說，這位女士認識我，算是我十多年前的「故
人」，我還曾經以詩相贈，表達無望的讚美與傾慕之情。猶如塵封
記憶裡的一道閃電，我驀然想起了一九八三年冬天那個昏黃的下
午，天飄著雪花，而青春的熱血在沸騰。北京大學「五四文學社」
和我所在的中國人民大學詩社聯合舉辦了一場小型詩歌朗誦會，會
場設在我校的一間閱覽室裡。當一位北大西語系的女生朗誦了自己
的詩後回到座位上時，我勇敢地坐到了她的面前，對她說：

　　「你的美麗震懾了我的靈魂！」

　　朗誦仍在進行，會場裡有些嘈雜。她沒有聽清我的話，惶惑
地問道：「你說什麼？」於是，我將這句話，一字不易地重複了一
遍，而且，音量提高得足以令周圍的人大吃一驚。我放肆無禮地
逼視著她，看她高傲的頭顱漸漸低下，秀麗的臉龐陡然緋紅，手指
無奈地轉動著一枚紐扣。在我離去之前，我將一首詩遞到了她的手
裡。那是她朗誦自己的詩時，從我心底噴湧而出的激情的熔岩。我
手邊沒有紙，情急之中我只好撕下隨身帶著的《新概念英語》第四
冊的最後一頁。那裡有一片空白，剛好能容納一首情詩。詩的內容
我已無從追憶，但它的附言我還記憶猶新。我寫道：現在我還是一
個默默無聞的大學生，但十年後，這個名字會成為中國天空上的一
顆星星。我在詩的末尾，留下了自己的姓名，卻沒有詢問她的姓
名。那天我穿著一件破舊的軍大衣，長長的頭髮蓬亂地垂下，一寸
多長的鬍鬚使我多少顯得像頭野獸，而我那時只有二十二歲。

聽完我的回憶，李太太的眼角變得濕潤起來。因為這個青春故事，她已經從那位受我贈詩的女士口中，聽到過一遍了。原來，她倆早就是十分親密的朋友。有一天，她在給那位女士的電話中，順便提到過幾天我會從舊金山到紐約，要在他們家住一陣子。這位女士一聽我的名字，驚訝地問：「你說的是這個人？他還給我寫過詩呢！」

澎湃詩情、熱血青春，疏狂與孟浪的日子，終究如東逝的流水、西去的浮雲。而在我投宿紐約的第一個晚上，這個故事帶給我的溫馨與溫暖的感覺，真是非筆墨所能描述：十多年的歲月，兩萬里的距離，竟沒能湮滅一個女孩子心中對一首情詩和一個名字的刻骨銘心的記憶。

這時，李太太才將這位女士的姓名告訴我。原來，這位當年的北大美女與才女，一九八六年就來到了紐約，而這首我當年一時衝動寫下的詩，竟然也伴隨著她遠渡重洋，一直被貼在秘密的筆記本裡，如同一朵乾枯了的玫瑰花瓣，成為青春、美麗與激情的證明。

2

舊時的中國小說，寫到行旅之人時，常常有這樣兩句套話：「未晚先投宿，雞鳴早看天」。這兩句話，既包含著中國人求安求穩的惰性民族心理，顯得缺乏冒險性和進取精神，但同時也具有早作準備，防患於未然的積極意義。可以毫不誇張地說，這兩句話有深意存焉，中國的民間智慧、中國人的處世哲學，在其中都能找到影子。

轉眼之間，當年那個意氣風發，「一夜遍觀長安花」的詩歌青年，已不再是我。我已經進入了「哀樂轉相尋」的散文年齡——「準中年」。

在這位朋友家借住後不久,我接到紐約一家華文大報招聘編譯的考試通知。傍晚時分坐上巴士,細雨霏霏中抵達曼哈頓的巴士總站,又換乘地鐵,晚上八點,總算按時趕到了該報編輯大樓。找到主管考試的編譯主任,這位女主任只問了我的姓名,多餘的話一句也沒有說,就拿出一疊英文原稿來,要我到編輯部指定的一角,開始考試。

前來應考的,包括我在內,共有三人。原本以為翻譯兩三段,一個小時足矣,誰知拿給我們的材料,都是長篇大論,翻譯到午夜十二點,大家總算交卷了。午夜時分,開往新澤西的巴士顯然早已停駛了。當時來美未久,我還沒有信用卡,身上也沒有帶太多的現金,難道要露宿街頭不成?我心裡很有點忐忑不安。

多虧我臨出門時,帶上了通訊錄,上面抄有客居紐約的詩人易殿選的電話號碼,是幾天前剛從一位詩友那裡獲得的。易殿選是河南人,來美前曾任該省一家詩刊的副主編。我記得多年以前,曾和他有過一封短信的往還,但彼此從未謀面,也沒有通過電話。事出無奈,我徵求該報編輯部一位女士同意後,拿起桌上的電話,想向易殿選求助。

接電話的是一個渾厚低沉的男音,正是易殿選。我自報家門後,馬上轉入正題,說自己剛剛考試完畢,此刻無家可歸。易殿選說:「那你就到我家來住一宿吧。我家離你所在的地方不遠。」說完,他將地址給了我。我放下電話,懇求另外一位正在收拾東西、準備離開的「考友」:「我沒有車,您能不能幫我一個忙,將我送到我朋友處?據說距這裡只有七、八條街口。太晚了,我怕走路不安全。」

那人繼續收拾東西,頭也不抬地說:「對不起,我不順路。」說完,逕直走了。另一位年約五十多歲的「考友」見我窘在那裡,主動說:「走吧,我開車送你。」坐進車裡,我們簡短地交談了幾句。他說,自己是某大學的博士,現在經濟不景氣,只好來應聘當

編譯，暫時解決生計問題。我不敢說「受人滴水之恩，當湧泉相報」這樣的大話，但受人之助，至少要記住施惠者的姓名吧。於是，這位「同是天涯淪落人」的「考友」，在我拿出的通訊錄上，寫下了自己的姓名：魏進，並留下了電話號碼。我對他表示感謝，他淡然一笑，說：「我們中國人在美國謀生，誰都可能有需要別人幫一把的時候，不用謝。」

到了易殿選家，已午夜十二點半了，他們夫婦倆都還沒睡，一直在等我。我滿含歉意地表示，從未謀面，半夜相擾，感到很不安。易殿選熱情地說，大家在國內時，都是寫詩的，雖然沒有見過面，名字卻早已熟悉。我們的住房也很擁擠，將就在客廳沙發上睡一晚吧！說話之間，女主人尚書磊已經在沙發上，給我準備了枕頭和毛巾被。

他們的房子確實不寬，客廳和臥室之間，有一道隔板，卻連門也沒有。我如果要上衛生間，必須穿過主人夫婦的臥室，顯然，這是極不方便的。熄燈之後，我躺在沙發上，回想僅僅半小時前，我還在某報的編輯部裡，望著紐約夜晚的萬家燈火，為自己夜宿何處而發愁，而此刻，卻已安臥在一個從未見面的陌生人的客廳裡，耳邊傳來男主人在隔壁發出的安詳而均勻的鼾聲。

第二天早晨，易殿選夫婦在廚房準備早餐時，我見到一個年輕的女子，也在廚房忙活。原來，是分租的房客。我們正在閒談之中，來了一位畫家朋友。易殿選在彼此介紹時，提到了我的名字。

這個女子聽到我的名字，驚訝地追問了一句：「你是程寶林？」

這會兒，輪到我驚訝了：「你認識我？」

這位女子說：「我讀中學時，抄過你的詩！真想不到，竟然在紐約見到了你，而且是在自己的家裡！」

他當時的男朋友、此時的夫君從房間裡走出來，高興地與我握手致意。我仍在半信半疑，她激動地對自己的丈夫說：「你還記得嗎？我曾抄過程寶林的一首詩〈我怎麼敢忘記〉送給你，我倆還在校園裡朗誦過呢！「說完，她就朗誦起了我這首詩的開頭一節，一字不差。確鑿無疑，我的一首小詩，曾在他倆的愛情中，充任過催化劑，而他們，卻在異國他鄉，和這首詩的作者相逢了。這時，我才得知，這位女士名叫黃亞村，而她的先生，名叫楊建元。

中午我們聚在一起，為這小小的，然而是難得的緣份乾杯。詩人易殿選特意開了一瓶從國內帶來，好幾年都捨不得喝的好酒。杜甫詩寫到：「人生不相見，動如參與商。今夕是何夕，共此燈燭光。」我自知，我遠不是一個名聲顯赫的詩人。我甚至已經絕望於詩歌。但人生的機緣卻是如此奇妙：一個曾喜愛我詩歌的女孩，在紐約，碰巧分租了與我素不相識的詩人易殿選家的一間房子；我因為人在窮途，碰巧投宿在易殿選的家中；這時，正好有一位朋友來訪，我的名字被主人介紹給客人，碰巧被這位黃姓的女士聽到；更碰巧的是，她居然在心不在焉的廚房忙活中，真真切切地聽清了這個名字，並驟然之間，喚醒了久遠的記憶。任何環節的一次錯過，這終生難遇的心靈碰撞，就肯定失之交臂了。

感謝詩歌。幸虧這個世界上，還有一種非物質的東西，叫作「詩歌」。

3

轉眼之間，六年過去了。

我在西海岸的舊金山扎下根來，不僅全家人早已獲得美國綠卡、擁有了自己的生意、買了新車，而且，即將開始追求自己的學

業。在諸事順遂、略有寬裕的情況下，我於今年八月初，帶妻子兒子參加旅行團，到美東的紐約、華盛頓、加拿大東部的多倫多、渥太華、蒙特利爾一遊，一份在美國安家立業、立志大展身手的好心情，與當年半夜投宿、四望茫然的困頓落魄相比，似乎已有天淵之別了。

抵達紐約時，易殿選到肯尼迪機場接我們到他家住一晚。六年未見，他已經搬進了自購的一棟兩層小樓，樓下出租，樓上自住。樓前有陽臺，附近一座碧波蕩漾的湖，樹林環繞，堪稱晨間散步的好地方；屋後一座露臺，全是木頭搭成，最宜讀書。我們正在驚訝讚嘆之間，易殿選告訴我：除了這棟房子外，他們還有一棟房子，全部租出去了。

更令我驚訝的是，當年我投宿時，見到他們家的兒子，還是個「小不點兒」，抱著個叫不出名字的小動物，愛不釋手，如今，卻已經長成了高大挺拔、健壯英俊的小夥子，且已經考上位於賓州比茲堡的一所名牌大學，再過十幾天就要去注冊，成為大學裡的「新鮮人」（freshman）了。多年來，臺灣人所說的「打拼」、大陸人所說的「奮鬥」，至此，已全部獲得豐厚回報，所有吃過的苦、受過的累、忍過的氣，全都煙消雲散。

問到當年他們家的那對房客夫婦，易殿選說：「短短的幾年功夫，他們可發大財了。」尚書磊抱出幾個影集來，指給我看抄過我詩的那位黃姓讀者剛買的豪宅。這對夫婦從衣廠、餐館打工做起，白手起家，靠經營衣廠致富，已經成為紐約成衣界的重要商家，且已開始將事業拓展到國際貿易了。

尚書磊遺憾地說：「可惜你在紐約只能住一個晚上，否則，我打電話告訴他們，他們一定會很高興和你見面，大家好好聚一聚。」

　　不知是由於時差的關係，還是由於興奮，我睡得很不踏實，第二天早晨，才五點多鐘，我就醒了，輕輕地給妻子和兒子蓋好毛巾被，我躡手躡腳地走出臥室，在廚房裡給自己沏了一杯茶，端到門前的陽臺上，翻著一疊紐約出版的報紙雜誌。街道一片寧靜，城市尚未醒來，只有一個送報紙的墨西哥男子，將一輛舊車停在路邊，把一卷卷報紙準確地扔到訂戶的門前。

　　六年間兩次投宿紐約，主人依舊，客人也依舊，只是，這次，多了我的妻兒。「雞鳴早看天」──我看到的，是紐約的一輪朝陽，又一個炸不垮、撞不毀的艷陽天。

2002年8月，舊金山

持梅相贈

1

雖然愛書如命，多年搜求減價書優惠書，但我終歸是一介寒士，一位俗人。整日工作之餘，便是柴米油鹽，哪得閑情侍花弄草，何況居室簡陋，連個陽臺也沒有。

更重要的是，我還年輕。雖然大學時代的諸多宏願，如今大多翻作夢境，但我終不願這樣早就甘於淡泊，在書齋和盆草中間度過飲茶的一生。

所以，在薄寒的冬日，當一位忘年的朋友攜梅來訪時，幾乎引起了我的「不悅」。在我看來，二十七、八歲，是與足球場、假日遠足和野營聯繫在一起的年齡；而臘梅，與退休老者相伴，才最為相宜。

朋友的這片心意，我自然是感銘在心的。他姓傅，年齡與我父親相仿，面容粗糙，衣衫不甚整潔，一看便知屬於勞動人民階層。他在成都東丁字街開了一間小小的舊書攤，以書謀生，兼及會友，結交了許多嗜書如我之輩。他本是多年前

昆明醫學院的學生，或累於疾病或迫於家境而輟學。我驚嘆幾十年人生的坎坷，竟沒能磨滅他心中的那一份雅趣。

在我狹窄得僅夠容身的居室裡，黃黃的花朵和蓓蕾，使室內平添了幾分春意。持梅相贈，這詩情的禮物中蘊含著多少古意！看著這一樹梅花，和朋友飽經風霜的臉，我真不知他是一位舊書攤的「老闆」呢，還是一位葆有儒風的都市隱者。

古人常有將梅花喻作冬日的仙女的。如此高潔傲霜的仙客，自然不應在陋室裡受到怠慢。幸好窗外還有一個木擱板，是房子以前的主人留下來的，雖比不上陽臺，但也足以使這盆梅花吐納天地之氣，綻出生命的花朵。送走朋友，已是夜間十點，我和妻子一起，到樓下的空地裡鏟些溫潤的泥土，培在花盆裡。妻子秉燭，我執鏟，燭光搖曳，照出我們晃動的身影。鄰居們見此情景，都甚為不解，以為可笑。我們知道，再鮮艷的花，離開土地只有凋殘，這一點跟人一樣。即使水中的浮萍，也有自己的根系。

早晨起來，推窗而望，渾濁的城市晨霧和冬日的寒氣襲面而來，那株臘梅如燭如焰，吐出幽幽的香氣，沁人脾腑。在居家的平凡日子裡，添了這樣一位怡情遣興的友伴，因之格外相信，即使最嚴酷最漫長的冬日，也不能戰勝一樹臘梅。我想給初嫁我家的這株臘梅，取一個古代女子的佳名，喚作「暗香」，不知宋代詞人，梅邊吹笛的姜白石老人以為然否？

2

上面的這段文字，寫於一九八八年的隆冬，或是一九八九年的初春，推算起來，應該是我最早的散文。那時，家中的喜事是生了兒子，而街頭也還沒有「喧囂與騷動」，就像福克納的長篇名作所

暗示的那樣。不知何故，經營了十多年的詩，一時難以再寫下去，於是轉而學寫散文。「書齋」是二樓與三樓之間早已廢棄的一間女廁，三平方米，狀如單人囚室。而我的家，則在三樓上，兩間小屋，除了幾櫃舊書外，別無長物。一場時代的大變故，蟄伏著，猶如天邊的隱雷，我卻渾然不覺，年輕的心境，因了這一樹臘梅，倒變得沖淡與隱忍起來。

這一段人生，就這樣拋擲在成都的小巷裡。尋訪舊書，騎著一輛簡化到只剩兩個輪子的「防盜牌」自行車。有一天，拐進青石橋農貿市場附近的東丁字街，一眼就看見了這家舊書攤。

蹲下來，將書巡視一遍，又進到室內，將幾個書架逐一檢閱，找出幾本合意的國學典籍。交錢時，試探著想省下一兩塊錢來，剛要開口還價，顯然是攤主的憔悴男子，斷然地說：「我這裡是不講價的！書無二價！要砍價，書留下，到別處買去！」

話有幾分衝，不像職業的買賣人。對初次上門的主顧，這樣的一番話，是很容易招致反感的。我抬眼看了看「老闆」，是個面善的人。這樣的言辭對待買書人，大概不全然是為了多賺幾個錢。

如數付錢，然後，道過謝，我騎車走人。這時，守攤的中年漢子突然從書攤上撿起一本書來，追了幾步，扔進我自行車前面用來裝雜物的鐵絲框裡。幾分鐘前，我算了算自己口袋裡的錢，已不足以買這本書，便將它放回了書攤。

「眼鏡，以後常來喝茶。你找什麼書，說一聲，我給你留意。」

我騎車穿過泥濘的、堆滿爛菜與垃圾的農貿市場。價值一兩塊人民幣的這本白白得來的書，使我想認識這個奇特的賣書人的願望，一下子強烈起來。

3

第二次光顧這家舊書攤時，他端出自己用的一個碩大的舊茶缸，請我喝茶。釅釅的，正是成都普通市民最喜歡的「三花」，茶缸的內壁，結了厚厚的茶垢，顏色莫辨。當時，我由京城畢業，分配到蜀都的報社工作，早就知道，四川人在喝茶上不分彼此，大家喝一個茶杯裡的茶是順理成章的事情，放在北京，或是我的家鄉湖北，準得讓被請的客人大吃一驚。

喝過幾口茶後，我通名報姓，他也簡單地說，他姓傅，叫傅耀先，擺這個舊書攤，活人，活命。問起他的家庭情況，他說，自己有兩個兒子、三個女兒，妻子沒有工作。這個舊書攤，是全家主要的收入來源。他特別提到自己的小兒子，正在讀初中，成績很好，將來一定要將他送進大學。說到這裡，漢子臉上飛出幾分喜氣。

嘆了一口氣，老傅說，我的這點生意，最近遇到了麻煩。城管部門的人，不准我將書擺在我門前的走廊上，說是「佔道經營」。你看，這樣窄的店面，進兩個讀者就轉不開身了，書不擺在走廊上，哪會有買主！聽他的語氣，似乎是想打聽打聽，看我這個「黨報」記者，是否可以幫他呼籲一下。

成都素來是書肆雲集之地。經過一番調查和採訪後，我在報紙上，發表了一篇成都舊書業的調查報導，其中特意用單獨的一段文字，描繪了這家舊書攤的經營情況和目前的困境。文章見報後，老傅別提多高興了，買了好幾份，分送給附近的街道居委會、派出所等單位，他們也出面，幫著向城管部門說好話。說來也巧，此後，城管部門的大蓋帽們，便再也沒有上門勒令他將書攤收回室內。

過了幾天，老傅竟然一路打聽著，尋到了我的陋室，端著一箢箕雞蛋，進得門來。妻子正在月子裡，不便出門待客，老傅在小

屋裡坐了片刻，喝了兩杯茶，便要告辭。送他下樓時，我好奇地問他，為什麼騎三輪車來呢？他說：「我不會騎自行車，只會騎三輪車。」原來，在擺舊書攤之前，蹬車拉客就是他的營生。為了來送雞蛋，他特意去仍然蹬三輪車的昔日夥伴家，借了這輛三輪車。

受人雞蛋之惠，我和妻子於心不安。老傅說這是成都人的老規矩，坐月子用的，我們也不好推辭。他臨出門時，已近八旬的妻子的老外婆，拿出自己親手做的冬瓜糖、蜜棗，硬塞給他幾包。他哈哈地笑著，也不推辭，蹬著車走了。

以後我到他的舊書攤尋書，他便不再收錢。這倒讓我很是為難。八○年代末，我是家庭負擔沉重的工薪階層，手頭確實不寬裕，這也是我十多年來只買舊書的根本原因；而老傅則要靠這個舊書攤養活家小，還要指望它為自己的小兒子攢下從初中到大學的教育費用。我若是硬塞錢給他，他便要勃然作色，說我看不起他這個「賣舊書的」。沒有別的辦法，我只有儘量減少光顧這家舊書攤的次數；即使去了，也儘量只挑一兩本自己實在喜歡、別處又無法買到的書。記得有一次，我發現了一本一八九五年美國聖公會出版的英文版聖經。那時，中文版的聖經尚且不易覓得，何況近百年的英文原版。見我將書捧在手中，摩挲不已，他拿過去，從一本舊畫報上撕下一頁，替我包好，塞在了我的懷裡。

以我對舊書珍稀版本行情的瞭解，這本書，他至少可以賣三百元人民幣。在當時，這相當於我半個月的工資獎金。

我回到家裡，將自己的藏書進行了整理，淘汰出大約兩百本價值不大的書，從單位的食堂裡借了一輛買菜專用的三輪車，拉到了老傅的舊書攤。

4

他的舊書攤，是典型的「前店後家」。從書架的窄縫中穿過去，是一間破敗的廚房，天光從頭頂漏下來，原來是半露天的，只有一半屋頂。順著一架梯子爬上去，便是閣樓上的兩間小屋，一家老小就擠在那裡。屋裡黑得很，印象中還有一個老太太，和他們生活在一起，不知是老傅的高堂，還是他的岳母。

日子一長，老傅的情況就知道得更多了：老傅先是從昆明醫學院學業未竟，遭厄後（至於是不是一九五七年的那場「陽謀」之厄，我沒有打聽清楚）回到成都，打工謀生，六〇年代末期，莫名其妙又來了一場不大不小的運動，口號是「我們也有兩隻手，不在城裡吃閑飯」。政府將在大城市裡沒有鐵飯碗的自謀生路者，統統下放到農村，逼迫他們從事自己完全不熟悉的農業勞動。這樣的德政，算起來實在不少。老傅就這樣被趕到了成都附近的崇慶縣農村，在那裡度過了十多年掙工分的苦日子，一直到八〇年代初，才想辦法回到成都。更令我吃驚的是，老傅的那麼多兒女，原來並非老傅親生，只有最小的那個兒子，才是他的骨肉。怪不得那張滄桑的臉，一說起兒子，條條額皺裡都是笑意。

初次到老傅家登門作客時，老傅將我介紹給那些成年的兒女，要他們稱我「程叔叔」。這真是令我尷尬莫名的一件事，因為明擺著，至少他的大兒子和大女兒，和我的年齡不相上下，稱我「叔叔」，他們無法出口，我也不敢應聲。可我也知道，老傅從骨子裡講，是那種舊式的中國人，一個原本應該在大醫院裡穿白大褂的知識分子，恪守著傳承幾千年的中國傳統社會的那種「禮數」，他不能將我這個因書結緣的忘年之交視為晚輩，儘管在年齡上講，他完全與我父親相仿，而我，以自己所謂的「身份」和「地位」，又哪裡能夠將他當長輩稱呼。

老傅高看我的，倒不在於我寫下的那點不成器的文字，而是我從鄉村到城市一路走來的毅力，以及對父母、弟妹的那份長子、長兄的「擔待」。有一天，他早早就關了鋪門，帶著小兒子到了我家，約我到錦江劇場內的茶館，要了一壺茶，幾碟吃食，請我將自己的求學故事，講給他的兒子聽。這個面皮白淨、鼻子上架一副眼鏡的聰慧少年，專注地聽著。我想，希望這個孩子將來有美好的前途，這不僅是老傅的心願，也是我內心的大願。

5

老傅的舊書，來自「收荒匠」。

在成都，有一群騎著自行車，馱著兩個筐子走街串巷，收購破舊電器、舊書舊雜誌的農村漢子，將收到的舊貨，賣到廢品收購站。別的舊書業主，只挑能夠賣出的，而老傅則不然，凡是上門來的「收荒匠」，他都一概照收。那些實在賣不出去的書報，他都轉賣給了郊外的磚瓦廠、鞭炮廠，用來墊磚坯或是裹炮仗，費事，又不賺錢，圖的就是不讓「收荒匠」白跑一趟。

然而，一座城市的舊書，原本就不是無窮無竭的資源，加上城市管理的日趨嚴格，走村串街的收荒匠越來越難以生存，他的書也就收得少了。另一方面，一座城市的買書人，特別是專門買舊書的人，數量也是很有限的。兩方面的因素加在一起，捉襟見肘的日子就難免了。

九〇年代初的一天，我到他的舊書攤去。他遲疑了片刻，說：「你手頭有活錢嗎？有的話，拿千把塊給我周轉一下。孩子們做服裝生意，賠本了，連帶著把我收書的錢都掏空了。」

幾年的朋友，這還是他第一次向我開口。當時，報社的收入有了較大幅度的提高，我也有了點可憐的積蓄。第二天，我帶了一千五百元錢，騎車到他的書攤交給了他。

　　此後半年，我再也沒有光顧他的書攤。

　　有一天，到他的書攤去，他責怪我說：「怎麼這麼久沒來？怕我覺得你是來催我還錢，所以不來？」喝著他的「三花」，我暗想，這個忠厚的人，卻也有這樣細密的心思，能覺察出人心的幽微之處。

　　過了一段日子，他收攤後到了我家，說是還錢來了。我接過信封，厚厚的一扎，比我借給他的，似乎多出了許多。我一數，整整三千元。我問他：「我借給你的是多少錢？」

　　老傅說：「三千塊啊！」

　　我說：「你多了一倍！」我一邊說，一邊數出一千五百元，遞還給他。

　　老傅一臉錯愕，有點懷疑自己的記憶。當時，我家的老婆婆也在客廳的沙發上坐著，數著念珠。老傅從我退回的錢中，抽出二百元，塞在老婆婆手裡，說是孝敬她老人家的。老人橫豎不收，說，你一大家子，日子艱難，我們的日子好過得多，哪能收你的錢！

　　令我和妻子完全想不到的是，坐在沙發上的老傅，突然「撲通」一聲，雙膝著地，端端正正，跪在瓷磚地板上，望著老婆婆，說：「您要是不收，我就在這裡跪定了！」

　　我急忙過去，將那二百元錢塞進婆婆的手裡，將老傅攙扶起來。至今我也不明白，老傅當時為何要行此大禮。

　　其實，這並不是我和老傅之間，第一次產生金錢上的來往：幾年前，我報考托福，報名費必須是美元。錢雖然不多，卻難住了我這個從來沒有見過美元的人。我記得老傅說起過，前一陣子，一位臺灣來的讀者，買了他的幾本醫學古籍，給了他一百美元。我將需要美元之事告訴他，他二話沒說，當即從屋子裡，拿出三十五美元來。後來，我因故沒有報名，將這筆美元退給了他。

　　一九九八年初夏，我舉家移民到了美元之邦，便再也沒有見到這個賣舊書的朋友。臨出國時，諸事忙亂，加上遇到意想不到的麻

煩，也沒有去向他辭行。我相信，這並沒有得罪他，因為，成都的任何朋友，我們都沒有辭行。

6

在美國，一切從零開始。在成都時買舊書、將書擦淨、補好、細細把玩的那份閑情與怡然，再也享受不到了。

更無從享受的，是清貧歲月裡那份醇如酒、濃如茶的人情味。

二〇〇一年夏天，第一次回國，在成都只停留了四天，白天實在無法抽出時間去看望老傅一家，臨走的前一天晚上，也與老傅相熟的好友楊永清，開車帶我去看望老傅。在街頭的雜貨店裡，我花五十多元人民幣，給老傅買了一條他愛抽的煙。楊永清說：「你為什麼不買百把塊錢一條的好煙？」

我說：「我買這條煙，可以保證是他自己抽；買更好一點的，他肯定留下送人了。」另一個原因是，我當時，口袋裡只有一百元左右的人民幣了。

可惜那天老傅全家人，不知去了哪裡，屋子裡黑咕隆冬的，喊了半天，無人應承。對面的一家髮廊，一位小妹正要關鋪門，見我們在喊，就問：「你們找傅大爺？」將我們讓進髮廊，顯然也是來自鄉下的這兩位妹子，和我們寒喧起來，說起「傅大爺」的好心腸、好品性，她們交口稱讚。我在一張紙上，給老傅寫了個便條，說我們來看望過他，沒有見到，這條煙，算是一點心意。下次回來，一定和他相聚。寫完，我掏出剩下的五十元錢，托髮廊妹一並轉交老傅。

其實，我的錢包裡，美元倒是有的。想送一點給老傅，轉念一想，又有點擔心，怕這兩個妹子靠不住。魯迅先生在〈一件小事〉中所鞭撻自己的那種「皮袍下的『小』」，就這樣不經意地浮出我的腦際。

　　時光流逝無痕。一年多前，聽說老傅的妻子「張姐」，偏癱在床，我曾托楊永清代表我去探望。我和妻子已經商量好了，下次回家時，一定要在經濟上，對老傅幫襯一下，雖然不能從根本上解決他的困境，至少可以回報他十多年的慷慨贈書，特別是給我家老婆婆的雙膝一跪。

　　前不久，我終於回到了成都。從機場接到我，一上車，楊永清說：「這回，我們必須去看看老傅了！」

　　我說：「那當然。你安排一下吧！」

　　楊永清說：「這回，要到另一個地方去看他了！」

　　我的心一怔、一驚、一陣抽搐：我這個買舊書的人，與這個賣舊書的人，已經天人永隔了。

　　第二天中午，我們開車去老傅家時，陽光很好。在車上，我暗暗地在心裡說，見到「張姐」，我一定不要哭。停好車，只見「張姐」坐在門前，守著攤子，一副拐仗斜靠在牆上。我奔過去，蹲在她的身邊，眼淚「嘩嘩」地奔湧而下。我的腳下，舊書依舊，是在富裕的美國，花再多的美元也無法尋覓的精神食糧。此刻，在我的淚眼迷離中，這一地的舊書模糊一片。

　　張姐說：「莫哭了，莫哭了。難得你心裡還有這個賣舊書的人！幾年不見，你長胖了呢！」問起他們最小的兒子，張姐說：「考啥大學！沒有考上，現在接了他爸爸的班，賣舊書的命，沒法子！」

　　無言的悲涼，為老傅，也為那個當年的白淨少年。

　　而我自己呢？舊書在蜀，故人在天。我伸出手去，觸摸到的，是這異國的冷夏，雲山千疊之外，洪波萬頃之外，經冬的臘梅和過年的炮仗之外。

汶川：我的關鍵詞

二〇〇八年五月十二日，四柱傾一，地崩西南。水旱從人、世少飢饉的天府之國西北，群山逶迤，岷江自北而南穿城而過的秀麗小城汶川，發生了中國有史以來最為強烈的地震。

我的筆力實在太過纖弱，無法寫出這場驚天之災的萬千慘狀，與絕地相救的種種悲壯，何況我遠在萬里之外的異國他鄉。我只能選取幾個詞語，以及和它們相關的若干場景，寫出我心中的那份感動，與哀傷。

蘋果

我院子裡的蘋果樹，今年花季錯亂。在隆冬十二月裡，它綻放出第一粒花骨朵兒。到了正該開花的仲春時節，它再也開不出任何花了，代之而起的是十幾顆小蘋果。

汶川是產蘋果的地方。在岷江兩岸的山凹裡，時常可見果園。那裡的人出山，往往帶一兩箱蘋果，往成都，或是重慶，送給親友，是既體面，又獨特的禮物。十幾塊錢的東西，又紅又

亮，甜脆多汁，看著就歡喜人。如果是進了城，這點錢，買任何禮物都拿不出手啊。

那天，我就接到了電話，是汶川的周輝枝打來的，說自己從山裡出來，帶了一箱蘋果給我，叫我到他住的招待所去拿。山裡人的禮興，難不成讓人家再坐長途汽車，搬回家去？於是，我騎著一輛破舊不堪的自行車，口袋裡揣著一根繩子，趕往城郊的小招待所。

到了那裡，發現我辦公室的同事李先生，也在那裡，拿他的那一箱蘋果。李與我同事多年，是這家省報文學副刊的兩位編輯。我們的關係，介於同事和朋友之間。

那些年，偶爾，我們會編發一兩篇周輝枝的小小說，或是散文。對於偏遠山區縣文化館的這位創作輔導員來說，這是不小的成績，關乎他的飯碗、獎金、在學員中的地位。他有時到城裡來，也會找到我的家門。簡陋的屋子裡，我以簡單的飯菜款待他，他每次都會帶給我一點山貨：板栗或核桃。他是一個年長於我近二十歲的山裡人，文化程度不高，能夠在縣文化館謀個國家幹部的鐵飯碗，他知足得很。有一段時間，他籌到了一筆贊助款，還辦過一個縣級內部文化刊物，刊名就叫《岷江》，也算是當了一回主編。

同事李先生是打的來取走那箱蘋果的。見我在往破自行車上捆紙箱子，李先生說：「放到出租車上吧，我給你送到家裡去。」我笑了笑，揮手示意他先走。一箱十幾塊錢的蘋果，來回的出租車費，少說也要三十多元，不划算。

從這個角度說，我還是一個鄉下人。

我覺得，還是用自行車去馱那箱蘋果，穿過整個成都，更珍惜情誼一些。畢竟，一路上的香氣，飄散在蓉城的小巷裡。

汶川的周輝枝，祈望你和你的家人，倖存下來。

人情

楊健鷹是寫詩的，後來不寫了。他和我同年，屬虎，或許，小一歲，那就屬兔。他從綿竹到成都來謀發展時，曾來找過我。那時，我住在兩間大約只有二十平方米的房子裡，剛生了兒子，空間侷促，手頭也緊。

詩友來了，便飯招待還是推脫不了的。去街頭的滷菜店，切一斤豬頭肉，菜市場買幾樣蔬菜、豆腐之類，雜貨店順便帶一瓶「韓灘液」，一塊五一瓶。吃、喝、慷慨激昂之後，微薰微醉之後，便安排他，在客廳的沙發上下榻。屋子裡是沒有衛生間的，夜間小起，得下三樓，去角落裡那個骯髒不堪的公共廁所解決。

第二天起床，發現他已經不知去向。書桌上，放著一張紙條，上面寫著：「寶林，謝謝款待。恭喜你生了兒子。這點錢，是我的心意。」三張十元的鈔票，放在紙條上面。

在八〇年代的末期，再添十元錢，可以支付一個月子保姆一個月的工資。

綿竹是中國的年畫之鄉。不久，我所在的報紙副刊部，組織到綿竹參觀這一四川民間文化的奇蹟。我找到楊健鷹，正巧，他生了孩子，是男是女我已經忘記了。我們坐在一條小河邊的草地上喝啤酒。我掏出五十塊錢來，硬塞給他，作為喜錢。

在民間，這叫「還情」。書面語，則是禮尚往來，所謂「來而不往非禮也」。

正是因為這尋常的一來一往，他成了我聯繫雖少，卻常在念中的朋友。

我多麼期望，那些倒塌的廢墟中，沒有任何人的孩子，尤其沒有他的孩子。

「壞蛋」

鍾正林也是寫詩的，在什邡的一所中學裡任教，比我略小一些。他很尊敬我，寫信、投稿，都是「老師長」「老師短」的。他曾和什邡的幾位寫詩的朋友，請我去玩。雖然，有新生的兒子牽扯著，我在一個周日，還是坐上長途汽車，到三小時車程外的什邡，和他們聚會。

走到半路上，車上上來了三個年輕人。他們在長途汽車上，搜索了一遍，徑直走到我的身邊，問我：「您是不是川報的程老師？」

得到肯定的回答後，他們高興得跳了起來。那時，既沒有電話，更沒有手機。他們寫來一封信，邀請我某天去他們那裡做客，我就傻傻地自掏腰包，坐三個小時的汽車，去見幾個詩歌作者。

那天，我們玩得很愉快。其中一位詩友，是一家鄉鎮鱗肥廠的辦公室主任，「午宴」就設在廠食堂裡。飯後我們還打了乒乓球。

可氣的是，不久，我就收到了一個小鄉場的一位詩歌作者的來信。他問：「您上次到我家住了兩天，招待不周。您帶走的詩稿，審讀了沒有？」

我很糊塗：自己去什邡，當日去，當日回，並沒有進誰的家門啊？

原來，鍾正林提著一個黑色的提包，到了開雜貨店的這位詩友家，假扮我，騙了兩天的吃喝，臨走，裝模作樣地拿走了那個作者的一疊詩稿。

後來，鍾正林拿著一包什邡產的茶葉，到編輯部來向我道歉。我們都是二十多歲的年輕人，他這個惡作劇的目的，不過是為了混幾瓶免費的啤酒而已。我原諒了他，同時，也暗自有些得意。

當什邡成為危城的時候，你在哪裡，壞我「清譽」的老朋友。

乳房

在美國的部分州，曾發生過在我看來不免荒誕的立法爭論：禁止在公共場所哺乳。有人說，婦女在公共場所，敞開胸懷餵嬰兒，涉嫌「性騷擾」。這些人建議：到衛生間去奶孩子。反駁者說：「你是在廁所裡吃飯的嗎？為什麼要讓嬰兒到廁所裡吃奶？」

「哺乳」是文雅的書面語，在我們鄉下，產婦們對於在大庭廣眾之下，袒露出豐碩、白皙的乳房，餵養小寶寶，絲毫也沒有羞澀之情。鄉下婦女，對於胳膊、大腿的裸露，相當敏感。除了下田勞動，他們絕不會光著胳膊和腿，在村子裡走動。那是要遭人戳脊梁的事情。但乳房卻是例外。少年時代，在田裡勞動，時常可以見到，奶奶抱著寶寶，走到正在插秧或割稻的田邊，當媽的就挺著、擺動著充滿乳汁的乳房，走到田埂上，一屁股坐下，解開對襟的衣扣，將乳頭塞進寶寶的嘴裡。講究些的女人，會稍稍側過身子，將乳房略為避開男人的視線；更潑辣些的，就那樣對著勞動的男女老幼。有愛開葷玩笑的男人，會用邪里邪氣的眼睛盯著那隻雪白的乳房，不陰不陽地說：「我也餓了。待會兒讓我也來一口！」

女人頭都不抬，話就飛出去了：「回去找你娘去！」

田裡「嘩」地就笑成了一片。

在我還是一個半大不小的十多歲男孩時，我看見過村裡，幾乎所有產婦的乳房。有時候，被野蜂螫了一口，手腫得像饅頭，奶奶就說：去找村西的劉嫂，讓她用乳汁給你擦擦。於是，半低著頭，找到劉嫂，口裡含糊著說明來意。劉嫂哈哈笑道：「小男孩子，倒懂得羞了。嘴裡含了蘿蔔？話也說不清！」一邊說，一邊解開胸口。我看見，她的衣襟前，永遠有兩塊銅錢大小的地方，對稱地濕濕著，那是飽滿的乳汁滲了出來。

當我看到來自江油的女警察蔣曉娟，用她圓潤飽滿、肌膚細膩的乳房，餵養災民的寶寶，且面對鏡頭，神色如常時，我只能用我的一句詩來讚美：乳房是美麗的。它的聖潔，語言無力表達。

可樂

「可樂」，是「可口可樂」的簡稱。在中國大陸，如果誰還費力地說這四個字，就是土氣了。

被埋在地下達八十小時的少年薛梟，名字有點怪。我還從來不曾見過誰將這個帶點強悍之氣的「梟」字用在名字中。在漫長的救援過程中，他和救援者，互相承諾，獲救後用可樂和冰糕款待對方。

因此，當他被從廢墟裡抬出來後，躺在擔架上，他說了這樣一句令全國，乃至全世界的觀眾都破涕為笑、哭笑不得、愛恨交加的話：

　　叔叔，我要喝可樂，冰凍的！

也許，對一瓶冰凍可樂的渴望，是支撐他頑強活下來的精神支柱之一。

美國可口可樂公司的老闆，聽到這個中國被困少年獲救後說出的第一句話了嗎？中國的最高領導人，又該如何解讀這句話裡豐富的文化與情感內涵呢？

讓中國的孩子們，更全面、更真切地瞭解那個誕生可口可樂的國家，既不將她說成是天堂，也不將她描繪成地獄。她是人間，一個和我們很不相同的國家。這個世界，幸虧有她。

畜牲

一隊軍人走在亂石滾動的山路上。記者遇見了一位年約六十歲的男子，一位老實淳樸的鄉民。

記者問他：「你是剛從山上撤下來的嗎？」

老農說：「不是。我是昨天趕回去的，回去放畜牲，把豬兒、牛放出來。」

突然覺得，這個老農，好像我去世多年的爺爺。

即使大難來臨，畜牲，也在農民的心裡。所以，即使冒著生命危險，也要將它們放出來，在田野裡遊蕩，自己找一條生路。自己何時能回到成為廢墟的家裡，只有天知道。但將豬兒、耕牛關在廢棄的屋子裡，活活餓死，這是絕對難以自我原諒的罪孽。

一位老太婆被困八天，靠喝雨水活下來。她養的兩隻黃狗，晝夜守候在她的身邊，引來了救援人員。可是，為了避免瘟疫爆發，當局決定，獵殺災區所有的狗。這兩隻救過主人姓名的狗，是否能夠倖免？我不知道，也害怕知道。

在報紙上，看到一張照片：一名警察，用手槍瞄準一隻狗。

這個畜牲並不知道，那人手裡的一小塊鐵，能瞬間要它的命。它更不知道，這個警察，很可能是平生第一次，對一條活蹦亂跳的生命扣動扳機。

臘肉

離都江堰不遠的地方，是青城山。「青城天下幽」，青城山老臘肉，海外四川餐館的招牌菜。

臘肉要用蒜苗爆炒，下鍋前，最好加一點四川的郫縣豆瓣、漢源花椒，和幾根自己醃製的泡紅椒，提味，增色。

在「一川亂石大如斗」的山路上，一位年逾七旬的老農，面容平靜地走下來，與記者和救援軍人側身而過。他的胸前、背上，掛著幾串臘肉。他說，他是冒險到屋子裡，將臘肉搶出來的。

在絕大多數災民一無所有的情況下，這位老農搶出了自己最珍貴的財產：十多斤老臘肉。

「手裡有糧，心裡不慌。」這是中國的老話。當大災驟然降臨時，幾塊親手醃製和晾曬的、肥瘦相宜、黃亮誘人的老臘肉，就是老家。

捐助

在網上看到汶川地震的消息，是在震後大約十多分鐘。我的腦子一片空白。我來自成都，千年蜀都瞬間委頓成泥的景象，在我的腦子裡閃現。

這是美國西部時間，晚上十一點半稍晚的事情。

喚醒妻子，她懵了片刻，輕聲哭起來。

震後第三天，我給美國鄰居寫了一封信，複印了四百份募捐資料，將世界日報上刊登的捐款資訊抄錄下來，貼在各家各戶的門口。

不算行善，只求心安。就像我在詩〈中國人，是我〉中寫的那樣：「那片受難的土地／曾有養育我妻子的街巷／曾有孕育我兒子的婚床／我的青春／我的理想／當她天崩地裂的時候／我不在那裡／我的院子裡鳥語花香。」當我足跡曾至、朋友生死未卜的那片土地上，人民在受難，人民在救難時，我萬里之外的寧靜生活，顯得這樣奢侈和罪過。

令我感動的是，每當我冒昧地敲開一戶美國人家的門，人們得知我來自成都，第一句話都是：「你的親戚朋友平安嗎？」有一位鄰居，離我家不遠，是一位坐在輪椅上的殘疾人士。隔過紗窗門，他說：「謝謝你來敲我的門，給我送來這封信。」

美國人，不是中國電影、報刊雜誌上的那種。

溫家寶先生在救災現場，遇見的第一個外國自願者，就是美國人。

堂堂大國總理，對一個「路遇」的美國青年說：「我代表中國政府，向美國政府和人民，表示感謝。」

數以億計的中國青年，中國未來的主人，他們將成為美國的朋友，還是敵人？這是一個哈姆雷特式的問題：

"To Be, Or Not To Be!"

2008年5月23日，無聞居

廢園紀頹

　　搬進來的第一天，打開窗簾，見到滿園的衰敗和蕪雜，心裡便生了幾分歡喜。一個散淡而疏懶的人，一座廢棄的園子，兩相廝守，是最相宜的。若是換了一座落葉盡掃、雜草不容的花園，這份閑雲野鶴般的閑適，就會被襯托得頗為惹眼了。所以，居家的日子，如果非有一座後園不可，那園子就一定要和我租住公寓的這座後園一樣才好。

　　書房的窗前，三尺外的院子角落裡，立著一株樹，葉子一年四季不經意地綠著，就像一個懶得換衣裳的人，全年總是一襲青衫。沒留意它開過花沒有，更沒有想過它叫什麼名字。生於農家，長於田野，我認得多的是南方的莊稼，中國的南方，一條混混濁濁的大河流過的地方。對於草木花卉，心裡雖然喜歡，卻並沒有下過功夫，從植物學的角度瞭解它們。好在樹啊花啊，也並不在意自己的名氣，兀自開著，兀自綠著。初夏、深秋、隆冬，轉眼之間，時序的輪子，又轉到了「雜花生樹，群鶯亂飛」的這一環。遺憾的是，這裡不是江南，是美西，太平洋的和風，就

在海面上醞釀著，距這個季節的中心點──也就是我這座廢園的直線距離，只有三英里。

提起江南就不由得想起余光中老先生的詩歌名句：「那麼多的表妹走過荷塘／我只能採摘其中的一朵。」那是多麼美麗動人的一幕！巧笑倩兮、美目盼兮的一群，衣香鬢影、環佩叮噹的一群，唇綻榴齒、蓮步乍移的一群，好像剛剛散了海棠詩社的酬唱，去赴賈府的瓊宴。她們的身影，那河柳的婀娜，那楊柳的飄逸，看一眼，啊，只看一眼，就讓我夢見瀟湘館裡那個回眸一望就看透我們不過是「泥做的骨肉」的表妹！時令尚早，「採蓮南塘秋，蓮花過人頭」的景象，要在漢樂府裡，要在秋涼之前才會出現，現在，蓮塘荷殘，宿雨聲歇，哪一朵蓮花第一個在夏天出水，出嫁，還要些日子才看得分明。

從對古典江南的鄉愁裡收回思緒，再看一眼窗前的樹，竟然發現了一枚青春的，拳頭大小的果實。我急忙放下手邊的俗務，跑到院子裡，仔細端詳，竟是一顆柚子。我這才知道，原來這是一株柚子樹。我不由得會心一笑：再謙遜的樹木，結出的果實也會透露身份。這顆小小的柚子，供認了自己的母親。就像小時候，一位女同學帶了一枝玫瑰到學校裡，讓我認這種冷艷的花朵。我們這些鄉下孩子，聞慣了土生土長、濃香撲鼻的梔子花，哪裡見過這種高傲的花魂花魄。女同學用花刺輕輕扎了我一下，嗔怪說：「記住，有刺的是玫瑰！」我由此終生不忘那朵玫瑰，那根刺。

我日常的功課之一，就是觀察這顆柚子。我很奇怪，我搬到這裡，與這株樹相守相望已經三年多了，它為什麼直到今天才結出果子，而且只結一顆，就像祖國的生育政策？是哪一陣潤物無聲的細雨、哪一隻狂的蜂、浪的蝶，使這株處女之身的柚子樹懷孕，第一次誕生這顆青春的果子？那條懸掛柚子的細枝，每一天都在令人不

易察覺地朝下方低垂一點點，使得樹枝呈現出微微的弧度。對於世界來說，一株柚子樹第一次結了一顆柚子，且新生的柚子正漸漸長大，這是完全可以忽略不計的小事，但對於這座廢園來說，卻是一件喜事和大事了，且使得整座園子一下子充滿了生機。在這一片衰敗和荒蕪中，大自然以它自身的神秘，創作了一顆柚子，展覽在枝頭，「苟日新、又日新、日日新」。宇宙萬物生生死死的造化，就這樣憑一枚青柚說出。

有一天早晨，推窗而望，柚子不見了，以為是哪個無聊的鄰人，摘去當了水果。走到院子裡，往樹底下仔細一瞧，原來那顆柚子已經躺在草叢中。或許是夜裡的一陣風，將它吹落，也可能是它自身的重量，已經超過了一根樹枝的承載能力，所以，它自行脫落，重歸大地。我對兒子說：「這一顆柚子，使這座廢園成了果園。」兒子爭辨說：「但是，你只有一顆柚子啊！」

是的，我只有一顆柚子，但一顆已經足夠！造物主的贈予，我們即不能全部留存，更不能盡數帶走。一顆柚子，已足以證明一個季節的飽滿與圓潤。

在院子的另一角，立著一株玉蘭樹。大概一年開兩次花，一次的花期是在冬天將盡未盡的時候；另一次，或許正當初夏與仲夏之際吧。花朵很大，白中透紅，望上去就像滿枝滿椏都停滿了鴿子。記得在北京讀書時，校園裡的柳樹剛剛吐出一丁點芽苞，就有女同學在班上邀約，嚷嚷著一起去頤和園看玉蘭花。那些看玉蘭花的女同學，如今或許更愛看的是股市行情牌上的紅漲綠跌吧？股市的紛繁世事的紛繁與花事的紛繁，就這樣糾纏在一起，難解難分。而昔日的看花人，如今也已漸成養花人了，在「看」與「養」之間，是二十年的逝水、二十年的流雲。

在園子的東牆上，是一面石壁，上面爬滿的植物，我卻從小就認識，那是金銀花。小時候就知道這是中藥的一種，有清熱解毒的功效。曾提著小竹籃，到樹林裡採摘，洗淨、晾乾後賣給供銷社，能賺個五六毛錢，夠買好幾個練習本了。金銀花的花期很長，前些日子，冬天最冷的時候，我遠看到葉子早就枯了的金銀花：一根金，一根銀，金的耀眼，銀的也耀眼。我伸手摘下來，洗淨後放在茶杯裡，捏上幾根上品龍井茶，用滾水一沖，一股清香撲鼻而來，是真正來自植物深處、任什麼化學公司也無法合成的那種純粹的香氣。兩根金銀花在茶裡翻滾、沉浮，隔著玻璃茶杯，看上去像極了古代仕女頭上的金簪和銀簪。

舊金山的雨季，是在頭一年的十二月開始的，到次年的三月前後結束。所以，園子裡的草，到五六月間，經大太陽一烤，就全都黃了，一尺多長的草莖，自由自在地枯著，不傷時，更不悲秋。但是，冬天裡的幾場夜雨一澆，太陽一曬，鵝黃嫩綠的草芽芽，就得理不饒人似的，霸佔了這座院子。連我擺著一張小桌、在夏天品茗讀書的那棵玉蘭樹下，也有小草從桌腿的底部鑽出。

這個時候，我留意到衰朽的木柵欄，有一塊已經裂開了，與鄰居家的院子相通。我知道，這是鄰居家的貓到我們這座廢園造訪的通道，它們的來訪，不需要護照，也用不著簽證。有時候，可以看到一白一黑兩隻貓，在草叢中翻滾、戲逐，兒子的眼睛就離不開它們了。孩子從小特別喜歡貓。他對貓的那份愛，是我的語言無法表達的。在他的床頭，擺著好幾張貓的照片。那是他留在故國、留在童年的最親密的玩伴，他對於祖國的主要牽掛和回憶。

夜裡，鄰家的雌貓發出了第一聲長長的囂叫，傳達出求偶的信息。記得童年時，老家老輩子的人，聽到貓的夜啼、貓在青瓦屋頂

上急促跑動的聲響,就會喃喃地說:「今年的貓叫得早,怕是日子暖和,要早點下秧苗呢!」

尚不諳人事的兒子問我:「爸爸,貓為什麼要叫喊呢?」

我用英語回答他說:她呼喚他的季節。

老家的老輩子,是用另外兩個字來說這回事的。這兩個字,不像我說的這樣帶點詩意,這樣委婉而含蓄,卻無疑生動、傳神得多,且多少隱含著一點不堪與曖昧的意味,很值得琢磨。這兩個字我不說,任誰都猜得出來。

兒子的中文程度有限,不知道spring這個詞在中文裡有萬千種含義和暗示,有許多都跟性與愛密切相關。其實,誰真正懂得這個季節呢?這個人類戀愛、生物交媾、雄性躁動,雌性不安的季節。

三月的風吹過的地方,所有的桃花都懷了身孕,所有的梨樹都有了私情。漫步在異國客居的廢園裡,我這雙初入中年的倦眼,竟也漾出了青春歲月的那一片桃紅與柳綠,在千山外,在故園中。

蕪園紀趣

1

鄰院與我們居室的院子之間，舊的木柵欄被拆除，換上了新的。未經油漆的木頭，在太陽西下時閃爍著質樸的光澤。小而言之，那是一顆樹的光澤；大而言之，它就是一片森林的光澤了。與之相映襯的，是一大片濃鬱的綠葉，掩藏著一枚低垂的柚子。

我們的院子裡，也有一株柚子樹，今年卻沒有結出任何柚子。所以，從春天到夏天，看鄰院的柚子由小而大，漸漸成熟，就成了我「移情別戀」的原因和結果。前兩天，鄰居一家人，提著竹籃，架起木梯，爬上樹來採摘新熟的柚子。我覺得，滿樹的果實，掛在那裡，凝綠的色彩，比任何水彩畫都更為鮮艷。那是審美之樹，一旦採果而食，這樹，也就變成功利之樹，沾了些世俗之氣了。雖然心裡這樣想，我卻並不能加以阻攔，因為，那畢竟是別人的果樹。

問題就在於，有一顆柚子，躲在伸入木柵之外的樹葉中，高懸在我們這邊的院子裡，採摘的

鄰人在自己的院子裡，可能無法看到它，所以，它倖免了被採摘的命運，依然掛在枝條，是一枚活著的、仍然在生長的水果。

在院子與院子接壤的木柵這邊，是我們的蘋果樹，在六月中旬，它的果實仍然只是紅紅的幼果，恐怕要等到九、十月才會長得豐滿而甜美吧。隔著柵欄，柚子樹和蘋果樹的枝葉伸展在一起，糾纏在一起，但一棵柚子和一枚蘋果，卻實在沒有多少話可以交談。它們隔著好幾個月的時間差，生即不同，死亦有別。

鄰人將一棵柚子留在枝頭，對我，構成了小小的誘惑。水果這種東西的可愛與可惡之處，就在於它能喚起人潛意識裡「偷摘」的慾望，在這一點上，它的秉性簡直與鄰家的美人無異。所以，一本正經的吾國祖宗，在教育人們當道德君子時，會搬出「瓜田不納履，李下不整冠」的古訓，可見，行走在李樹之下、瓜田之中，伸手偷摘的念頭，人人都庶幾有之。而在我們所客居的美國，亞當夏娃的故事，更是無人不知。那枚被偷食的禁果，是紅紅的蘋果，如果換成泥土裡的地瓜或紅薯，創世紀的故事，就絕不會這樣美麗如詩了。

水果的命運，不外乎三種：其一，被人或鳥吃掉；其二，墜落地上，委頓成泥；其三，懸掛枝條，由春而夏，經秋歷冬，豐潤漸失，甘美自消，慢慢被風吹成一枚乾果。

2

院子裡的蘋果樹剛開始掛果，其中一根樹枝，卻不知為何竟然折斷了。說是「折斷」，其實並不確切，因為樹枝的一半，還與樹幹連接著，使得這根遭遇不幸的樹枝，還多少保留著一點「折而未斷」的幸運。

在這根折斷了一半的樹枝上，長著一百多顆小蘋果，粉紅而嫩，說它們是新生的嬰兒，或是巢中的幼鳥，都是很生動的比喻。在蘋果樹這個大家庭裡，這棵樹枝上剛剛綻出的小蘋果，原本與其他樹枝上的蘋果並無二致，所得到的來自大地的養份，都是相差無幾的。可是，也許是半夜裡的一陣風，也許是哪個無聊住戶的攀爬，總之，這根蘋果枝折斷了一半，原先伸向天空的枝條，現在向地面低垂下去，掛在這根枝頭上的幼小蘋果，與其他樹枝上的蘋果弟妹，就不免有了些區別。

如果這根蘋果樹枝完全折斷，掉落在地上，那情形又另當別論：一根蘋果樹枝死了，依靠它供給養份的小蘋果，便不會有任何一顆倖免。中國古語「傾巢之下，無復完卵」所蘊涵的生存哲理，適用於殘酷的政治社會，但用來喻指遭遇厄運的蘋果枝，也同樣恰如其分。不同的是，這根樹枝並沒有完全折斷。它還頑強地活著，用僅剩一半的枝幹，仍在向依賴它生活、成長的一百多粒小蘋果輸送養份。看得出來，它在苦苦支撐著，忍著、熬著，希望自己的兒女——這一百多顆果子，也能和其他樹枝上的小蘋果一樣，平安地長成紅潤、飽滿、甘甜的大蘋果。

但悲劇正在這裡：這一百多顆小蘋果，每一天都在長大。儘管它們所得到的養份，很可能會少於那些沒有折斷的樹枝上的蘋果，導致它們在生長的過程中，多多少少顯得有些營業不良。但是，它們終究都在成長，每一天，都在增加這根樹枝的重負。漸漸地，這根低垂的蘋果枝，朝地面垂得更低，快要支撐不住了。

蘋果究竟長到多大時，這根半折的蘋果樹枝，才會承受不起自己兒女的重負，而終於「嘎」地一聲，徹底折斷，掉落地上？這根斷枝給蘋果輸送的愛，將最終導致自己的毀滅。從這個意義上講，

大自然的任何悲劇,無論多麼微小,小到一粒螞蟻的遲歸,小到一枚青果的早墜,都是驚天動地的。

我坐在蘋果樹下,品茗、讀書,無須喧囂,不慕榮華,體味平安和寧靜的生活,真有一種無言之大美。頭頂上這根半折的蘋果樹枝,將我的玄想引向渺遠。我知道,我輕而易舉就能用繩子或鐵絲,將這棵斷枝捆綁結實,確保它能平安進入秋天。同樣,我也深知,這樣舉手之勞的援助和愛心,施之於人,尚且不易,施之於草木,可謂難哉!

3

忘了是馬克‧吐溫還是海明威曾說過這樣的話:舊金山的夏天,是最冷的夏天。其實,這句話這樣說或許更為有趣:舊金山的夏天,是最曖昧、最模稜兩可的夏天──天空藍得發暗,太陽亮得晃眼,可就是熱不起來,且不說夜晚一床不薄的被子必不可少,單是早晨起床時那一份薄霧般的清寒,就頗讓人有些貪戀床褥,而懷念起能大口喘氣、痛快流汗的夏天來。

冬無嚴寒、夏無酷暑,所謂「四季如春」的地方,在我看來,不管其風景如何殊絕,都不過是一個平庸的地方。這種四平八穩的氣候,或許適宜於體弱多病的退休老者安度晚年,對於年輕健壯的肉體、對於渴望冬沐冰雪、夏曝毒日的心靈來說,就不免是小小的折磨了。從這個意義上講,三面環海、兩橋飛架的舊金山,就不是我真正心儀的家園。

幾天前,在菜市場偶然買得葫蘆一顆,覺得異常親切,夏天的氣氛,一下子就濃起來。這種尋常的蔬果,在老家的鄉下,本無人多看一眼,而到了美國,卻成了難得一見的東西了。鄉間可以食用

的蔬菜和瓜果，種類繁多。雖然它們色彩各異、形狀不同，但適合入畫的，卻只有幾種，葫蘆就是其中之一。如果我沒有記錯的話，白石老人的水墨畫中，就有不少寫的是葫蘆：兩三根竹杆斜支，幾片寫意的闊大葉片下，垂懸著一顆青色的葫蘆，圓潤、光滑、細嫩、美麗如同瓷器，正在通過藤蔓，吸吮大地的乳汁。

大凡藤類瓜果蔬菜，都宜於攀架而生，如四季豆、豇豆、峨嵋豆、黃瓜、絲瓜、苦瓜。覺察出瓜果之美，並以詩讚之的，千年以來代不乏人，當代臺灣詩壇的大詩人余光中先生，就有詩集《白玉苦瓜》行世。在他的筆下，先苦後甘的苦瓜，晶瑩凝綠、乳色映光，真正象徵了博大精深的中國文化。苦瓜是我極其喜愛的，「乾煸苦瓜」這一道最簡單的川菜，我居川十數年，竟沒有學到家。

現在，葫蘆在手，我把玩再三，如同賞詩。葫蘆的採摘季節很短，採得太早，葫蘆過嫩，食之可惜；採得太晚，葫蘆又老了，只好讓它繼續懸在棚架上，等秋天乾枯後，取下來做成「瓢」。據我所知，葫蘆這種東西，在《詩經》裡就有記載，與韭菜一樣，堪稱中國最古老的蔬菜呢！而原初意義上的「瓢」，就是葫蘆所製，舀河水、舀井水、舀泉水，舀不乾的，是中華民族綿延五千年、如涓涓細流的文化和傳統。

如果有一天，我能夠擁有自己的後院，我不種花，也不種草，只搭起稀疏的棚架，種幾粒絲瓜、苦瓜和葫蘆。夏天來臨時，看它們的藤蔓攀爬到竹架上，圓的葫蘆、長的苦瓜、細的絲瓜，從枝葉間漏下來，只要看一看，夏天的暑意就已消了大半；如果在瓜棚之下，安一方小桌，沏一壺涼茶，那就更有淵明採菊東籬的意境了。

確實，連個瓜棚豆架都沒有，無以為家，何以為家！安妥我靈魂的家園，就在竹影橫斜的瓜棚豆架之下。

松風之間

1

　　沒有想到，今生今世，會有守望一大片林子的這一天。

　　十九世紀六〇年代，舊金山市議會決定，在州政府贈送給市政府的一塊緊鄰大海、幾乎寸草不生的沙丘上，修建一座巨大的公園。據楊芳芷女士所著《一個讓人留心的城市》所述，當時，舊金山的城區還很小，尚未開發到雙子峰以外的區域。將長達十一英里、寬達半英里的偌大一塊人迹罕至、荒無人煙的沙地，預留成公園，遍植草木與花卉，想必當時的議會裡，也定然是有一番激烈爭論和交鋒的。慶幸的是，議會作出了正確的決定。

　　輪到我來擔任這座森林的守林人時，已是一百三十年之後。當年屢種屢死的小樹，如今，任何一棵都粗壯得非兩三人不能合圍。成千上萬的巨樹，連綿成一片森林。沒有圍牆，更不收門票的這座公園，成了我隨心所欲徜徉與徘徊的樂園。而漫坡漫野的草地，也任憑我肆意踐踏與

躺臥。這座公園的第二位締造者、愛爾蘭裔的設計師約翰‧麥克拉倫，在十九世紀八〇年代，力排眾議，廢除了「請勿踐踏草地」的禁令，也因此為自己贏得了一尊銅像。在美國這個以「自由」為最高價值的國家，他的破天荒舉動，解放了遊客的雙腳，大大增強了他們與公共綠地之間的親和力。都市森林這碧玉妝成的紐帶，拉近了市民與大自然的距離。

我遷居到與金門公園僅一街之隔的這個住宅區，原本沒有將公園列入考量之中，心中只想著讓孩子就近讀書。等到搬入新居，將一應傢具、書籍各就各位，抽閑往門外一走，這才真正意識到，在兩、三分鐘的閑庭信步中，不經意就走進、融入、消解於那一片林海、那一片松濤的蒼莽與蒼茫之中了──如果是在暮色降臨、華燈初上時走入金門公園，你真得可以觸摸到所謂「薄暮」，一份薄如蟬翼的「薄」，竟帶有絲綢般的質感和紋理。在公園的西邊盡頭，是落日熔金的太平洋，西風殘照，不是漢家的陵闕，而是金山的林莽，幾縷漸暗漸沉的餘輝，先是將綠色的葉片塗暗，繼而將樹幹與樹幹間的空隙填滿，不知不覺中，痴迷於大自然聲色變幻的這雙眼睛，也驟然暮色四合了。這時，你準可以聽到林子深處，在一片灌木叢和蘆葦的環繞中，傳來三兩聲「嘎嘎」的鴨鳴。

滿湖都是水禽，少說也有數百隻，白的、灰的、褐的、黃麻色的，我認得出的，卻只有野鴨。妻子是崇尚浪漫、具有唯美傾向的人，比如，她稱這個小湖為「天鵝湖」，而我，寧肯叫它「野鴨塘」更為貼切一些。一條穿過公園的馬路，正好經過這個鴨塘，便時常有好事的人，將車停在路邊，帶著麵包、餅乾等零食，來討這些野鳥的歡心。

在美國，連一隻鳥都是自由的，卻並不見得安全。有一天，晴空萬里，湖中的野鳥都在嬉戲，悠遊。突然，從天空中，一隻黑

鷹像一道黑色的閃電，垂直地掠向水面，「噗」地一聲，引來鳥群的嘩然騷亂。所有的翅膀都向天空展開，無論是捕獵者，還是逃亡者。這一切發生在瞬間，湖邊的遊客，全停下了腳步，向這波瀾不驚的一池春水望去。那隻黑鷹，沖天而起，利爪下撕扯著一隻褐色的水鳥。鳥與鳥向更高更遠的天空飛去，幾根羽毛飄飄搖搖，向樹林、湖水和大地，緩慢地挨近。鷹翅掠過太陽的時候，將鳥影投入我的雙眸之中，我不知道，我黑色的眼睛，是否因為鳥影，而在瞬間變得更黑。大自然的律動，與造物主的律法，在經過了瞬間的演示後，歸於無聲與無形。對於一隻鳥，以及另一隻鳥，我又能做些什麼或說些什麼？它的發生與結束，也正如閃電，我既不能收藏，也無力摹寫。在麗日藍天之下，一場命運的雷暴，就這樣降臨在鳥群之上。

樹的自由我卻可以體會。它們的恐懼來自金屬與火。我敲了敲身邊的一棵冷杉，問它生長在美國的土地上是否快樂。它一聲不響，顯然聽不懂我用漢語提出的這個問題。不過，我相信，草木無語，卻自有草木的敏感。它一定能感覺到，我是一個與鋸子和斧頭毫不相干的人。

2

夏天是我盼望的，因為野草莓漸漸成熟了。

今年夏天，一天散步時，偶然發現了一篷野草莓：暗紅的、大紅的、深紅的，盡是硬而澀的果子，兩三個日頭之後，星星點點的，都變成淺黑、紫黑的熟草莓了。伸出手去，摘下最飽滿豐潤的一顆，放在鼻子前，輕輕一嗅，吸入的，絕然是草莓，而非櫻桃的果味。放入口裡，先是微微的酸，細微到似乎覺察不出，隨後便是

很誇張的那種「野甜」。對於這樣野生的果子，對於一粒一粒果子中儲藏、釀製的來自陽光的甜蜜，我只有杜撰這個詞語，才對得起它們給我的口感和美感。

發現了一篷野草莓後，四下一望，原來，公園裡這樣的野草莓，竟然遍地都是。

這真是我不小的福份。很多年，我都不曾如此在意、如此盼望時序的輪回了。在夏天裡，我們可以做更多的事情，其中就包括，一大早，拿著一個專用的塑料袋，跑到公園裡，採摘還帶著露水的野草莓。這個時候的感覺，特別像一個勤勞的果農，而你自己比誰都清楚，在書本和書齋之外，這一片都市裡的林木、花卉、禽鳥、植物，都是你生命的元素，並成為你活下去，愛一切美好與美麗事物的理由。它們作為一個整體，賦予了大地以鬱勃的生機；它們作為個體，則構成了大自然美麗的陷阱。我陷落在一枚甜熟的野草莓中，與一隻蜜蜂陷落在一朵快要開敗的花蕊中，又有什麼區別呢？

不稼不穡，採果而食，令我遙想《詩經》的年代：「采采卷耳，不盈頃筐」，或是《楚辭》的年代：「朝飲木蘭之墜露，夕餐秋菊之落英」；甚至，想起「採蓮南塘秋，蓮花過人頭」的漢樂府年代。時光的箭矢，就這樣從後工業時代，逆時而飛，一瞬千載，讓我重回恬靜、安寧、人與大自然融為一體、合二為一的理想境界。果實從原生的狀態，經過簡單的清洗，而成為腹中的食物、心裡的歡喜，這樣的機遇，這樣的場景，已經越來越難以遭逢了。當我伸手採摘更遠一點的一枚野草莓時，我的手被草莓刺輕輕地劃破，一道白色的劃痕中，滲出幾絲血珠來。植物保衛自己果實的尖刺，讓我的手在被野果染紫的同時，也不得不暗懷難以覺察的血痕，這真是公平之至的事情。

　　鄉村憶，最憶是田野。成長的過程，恰如野草莓在陽光下，漸漸褪去青澀，艱辛和貧困已是過眼的雲煙，記憶深處沉澱下來的，盡是嬉逐於野、赤足奔跑的快感。這種最本真的歡樂，源自泥土，也最終歸於泥土。當田間的稻秧一片青葱時，田埂上偶爾一見的野草莓，也結出了一粒粒果子。將熟透的幾粒，盡數摘下，順手用荷塘邊的一片荷葉包了，握在掌中，向在附近放牛的鄰家女伴走去。一片荷葉，綠得純粹，襯托著幾粒紫色與黑色的草莓，看上去，不是瑪瑙，就是寶石，說不定，更是一輩子姻緣的媒證呢！反過來，如果將野草莓包在潔白的手帕裡，悄悄牽牽你的衣角，塞在你沾滿泥巴的手中的，是那個少年時代的女伴。你後來走遍天涯海角，娶嬌妻，駕名車，錦衣玉食，但只要一想起「青梅竹馬」這樣古典、遙遠的詞，難保沒有幾分不合時宜的感傷，幽幽地，不經意地，飄過你的心頭，如晨嵐，如夕霧，你看得見，你握不住。

　　夏天來臨了，我要偷偷地去採摘公園的野草莓。畢竟，我是詩人，野草莓帶給我的，不僅是夏天，而且是童年；不過，我也是俗人——我怕遊客們驚詫的眼光，更擔心妻子嚴屬的禁令——她不知道，一粒野草莓，由採，而洗，而食，我的心靈經歷了一場小小的洗禮。在對天地萬物的感恩中，我這顆有時落寞，有時慵懶，有時甚至厭世的心，綻放出它勃勃的生機來。

3

　　把整座森林變成我的閱覽室，這種奢侈歸功於妻子的辛勞，使我暫時不必為衣食所憂，同時，也是與公園比鄰而居帶來的最大享受。

　　早晨起床，開車將妻子送到上班的地方，將兒子送到上學的地方，我就該到自己讀書的地方去了。先燒一壺開水，用一個細長的日本清酒瓶，權充茶杯，沏一瓶好茶，開車兩分鐘，就隱入公園的蒼松翠柏、野草繁花之中了。我最喜歡的一個去處，是一個類似中國鄉村堰塘的小湖。如果說其他的湖，棲息悠遊的都是水鳥、野魚的話，這個水塘裡，多的卻是烏龜。塘邊長著一大片蘆葦，隨風搖曳，秋深時，葦花如雪，給四季如春的舊金山，平添幾許純潔與疏朗的雪意。如果是太陽最熱最亮的晌午來到公園，則是另外一番光景：烏龜都到岸上來曬太陽，而在不遠處的草地上，也有閑散的男女，鋪了浴巾，抹了防曬霜，就那樣脫得隻剩下幾條窄窄的布片，遮住人體的緊要處，交頸而眠，或者，乾脆就像烏龜那樣，赤裸的背，抵著赤裸的背，一雙白色的腿與一雙黑色的腿，在膝蓋以下，糾纏在一起。

　　停好車，搖下車窗，呼吸第一口林間夾雜露珠、剛割過的草莖、與松油馨香的空氣，直覺得渾身的每一個器官、每一個毛孔，此刻都已浸潤在大地的呵護和寵愛中。讀什麼樣的書，常常讓我猶豫不決：作為一個熱愛英語的人，生活在英語的國度，並決心今後靠英語謀生，我對於英文書籍的喜愛，已經有了漸入骨髓的感覺，而我也深知，其實我最想閱讀、高聲朗誦的，卻是中國古代的典籍。我是想修身、齊家、治國、平天下的孔子的傳人；我是仁者愛人、行仁政，以德服人，近者服、遠者歸的孟子的後人；我是知其不可為而為、知其可為而不為的老子的後人；是鯤鵬展翅、扶搖直上九萬里，逍遙於南海北溟的莊子的傳人。生在當代，身寄異國，在一片落地生根的喧嚷中，我獨享這一份透徹靈魂的孤獨和謙卑，俯身草木，仰望祖先。

　其實，最美麗的風景，正在人間。前幾天，我發現在我停車的大樹之側，停著一輛箱型車。開車的是一位年約七旬的老太太，銀髮、鶴顏，面容慈愛而堅毅。只見她從車上，搬下一張輪椅，穩穩地放在車門口，然後，從車內攙扶出一位老年男子，將他安頓在輪椅上。在將輪椅推到林間小道上之後，老婦人扶起男子，兩人在林間跳起「舞」來。可那是多麼奇異的一種「舞蹈」啊！男子的雙腳拖在地上，隨著老婦人的舞步，象徵性地挪動著，完全不聽使喚。我留意到，老婦人的腰間，扎著寬大的黑色「護腰」，是雜貨店下貨的搬運工所束的那種。這樣的「舞蹈」持續約二十分鐘後，老婦人將男子安放回輪椅裡，開始讀報給他聽。男子的臉彷彿在歲月中凝固了，表情漠然。不知怎地，我突然想起我們中國的一組古老的詞語：「白頭如新、傾蓋如故」。婚禮上的誓詞，教堂裡的鐘聲，已經飄逝在幾十年的歲月裡了。這一對垂暮之年的恩愛夫妻，竟讓我呆坐在車內，許久，思緒無法收歸書本。

　　一陣風起，松針飄墜，落在車頂。細小的聲響，傳遞出無窮的禪意。我已非我，我已忘我，我已化入松風之間，無懼、無言，生命的甘露如絲如縷，潤濕了我對於一草一木、一涓一滴的萬般感念。

孤絕人生

　　夏威夷四面環水，我住的小城，名叫Mililani，在本地的土語中，是「舉頭望天」的意思，用英語表達，就是look skyward。水天茫茫，「秋水共長天一色」，四顧茫然，自然只有天可看。

　　我的日常生活，也不外乎這樣：早晨五時三十分左右，在森林的鳥鳴和雞鳴中起床，洗漱後上網片刻，簡單早餐後，開車到學校去。出門，從密不透風的森林谷底，路過一片被圍起來，不知作何用途的小平原，經過一個高爾夫球場，便到了學校。學校的後面，也是一片密林，樹木有點像白樺樹，而前面，則是一片荒草甸，我親見有野豬出入。

　　備課，教課，自有其樂趣在。值得一喜的是，同事們都自己備有燒開水的家什，我也不甘人後，將一個電熱水器帶到了辦公室。有了茶，心就安了一半。

　　下班之後，無地方可去，只有回公寓。公寓的游泳池，從中午十二時起開放，至傍晚六時關閉。我回家，約在下午四時三十分以後。此

時，已經相當餓了，胡亂弄點東西吃，然後，去游泳。池中常常並無太多「遊客」，我喜歡潛入水底，像小時候一樣。而小時候同游的夥伴呢？有的死了，有的被囚。他們知道我被命運驅策著，獨自到了這個被稱為「人間天堂」，但一磅紅辣椒售價達八美元多的地方嗎？

美國的文化，說到底，是一種「孤絕」的文化。人與人之間，交談不易，交友更難。你初認識一個人，總想知道他或她的來龍去脈，家世背景。可是，且住，這是隱私。你從來沒有被邀請，去別人的家裡看看，別人也從來沒有進過你的屋子，你怎麼走進別人的生活？

如果說，人的心靈，是世界上最美麗的風景，那麼，這道風景，在美國並不存在。

我的生活很愜意嗎？從某種意義上說，確實如此，比如，獨對森林，比如，絕對清靜。比如，清新得近乎奢侈的空氣，比如，孤絕得等於隱居的日子。

只有周六是我所盼望的。我總是在這一天，去街上逛garage sale，買點小物件，或幾本書，和攤主說幾句話。一個職業是教師，靠說話來賺麵包的人，為什麼來到美國十年後，仍然不適應也不喜歡這種沒有人可以交談的生活？

就像我多年前用過的一個詞那樣：無與語者。

我們失去了什麼？中國的恩恩怨怨、萬丈紅塵、箝制思想的無形鎖鏈，以及在鎖鏈中徒勞掙扎的痛感、悲哀感與快感。

這兩天，我的摯友和書友龔明德先生，從成都坐飛機，到呼和浩特審讀書稿去了。

我對他，徒然升出強烈的羨慕來，因為他有朋友，而且，可以聯床夜語，可以一醉方休。

　　我也有朋友，但，不是在美國。在美國的朋友，雖然也是朋友，但不可聯床夜語，不可推杯換盞，不可抱頭痛哭。

　　我帶來此地的書不多，但有一本《韓愈文集》。於是，我就讀韓愈。千年之下，「文起八代之衰」的昌黎雄文，讀來有高山仰止之感。千年之前，先生之遺世獨立，其孤如我乎？

　　夏威夷之有寶林，遠者，如東坡之放瓊島；近者，如適之之徙臺灣。天地假我以此孤懸海外之彈丸蠻地，以修身，以明志，以成大器。「草木有本心，何求美人折！」《唐詩三百首》的開篇之作，不是已寫盡了四季的春華秋實嗎？

　　中年而作此狂語，雖為一笑，天下人卻未必真敢笑我（讀至此處而仍不笑者必為呆頭鵝！）。

　　幾天前，當代最偉大的作家索爾仁尼琴在巴黎逝世。我收集有他幾乎全部的重要著作。這兩天，我好想念他的那些書，以及，那個從西伯利亞活出來的怪老頭。

　　另一個西伯利亞的倖存者，我不說你也知道，也是俄國人。

　　他的名字叫杜思妥也夫斯基。

2008年8月4日夜，夏威夷

檀島二章

番石榴飄香

十多年前，買過一本南美魔幻現實主義代表作家加西亞·馬奎斯（代表作《百年孤寂》）一本談創作的書，書名就叫《番石榴飄香》，記得是三聯書店出版的。書的內容已然忘記，難忘的只有書名。番石榴是怎樣的果子？它生長在怎樣的土地上？

去掉這個多少含些貶斥之意的「番」字，那就是石榴了。我的家鄉不產石榴，小時候便沒有見過這種奇異果。及至長大，看到晶瑩如玉的石榴籽，想起《紅樓夢》裡「唇綻櫻顆，榴齒含香」的美人，腦中閃現「五月榴花照眼明」的亮麗句子，心中便無端生出感慨：這樣美的果實，只可把玩、欣賞，任其枯萎，衰敗，如果嚼而食之，就不免一個「俗」字了。

但二者之間，有什麼植物學的關聯？我真的不知道。

就算我兩年多以前的盛夏六月，被命運之手捲到這座島上，安置在十多株番石榴樹下，我仍然說不出，它有什麼特別之處。這種小小的果

子，未熟的時候，不是常見的青色，而是類似混凝土般的顏色，而一夜之間，枝頭不知是哪顆果子，在樹葉下，半遮半掩地由微紅，而變大紅了。這時候，我就知道，物候已在八、九月之交，中秋節快要到了。

倦怠的時候，對世間萬事都懶心無腸的日子裡，站在一株番石榴樹下，仰頭觀望，看哪顆果子最大，最紅；在低矮的樹枝上，如果垂懸著伸手可及的果子，我就會攀著細枝，將它們摘下來，用水洗洗，放入口中，權當餐後的水果。有時候，我必須跳起來，才能奮力夠著樹枝。這時候，縱身一躍的姿勢是相當笨拙而可笑的，然而，採果而食的丁點野趣，就是莽莽蒼蒼的海天之間，一顆多汁的心的萬千無奈與不甘了。

站在番石榴樹下，眼前伸展開去的是一片寬闊的草地，草地的盡頭，是一家銀行。在那裡，一個戶頭下，幾個謙卑的數字是這個國家購買我服務的貨幣體現。我服務過，我已盡全力。這樣的短語讀起來更像是英語句子的漢譯。但是，與其說錢，我寧肯將話題轉向草地上的蘑菇。雨後，三三兩兩的蘑菇冒出草尖，被我採摘回去，一碗鮮美無比的蘑菇湯，就會讓我想起梅雨時節的江漢平原。

如果有人問我，你會懷念夏威夷的日子嗎？

兩年後，當番石榴三度紅透時，我終於要回去了，回到闊別的妻兒之間，回到我的庭院、書房、竹林之下。古代的讀書人，講究格物致知，「多識於草木蟲魚之名」。我在這個領域的知識是相對貧乏的。我用兩年的時間，認識了番石榴，體驗過並喜歡著這種野果帶給我的微甜微酸的口感。我知道，這就是日子的滋味。

細雨斜飛，兩隻碩大的野豬，帶著三隻小野豬，在草地上箭一般穿過。一隻大豬，突然越過馬路，竄入了對面茂密的草叢中，惹它們的三個孩子，茫然地四處張望。看到這一幕，我內心深處柔情

似水的那一個角落被觸動了。我想,即使是一群野豬,也是這世界上多麼美麗的生靈啊!

碧海青天夜夜心

坐在露臺的沙灘椅上,一盞夜茶,擴散著淡淡的葉香。茶這種古老植物的溫婉與溫潤,經年累月,慢慢滲入我靈魂的根部,成為生命不可或缺的一部份。今夜月明,我打算熄滅了室內的燈盞,將自己沉入夜的暗黑中,獨對明月,和明月之下,遠山之間,那一片森林樹梢的莽莽蒼蒼。點燃一支煙,裊裊煙霧中,飄忽而來的是蘇軾、辛棄疾、李白、張若虛那些光照千古的明月詩章。「月下飛天鏡,雲生結海樓」寫海上月升;「千江有水千江月」寫江流婉轉,月光下的河流如此靜謐安寧。月照江河,水色與月色,交匯、融合為水天一色,那就是海了。

整整兩年三個月,我的生命,懸置在這一片海天之間,鎖定在這間闊大的陽臺之上。客居在陽臺一角的一對鴿子,在這裡孵出了一隻小鴿;它們搬走後,另一對鴿子入住了鴿巢,生下了鴿蛋——為了讓它們安心孕育生命,我用紙板和花盆將這一角落圍了起來,使它成為我的「家中之家」。

在它們也孵出一對兒女,舉家搬走後,一隻獨棲的鴿子成為我的新房客——不付房租的那種。它的另一半去了哪裡?我不願去深想。當我開車的時候,看到路上散落的鴿子,我總是小心地、緩慢地前行,有時候還要輕輕地鳴笛。我不能因為我擁有奔馳的車輪,就不把路面上細小、柔弱的生命當一回事兒。

今夜,那隻獨棲的鴿子深夜未歸。海的那一邊,兩千英里之外,初次打工夜歸的兒子是否午夜時分平安到家?當我給他的手機

打電話時，在一聲親切的「爸」之後，便定然是一聲不耐煩的回覆：「你們老年人真囉唆！」

不諳中文的孩子，措辭是如此入木三分。他哪裡知道，近天命之年的我，軀殼中那顆心，仍然像二十多歲時那樣，渴望著生命的激情和奔放。三十年的歲月、世俗生活的重壓、對現實的諸多失望與失意，並沒能磨蝕我心的青春和詩情。

我一直在盼望著離島而去的日子。有一次我夢見自己，在等候一列遲來的客車，載我回家，不僅是回到妻兒的身邊，而且，回到父母和兄弟姊妹、侄女外甥身邊，去守護、呵護他們，共享天倫。當這列客車終於珊珊來遲時，我登上列車，突然看見，站臺上出現了一個美麗的身影，一個似乎在青春之夢裡追尋很久的面容。

列車已經啟動。我們只有短短的幾秒鐘，隔著車窗說幾句話。車輪越轉越快，兩人的話語也愈見急促，以至於雙方都無法聽清對方在說些什麼。醒來的時候，才知道這不過是南柯一夢。在一個四面皆水的海島上夢見火車，夢見火車駛過平原，從華北平原，到江漢平原。我無法解析我的夢境，佛洛伊德怕也不能。

相隔千里萬里，而情牽一線，那是「緣」。

相距咫尺，猶如天涯，直到最後一刻才匆匆相遇，那是「命」。

朝夕晤對，卻無以相談，沒有磁場，更沒有磁力線，那就是「絕緣」。

「緣」是佛家語。佛法無邊，緣生緣滅，靈魂深處的孤獨感，卻是佛法無及的所在。仰望一天皓月，遙想若許年後，我唯一記得檀島風物的，怕只有白沙灘的細浪，不經意地漫上來，這時，一絲難以覺察的不捨、幾縷縹緲如煙的離情，就這樣「才下眉頭，又上心頭」。

2010年9月，夏威夷無聞居

語言文學類　PG0488

大地的酒漿
——程寶林美文選

作　　者／程寶林
責任編輯／孫偉迪
圖文排版／陳宛鈴
封面設計／王嵩賀

發 行 人／宋政坤
法律顧問／毛國樑　律師
印製出版／秀威資訊科技股份有限公司
　　　　　114台北市內湖區瑞光路76巷65號1樓
　　　　　電話：+886-2-2796-3638　傳真：+886-2-2796-1377
　　　　　http://www.showwe.com.tw
劃撥帳號／19563868　戶名：秀威資訊科技股份有限公司
　　　　　讀者服務信箱：service@showwe.com.tw
展售門市／國家書店（松江門市）
　　　　　104台北市中山區松江路209號1樓
　　　　　電話：+886-2-2518-0207　傳真：+886-2-2518-0778
網路訂購／秀威網路書店：http://www.bodbooks.tw
　　　　　國家網路書店：http://www.govbooks.com.tw
圖書經銷／紅螞蟻圖書有限公司
　　　　　114台北市內湖區舊宗路二段121巷28、32號4樓
　　　　　電話：+886-2-2795-3656　傳真：+886-2-2795-4100

2011年2月BOD一版
定價：320元

國家圖書館出版品預行編目

大地的酒漿：程寶林美文選 / 程寶林著.-- 一版.
　-- 臺北市：秀威資訊科技, 2011.02
　　　面；　公分. -- (語言文學類；PG0488)
　BOD版
　ISBN 978-986-221-694-1(平裝)

855　　　　　　　　　　　　99025634

讀者回函卡

感謝您購買本書，為提升服務品質，請填妥以下資料，將讀者回函卡直接寄
回或傳真本公司，收到您的寶貴意見後，我們會收藏記錄及檢討，謝謝！
如您需要了解本公司最新出版書目、購書優惠或企劃活動，歡迎您上網查詢
或下載相關資料：http:// www.showwe.com.tw

您購買的書名：＿＿＿＿＿＿＿＿＿＿＿＿＿＿＿＿＿＿＿＿＿＿＿＿＿＿＿＿

出生日期：＿＿＿＿＿年＿＿＿＿＿月＿＿＿＿＿日

學歷：□高中 (含) 以下　　□大專　　□研究所 (含) 以上

職業：□製造業　□金融業　□資訊業　□軍警　□傳播業　□自由業
　　　□服務業　□公務員　□教職　　□學生　□家管　□其它＿＿＿

購書地點：□網路書店　□實體書店　□書展　□郵購　□贈閱　□其他

您從何得知本書的消息？

　□網路書店　□實體書店　□網路搜尋　□電子報　□書訊　□雜誌
　□傳播媒體　□親友推薦　□網站推薦　□部落格　□其他＿＿＿＿＿＿

您對本書的評價：(請填代號　1.非常滿意　2.滿意　3.尚可　4.再改進)

　封面設計＿＿＿　版面編排＿＿＿　內容＿＿＿　文／譯筆＿＿＿　價格＿＿＿

讀完書後您覺得：

　□很有收穫　□有收穫　□收穫不多　□沒收穫

對我們的建議：＿＿＿＿＿＿＿＿＿＿＿＿＿＿＿＿＿＿＿＿＿＿＿＿＿

＿＿＿＿＿＿＿＿＿＿＿＿＿＿＿＿＿＿＿＿＿＿＿＿＿＿＿＿＿＿＿＿＿

＿＿＿＿＿＿＿＿＿＿＿＿＿＿＿＿＿＿＿＿＿＿＿＿＿＿＿＿＿＿＿＿＿

＿＿＿＿＿＿＿＿＿＿＿＿＿＿＿＿＿＿＿＿＿＿＿＿＿＿＿＿＿＿＿＿＿

11466
台北市內湖區瑞光路 76 巷 65 號 1 樓

秀威資訊科技股份有限公司　　　收

BOD 數位出版事業部

⋯⋯⋯⋯⋯⋯⋯⋯⋯⋯⋯⋯⋯⋯⋯⋯⋯⋯⋯⋯⋯⋯⋯⋯⋯⋯⋯⋯⋯

（請沿線對折寄回，謝謝！）

姓　　名：＿＿＿＿＿＿＿＿　年齡：＿＿＿＿　性別：□女　□男

郵遞區號：□□□□□

地　　址：＿＿＿＿＿＿＿＿＿＿＿＿＿＿＿＿＿＿＿＿＿＿

聯絡電話：(日) ＿＿＿＿＿＿＿＿＿＿＿　(夜) ＿＿＿＿＿＿＿＿＿＿

E-mail：＿＿＿＿＿＿＿＿＿＿＿＿＿＿＿＿＿＿＿＿＿＿＿＿